Tempête dans un encrier

Mary Simple enquête, T1

Coline Gatel

City
Roman

ISBN : 978-2-8246-2292-7
Code Hachette : 11 6223 8
Illustration de couverture : © Lancelot Gatel

Collection dirigée par Christian English & Frédéric Thibaud
Catalogues et manuscrits : city-editions.com

Dépôt légal : Novembre 2023

Les vieux péchés
ont de longues ombres.

Proverbe chinois,
repris par Hercule Poirot
(Agatha Christie)

À Bruno, Apolline et Lancelot,
mes lecteurs, relecteurs,
et rerelecteurs acharnés !
Vos conseils m'ont été précieux.

Les personnages

Personnages principaux

Mary Simple (à prononcer à l'anglaise… Simepeul) : presque 60 ans. Herboriste de son état, mais aussi fouineuse et imaginative. Née dans le Morvan, elle a longtemps vécu, avec son mari en Écosse. Veuve, elle est rentrée en France il y a trois ans. Elle écrit des ouvrages sur les plantes, habite dans un chalet, face au lac de Pannecière, possède un chat siamois, Arsène, roule dans un vieux Combi (Didou) des années 1970 et joue de la cornemuse du Centre. Elle a quatre enfants et deux petits-enfants… bientôt trois.

Léopold Mallet : dit Léo Mallet, Tattooed Man ou le Commandant sans nom. Il frôle la quarantaine. Il est commandant à la Section de recherches (SR) de Dijon et a un fils Tim (Timothée) de 3 ans. Il avoue un penchant certain pour les vieux… du moins les vieilles. C'est lui qui est chargé de l'enquête.

Alice Quine : 57 ans, plusieurs fois divorcée. Amie de Mary Simple. De son vrai nom Marie-Alice Durant du Pontel. Bien qu'elle n'aime pas les enfants, elle publie des livres jeunesse où elle met en scène de petits sorciers. Elle est revenue vivre dans l'hôtel particulier de sa famille, à Nevers, dont elle a hérité après la mort de ses parents.

Jules Martige : 62 ans, veuf, auteur de polars. Ancien professeur d'histoire au collège de Clamecy, il se consacre maintenant à l'écriture. Amour secret de Mary Simple, qui l'appelle Mister Beau Gosse, et qui en est raide dingue. Signes distinctifs : conduit une DS aubergine, intérieur cuir crème (une fortune sur pneus), cache un douloureux passé, habite un appartement luxueux et vit au-dessus de ses moyens.

Philéas Fix : 25 ans, de son vrai nom Kevin Fix. Écrit des romans Steampunk. Pour s'en sortir financièrement, il est serveur dans un restaurant. Il n'aime pas son prénom et a choisi celui de Philéas. Il rejoint le groupe de Mary et Jules afin d'enquêter avec eux.

Arsène : chat siamois stérilisé, compagnon ombrageux et hautain de Mary Simple. Il l'héberge d'ailleurs généreusement chez lui dans un charmant chalet avec vue sur le lac de Pannecière.

Didou : vieux Combi WW de 1975 de couleur vert pomme… ou salade (tout dépend des personnes). Intérieur aménagé. Rideaux d'origine orange. Coussins écossais. Rehausse avec lit intégré. Roue de secours sur le capot avant. Ce van appartient à Mary Simple qui en a hérité de son défunt père, libraire à Château-Chinon.

Autres personnages

Clément Héliard : né le 18 octobre 1948 à Saulieu, il a été professeur de lettres avant de devenir écrivain. C'est un type un peu glauque qui ne donne pas envie de le connaître.

Dimitri Karpoff : 42 ans, né à Orléans. Il a été éditeur avant d'écrire lui-même un livre sur l'Égypte ancienne : *Mystères dans les pyramides*. C'est un personnage particulier, prétentieux et arrogant, qui écrit soi-disant ses manuscrits avec une plume d'oie blanche.

Cléo Lessage, née Pertuis : décédée à l'âge de 22 ans. Ancienne élève de Jules Martige. Est allée au lycée avec Philéas Fix et Damien Lessage. Elle a épousé ce dernier peu de temps avant de mourir, il y a trois ans.

Damien Lessage : 26 ans, employé municipal à la ville de Clamecy. Il est veuf, car il a perdu sa très jeune femme trois ans auparavant, peu après leur mariage.

George et Howard Pertuis : frères de Cléo, âgés respectivement de 16 et 20 ans.

Rosalie Chassagne : 56 ans, look très seventies. Deviendra-t-elle la nouvelle amie de Mary ?

DS 19 des années 1960 : cabriolet de collection. Quatre cylindres en ligne de 83 chevaux. D'un superbe violet limite aubergine. Intérieur en cuir crème. Appartient à Jules Martige. Une fortune sur pneus.

1

Simplement Mary, pour vous servir !

— Je t'aurai, ma belle. Je t'aurai…

Dents serrées, sourcils froncés, je tire sur la fermeture Éclair de ma valise. Rien à faire ! Ça fait cinq bonnes minutes que je m'escrime en vain. Pour rien. Mais aussi ! Pourquoi la remplir autant ?

Les grands moyens s'avèrent donc nécessaires.

Voyons…

L'idée qui vient de surgir dans mon esprit me fait sourire. Aussitôt, je l'exécute et, avec précaution, je pose mon popotin sur le couvercle gondolé. La scène doit être hilarante ! Une vieille échevelée juchée sur un gros sac à roulettes, lui-même placé sur un tabouret. De quoi finir à l'hôpital si tout se casse la figure !

Comme par miracle, l'équilibre tient bon. Mais je ne m'arrête pas là.

Tentons le diable, histoire de…

Un petit jeu de bascule d'une fesse à l'autre. Un coup de reins d'avant en arrière. C'est gagné ! Mon corps d'athlète a provoqué le résultat escompté. Grâce à de multiples contorsions acrobatiques, compromettant les lois de la pesanteur et le principe de l'attraction terrestre, le zip accepte de glisser et fait son tour de piste sans rechigner.

Et voilà le travail !

Mary : 1 / Valise : 0

Applaudissez !

Contente, je saute de mon piédestal improvisé, et me laisse tomber au creux de mon fauteuil fétiche, un vieux *Voltaire* au velours bordeaux défraîchi. Je n'aurais jamais cru possible que fermer un sac de voyage pût être une épreuve aussi éreintante ! Là tout de suite, je le sais, je dois ressembler à un gros dragon au bout de sa vie, avachi dans un siège.

Bon, d'accord, je vous l'accorde, l'image n'est pas des plus flatteuses. Mais franchement, il y a de ça ! Un dragon en tunique à fleurs et leggings noirs, cheveux hirsutes et sueur au front.

Il faut bien admettre que le combat, entre la valise et moi, a été rude.

En fait, mes participations à des salons organisés autour du livre font naître, systématiquement, la même question. C'est récurrent. Combien d'ouvrages emporter, afin que je ne me retrouve pas en rupture de stock ? Pas facile d'évaluer à l'avance ce que mes hypothétiques lecteurs vont bien pouvoir acheter ! Très souvent, mes calculs se confirment disproportionnés.

Toujours pleine d'espoir.

Une vieille optimiste.

C'est ce que dit de moi ma meilleure copine Alice, lorsqu'elle me voit arriver avec mon gros sac à roulettes. Parce que du barda, j'en ai ! Plusieurs séries de bouquins, traitant des plantes et de leurs bienfaits, dont mon dernier : *Manger sauvage*. Il fonctionne bien, celui-ci, je dois l'admettre. En ai-je assez pris, d'ailleurs ?

… et voilà, je recommence !

En fait, une explication s'impose. J'écris.

Enfin, j'écris… j'écris… doucement ! Ne vous emballez pas avec des idées préconçues. Personne ne s'arrache ma dédicace dans des manifestations attirant des milliers de visiteurs. Non ! Je commets des ouvrages informatifs publiés par un brave type qui vit seul à la campagne, entre une vieille offset obsolète et un ordinateur d'une marque à la pomme, inimitable, qui date des années 2000. Sa maison d'édition, c'est une association qui brasse quatre titres par an et qui ne diffuse pas. Son bureau, c'est sa cuisine. Il y stocke les bouquins, ce qui explique l'étrange odeur du papier parfois, entre poisson frit et bœuf bourguignon. Vous voyez le genre.

Avec une remise substantielle qui me permet d'avoir une marge sur la revente, il me cède les livres qu'il fait imprimer à mon nom. Ensuite, c'est à moi qu'incombe la lourde tâche de dénicher des lecteurs, en participant à des salons pseudo-littéraires, organisés par de petites bourgades paumées. J'y réserve ma table – place que je paie de mes propres deniers – derrière laquelle je m'installe pour le week-end, et sur laquelle j'expose mes ouvrages. Après, je n'ai plus qu'à croiser les doigts pour que des visiteurs viennent. Malheureusement pour moi, mon karma n'est pas au top – j'ai dû vexer quelqu'un dans une autre vie –, car la plupart du temps, il n'y a personne.

Bien sûr, je pourrais viser plus haut. Mes titres sont d'actualité et s'écouleraient sans doute bien en librairie.

Toutefois, pour en arriver là, je devrais convaincre un *véritable* éditeur. Mais j'ai la flemme… Et puis, franchement, retrouver les copains auteurs me plaît bien. On se saute au cou. On s'embrasse. C'est chaleureux. On s'amuse bien. L'occasion de festoyer et de refaire le monde, à l'échelle *préretraitée d'humeur festive* après trois verres de vin. Rouge de préférence. Et bio, c'est encore mieux !

Bon, j'exagère. Il n'y a pas que des vieux…

En fait, ma vie est simple. Tout aussi simple que mon patronyme : *Simple*. À prononcer à l'anglaise, avec la bouche en cul de poule. *Simepeule.*

Simple comme les simples[1] dont je vante les mérites à longueur d'ouvrages.

Simple comme ma façon de vivre.

Mon nom, vous l'aurez compris : Mary Simple. Pour vous servir !

Il y a trois ans, je suis revenue en France, après de nombreuses années passées en Écosse. J'ai choisi le lieu d'origine de ma famille pour m'installer : le Morvan. Si vous ne savez pas où le situer, tapez au beau milieu des départements de la Nièvre, de l'Yonne, de la Côte-d'Or et de la Saône-et-Loire réunis, et vous arriverez à mettre le doigt dessus. C'est un pays de lacs et de forêts.

Ici, je me ressource.

En semaine, je me lève vers 8 heures. Première activité, je nourris mon chat. Après, écriture et mise en forme de mes recettes, jusqu'à 15 heures. Matinée studieuse que j'arrose abondamment de thé très fort. Puis déjeuner léger, soupe ou salade. L'après-midi commence par une sieste

1. Nom donné aux plantes médicinales.

– suivie d'une petite demi-heure de marche – et s'enchaîne avec des tests culinaires qui viendront enrichir mes livres. Après : *five o'clock* ! J'adore ce moment où je m'invite moi-même. *So british.* Tasse et théière en porcelaine sont alors de sortie. Assam avec un soupçon de lait. Deux ou trois scones ou des muffins, aériens comme des nuages, aux graines de chia, ou autres facéties.

La journée se poursuit tranquillement à bouquiner ou à rendre visite aux légumes du jardin, tout dépend de la saison. Souvent, je discute sur les réseaux sociaux ou joue de la cornemuse, celle du Centre. Pas l'Écossaise, malgré mon séjour dans ce pays.

Pour finir, vers 20 heures, juste après le bulletin d'informations sur Arte, je me concocte un plateau-repas sympa que je prends devant ma télé, après avoir dégusté un verre de vin rouge bio.

Le week-end, lorsque le temps est agréable et que je n'ai pas de salon, je sors. Musées. Conférences. Balades. Festivals trad'. Le Morvan regorge d'activités à qui sait en percer les secrets. Parfois, je cueille des plantes ou des fruits pour en faire des tisanes, des confitures et des recettes de cuisine.

Depuis quelques mois, touchée par le changement climatique, j'ai décidé de réduire mon empreinte carbone. Pour ce faire, j'ai diminué la viande et ne l'achète plus qu'à des producteurs des environs. Ça coûte plus cher, donc j'en consomme moins. Logique. Mais c'est meilleur, pour la planète et pour ma santé ! Autre investissement sympa : des poules ! Elles dévorent littéralement mes déchets et pondent des œufs, d'un goût merveilleux avec un jaune éclatant.

C'est dans cette continuité que j'ai écrit mon bouquin : *Manger sauvage*. J'y explique mes trucs et astuces pour aller vers l'autonomie. Être respectueux de la nature. Devenir locavore[1]. Enfin, toutes ces choses super importantes, si l'on veut que nos descendants aient une belle existence après la nôtre.

Pas d'homme dans ma vie. Par fainéantise là aussi. J'assure que le mien, défunt, a suffi à faire mon bonheur. Du moins, c'est ce que je me raconte. Parce que certains soirs, je taquinerais bien Popaul, histoire de retrouver d'autres sensations que celles de mes mains. Mais je me dis alors que c'est une réminiscence de nombreuses années bien remplies, je me lève et me fais une tisane de valériane. Souverain, la valériane, avec un peu d'aubépine ! Le sommeil revient rapidement, et je rêve de ce temps où je n'étais pas seule, avec mon traversin pour tout compagnon de lit.

Un coup d'œil vers l'horloge, vers le paysage et à nouveau vers l'horloge. Un beau week-end d'automne s'annonce et je l'aurais bien passé à musarder. Bibracte et sa forêt de hêtres tordus ? Le populaire lac des Settons ? Le canal du Nivernais, si mystérieux, vers les voûtes de la Collancelle ? La région où j'ai choisi d'habiter ne manque pas de beaux endroits, c'est certain !

Soupir.

Toujours avachie dans mon fauteuil, je hausse les épaules. En fait, ma *virée nature* se fera dans un bled près de Vézelay : Clamecy. Patrie conjointe d'un prix Nobel de

1. Manger local.

littérature, d'un navigateur décédé et d'un ancien ministre bien vivant. Du moins, c'est ce que raconte Wikipédia.

Deux jours à demeurer huit heures, sans interruption, le cul sur une chaise. Pourvu que celle-ci soit moelleuse, afin que mon délicat postérieur survive bien à ce supplice. Oui, parce que pour un auteur en dédicace, le confort de l'assise n'a pas de prix, savez-vous !

Bon, il faut que je file.

Je me lève enfin et pousse un puissant : « Arsène ! » par la fenêtre ouverte sur cette douce matinée. Les oiseaux s'en affolent, mais pas lui. Aucune réponse.

Arsène, c'est mon chat. Quelle peste ! Toujours à se planquer, surtout lorsqu'il comprend qu'il va rester seul.

Mains posées à plat sur le rebord, bras tendus, tête penchée à l'arrière, je laisse mes narines s'emplir de ce parfum de nature, si caractéristique en automne. Odeur de terre et de mousse. L'air sent le champignon et j'irais bien en ramasser. Des girolles dans la forêt de Saulieu ou, tout bêtement, des bolets derrière chez moi.

Mais impossible d'annuler, je me suis engagée. De plus, Alice, ma meilleure copine, autrice tout comme moi, m'y attend. Elle a retenu deux chambres dans un hôtel du centre-ville. Pas question de lui faire faux bond, sinon elle m'en voudrait à mort. Je la connais !

Comme Arsène, mon chat siamois, ombrageux et hautain, ne daigne pas se montrer, et qu'il me reste du temps, je mets la télé en route afin d'avoir les nouvelles du jour. Mon doigt glisse sur le 2 et le 7, à défaut d'Arte, qui à cette heure matinale doit en être à la reproduction des araignées aux confins de la Tanzanie du Sud.

Une agréable personne, bien droite perchée sur ses talons aiguilles, sublime dans sa robe moulante, apparaît à l'écran. Tout en écoutant d'une oreille distraite, je file à la cuisine me préparer un dernier thé.

Peu après, mon mug entre les mains, je reviens dans le séjour, avec une drôle de question dans la tête. En effet, pourquoi les présentatrices sont-elles jeunes et jolies, alors que leurs homologues masculins peuvent se permettre d'avoir des rides et des cheveux blancs ? Point d'interrogation : que fait-on des femmes quand elles vieillissent ? Placard ? Retraite anticipée ou presse écrite ?

Cette réflexion étrange m'amuse, et j'imagine un gigantesque *carton à animatrices sur le retour*, dans lequel on entasserait tout le rebut des chaînes. J'ai parfois des idées bizarres, il faut bien l'admettre !

Le sourire aux lèvres, je me plante, debout, devant l'écran. Le doux timbre de la journaliste me parvient aux oreilles. Sans émotion apparente, elle égrène le nombre de tués en Ukraine, le nombre de blessés dans un accident de bus sur l'A1, le nombre de personnes atteintes par le Covid cette semaine et le nombre de chars d'assaut achetés par l'Arabie saoudite. Toutes ces informations dans un ordre aléatoire qui a toutefois paru logique à la rédaction. Soudain, un titre accroche mon attention.

« Un groupe de femmes se réunit pour porter plainte pour agressions sexuelles, contre un présentateur réputé. »

L'intro est puissante. La voix devient grave. Leur succède l'image d'une main dans la paume de laquelle est inscrit « #metoo », en rappel au mouvement qui a défrayé la chronique, il y a quelques années, et qui a, fort heureusement, fait évoluer les mentalités.

Afin de ne pas perdre un mot du reportage, je saisis la télécommande sur la table basse et monte le son. La campagne Metoo, je connais comme tout le monde. Là, on nous explique que la nouvelle affaire dévoilée vient se rajouter à celle de l'entraîneur sportif qui aurait violé de jeunes élèves, de l'écrivain qui profitait de sa notoriété pour détourner des gamines, de l'animateur écolo qui troussait ses collègues et du blogueur bien sympa qui dénonçait des abus… qu'il commettait sans vergogne. Pour finir sur le cas d'un type inquiété à la suite d'une inculpation il y a plusieurs mois, puis relaxé, mais qui s'est suicidé.

Je fronce les sourcils et tends l'oreille.

La dernière guerre, je ne l'ai bien évidemment pas vécue. Même mes parents n'étaient que des enfants. Toutefois, une blessure familiale demeure béante : mon grand-père maternel, communiste convaincu, est parti en déportation après l'accusation infondée de voisins.

Il n'est jamais revenu.

Comme durant cette période sombre, ce genre d'informations véhiculées avant procès ne risquent-elles pas d'engendrer des dérapages ? Poussant des femmes, pour différentes raisons, à incriminer des hommes qui n'ont rien à se reprocher ? Où se niche la présomption d'innocence là-dedans ? Si le prévenu s'avère ne pas être coupable, qu'adviendra-t-il de lui une fois que l'opprobre l'aura marqué de son fer rouge ?

Tout en remerciant la vie de m'avoir tenue à l'écart de toute violence, je me pose la question. Dans le cas contraire, ne m'aurait-il pas semblé juste, à moi aussi, de lancer le nom de mon agresseur à la face du monde, alors qu'il y avait prescription pour la loi ?

Certes, le sujet est sensible et mérite d'être approché avec délicatesse. Toutefois, le rôle des journalistes m'indispose. Bien sûr, ils font leur job. Mais pourquoi tant de sensationnalisme ? L'enquête n'est pas close...

Dénoncer, c'est bien. Accuser, ce n'est pas la même chose.

Soudain songeuse, j'écoute la présentatrice insister sur le fait qu'au fil des ans, le mouvement féminisme a permis de libérer la parole. Là-dessus, je suis tout à fait d'accord ! Elle rajoute, avant de passer à d'autres titres, que nombreuses sont les femmes ayant enfin osé s'exprimer, pour que la discussion ne soit plus taboue et que les plus jeunes parlent sans crainte. Encore une fois, j'applaudis !

Puis, le thème change, et sur un ton jovial, elle annonce un bulletin météo. Je plonge sur ma zappette et éteins, non sans garder à l'esprit le dernier reportage.

Hier, j'ai repéré le trajet que je dois faire sur mon Smartphone. Les routes du Morvan ne sont pas des plus praticables, mais je ne suis pas en retard.

Je me penche à nouveau par la fenêtre restée ouverte et appelle Arsène. Toujours rien. En râlant, je décide de fermer les volets roulants. Souvent, le bruit le fait venir.

Bingo ! Je n'ai pas le temps d'appuyer sur le bouton que la silhouette de mon bel insolent se découpe derrière un bosquet d'hortensias aux fleurs jaunissantes. Arsène daigne rentrer. Je souris en le voyant approcher, puis m'efface pour le laisser sauter du rebord au plancher du séjour.

— Sale adorable tête ! Tu as senti que je partais, hein ?

Il m'adresse un regard indifférent, me frôle plusieurs fois les chevilles, puis se dirige vers la gamelle de croquettes qu'il hume, avec dédain, tout en poussant des « mi-mi » irrésistibles. Je le rejoins et lui accorde une caresse, qu'il reçoit comme une offrande, puis lui verse de la nourriture pour le week-end. Cette subite et bienvenue abondance le fait toutefois frémir et confirme ses craintes.

Seul durant deux longs jours tu resteras...

— Je te mets un peu plus d'eau dans l'évier. Là, dans ce bol. On ne sait jamais...

D'un bond leste, il saute sur le plan de travail et frotte sa tête contre ma paume.

Ne t'inquiète pas, tout se passera bien, semble-t-il me dire. Enfin, c'est ce que j'aime comprendre pour ne pas me sentir coupable de le laisser.

Dernier coup d'œil circulaire. Volets désormais fermés. Ma valise à roulettes gonflée de livres. Mon sac en bandoulière. Un petit bagage à main qui contient des vêtements de rechange. Mon téléphone. Les clés de Didou, mon vieux Combi.

Tout est OK.

— Salut, mon gros !

Le « mon gros » en question me répond d'un *miaou* dédaigneux, signe de sa soudaine rancœur contre moi, maîtresse infâme, qui l'abandonne. C'est comme s'il venait de capter que j'allais l'enfermer à l'intérieur de la maison, alors que l'ambiance extérieure encourage à la flânerie.

— C'est ça ! Boude !

Avant de sortir, j'ai un dernier regard dans le reflet que me renvoie le miroir du couloir. Mon chignon *négligé-dompté* tient la route grâce à une baguette rapportée d'un restaurant chinois. Je me souris. J'aime bien ma nouvelle tunique très colorée d'une marque *loufdingue* bien connue, que j'ai achetée sur un site de fringues d'occasion. Je la porte avec des leggings noirs et des bottes psychédéliques. Même mes rondeurs me paraissent sympathiques.

Pas mal pour bientôt 60 ans !

Tout est OK ! Je claque la porte sur mon bel Arsène et sur mon chez-moi, attendant déjà, avec impatience, le doux moment où je reviendrai dans mon chalet en bois, planté à l'orée de la forêt, avec vue sur le lac de Pannecière.

En fait, ce que je ne sais pas encore – et pour cause, je ne suis pas prophète –, c'est que cette journée va totalement modifier le cours de mon existence.

2

L'homme aux poils dans le nez

Alors qu'Alice, la cinquantaine bien – très bien – frappée, tapote du bout de ses ongles manucurés sur le bois de la table, je suis la direction que son menton, discrètement, m'indique.

— Tu ne trouves pas que ce type a une drôle de tête ?

— Alice, tu ne vas pas commencer !

— Non, je te jure Mary ! Examine-le bien ! On dirait un vieux pervers.

— Alice !

— En plus, il a de longs poils gris qui lui sortent du nez.

Le sourire aux lèvres, je hausse tout de même les épaules, résignée que je suis à écouter les divagations de ma voisine, avec toute l'affection que l'on doit à une amie. Comme d'habitude, en arrivant à l'intérieur de la salle des fêtes qui accueille le salon du livre, j'ai cherché ma complice coutumière du regard. C'est facile ! Une grande mince, habillée comme si elle était de mariage, ça ne court pas les rues par chez nous. Et une nouvelle fois, Alice ne déroge pas à la règle ! Cheveux courts, d'un blond méché du même gris poudré que son tailleur jupe, chemisier blanc impeccable, escarpins à la célèbre semelle rouge, broche en or au revers de la veste, elle ne passe pas inaperçue.

Au milieu de ce panel, somme toute, très classique, où les souvenirs d'un autre temps foisonnent, elle dénote d'autant plus qu'elle écrit des bouquins pour la jeunesse.

Lors de notre première rencontre, elle m'a *illico* expliqué qu'elle n'aimait pas les gosses, et n'avait pas souhaité en avoir. De ce fait, tout comme on se force à prendre l'ascenseur quand on est claustrophobe où à emprunter un pont suspendu en ayant le vertige, elle, elle s'était lancée dans la rédaction d'histoires pour enfants afin de conjurer le sort.

Studieuse comme une bonne élève, depuis, elle a procréé, en veux-tu en voilà, une pléthore de petits sorciers sympathiques, qui fleurissent maintenant sur sa table comme des bouquets de primevères aux premiers rayons de mars.

Ses bébés.

Mais il n'y a pas que ce point, qui est étonnant chez Alice. C'est aussi une grande consommatrice d'hommes. Une *Don Juanne*, en quelque sorte, bien que le féminin ne soit pas en usage, les gens lui préférant le terme *nymphomane*, beaucoup moins flatteur et surtout un tantinet plus psychiatrique. En fait, Alice a le feu aux fesses et ne s'en cache pas. Au contraire ! Elle chasse le mâle avec une désinvolture que j'admire.

« Pourquoi m'encombrer d'un mec ? dit-elle de sa voix suave. La terre entière en est peuplée ! Dans la vie de tous les jours, j'ai mes chats et ils me suffisent. Eux, au moins, ne laissent pas traîner des chaussettes et des slips sales. »

Ce à quoi je rétorque invariablement : « Oui, mais les chats ont des caisses dans lesquelles ils font caca. »

Mais Alice hausse les épaules. Elle préfère, de loin, prélever de petites crottes durcies par des granulés à la silice parsemée de grains rose fuchsia qu'héberger toujours le même bonhomme dans son lit.

Sans discussion !

Décision que je ne conteste en fait pas tant que ça, vu que je vis seule moi aussi, avec Arsène, depuis que ma moitié est partie rejoindre Odin, je ne sais où.

Me coupant dans ma réflexion, elle reprend, excitée :

— Mais c'n'est pas vrai ! Il nous reluque avec son air porcin !

— Il TE reluque, Alice. Nuance.

— Oui. Peut-être.

— C'est certain, Alice. Tous les mecs te regardent. Tu t'es vue au milieu de nous tous ? Comment veux-tu qu'ils ne te dévisagent pas ? C'est comme mettre une glace devant un enfant, et lui dire de ne pas tirer la langue.

— Oh, tout de même !

Alice aime bien jouer les princesses. Les compliments la ravissent, et même si elle fait semblant de ne pas les mériter, elle se gargarise à les entendre.

— Les récits ne se suivent pas. Ils peuvent se lire dans le désordre.

Ah ! Ce n'est plus à moi qu'elle s'adresse. Une cliente est venue, en effet, se planter, avec sa fille, devant son stand, interrompant notre discussion, au demeurant très superficielle.

— Parfait. Nous allons prendre celui-ci.

Du doigt, cette dernière désigne une couverture ornée d'une chouette perchée en haut d'une tour. *Enquête au château* en est le titre.

— Excellent choix. Une dédicace pour la petite ? s'informe ma voisine sur un ton qu'elle estime sympathique. Quel est donc le prénom de votre charmante enfant ?

Lèvres en avant, teintées *Désert au couchant*, couleur qui convient à merveille à sa carnation, Alice, lasse de l'homme aux poils dans le nez, affiche maintenant une mine doucereuse à faire fuir de peur les bambins. Va-t-elle dévorer la gamine qui lui fait face ? C'est possible !

— Missouri, susurre la mère honorée d'avoir mis au monde une *charmante enfant*.

— Missouri ? Comme c'est mignon !

Je réprime un rictus derrière la dentelle bienvenue de mon écharpe. Et sa sœur jumelle, c'est Mira ? *Jeu de mots Maître Capello.* Amusée, je retiens difficilement un gloussement moqueur, alors qu'Alice, avec un sérieux irréprochable, écrit une belle dédicace, à l'encre bleu turquoise, à la petite qui bâille. Puis elle remercie d'un signe de tête, et range le montant de la vente dans son porte-monnaie, cependant que le duo s'éloigne.

— Missouri... pince-moi. Je ne rêve pas !

Blasée, Alice soupire.

— Après Dakota, Louisiane et Toscane, pourquoi pas ?

— Il faut que je conseille à ma fille, qui est enceinte, d'appeler son bébé *Morvane* en l'honneur de nos ancêtres. Ou *Éduenne*[1]...

Je n'en peux plus de me contenir, et pars dans un fou rire nerveux sous le regard impassible d'Alice qui m'observe posément.

1. Les Éduens étaient un peuple de la Gaule celtique établis dans une partie de la Bourgogne. Bibracte en était la capitale.

— Ben quoi ? C'est joli *Morvane.*

— Puisque tu le dis.

Et je me remets à glousser comme une gourde, alors qu'elle maugrée en changeant de conversation :

— Y en a tout de même marre, de ces salons à la con, où la communication est inexistante ! *Délire des mots* à Trucmuche-les-Cahouètes. Je t'en donnerai, moi, du délire. C'est délirant, oui, qu'il y ait si peu de monde ! J'ai autre chose à faire que perdre mon temps, le cul sur une chaise, à ne rien glander, tout en souriant bêtement. Je ne fais pas dans l'humanitaire, moi !

La voilà soudain en pétard, l'Alice ! Mais je dois avouer : il y a de quoi ! Pas un quidam à l'horizon, outre la mère et la *charmante enfant*, qui déjà s'éloignent vers la sortie, sans aucun intérêt pour les exposants présents.

Mon attention glisse le long des quatre rangées parallèles de tables, nappées de papier comme pour une kermesse, où une quarantaine d'auteurs et d'illustrateurs bâillent, faute de visiteurs. Sol en parquet blond. Plafond aux poutres arquées en lamellé-collé, style années 1970. Murs blancs ternis. Grandes baies vitrées devant lesquelles il ne faut jamais s'asseoir (il y fait trop chaud en été et trop froid en hiver). Scène dans le fond, masquée derrière un rideau noir, où tout à l'heure les huiles du canton viendront nous faire leur speech, avant le coup de Sancerre à l'apéro. Oraison funèbrement congratulatoire durant laquelle on s'ennuiera ferme.

Tout a un goût de déjà-vu. Déjà vécu.

Pour parfaire le tout, l'air ambiant exhale un relent de renfermé qui se mêle, avec plus ou moins de bonheur, aux parfums de chacun. On passe, allègrement, du déodorant de base, senteur marine, limite écœurant, aux effluves particulièrement riches des fragrances qui se dégagent de ma copine. Une bagatelle de couturier qui coûte un bras.

— Je vais finir par leur apprendre leur métier, à tous ces incapables ! bougonne-t-elle.

Car ma voisine sait de quoi elle parle. Avant de glisser dans les délices de la littérature enfantine, elle a longuement évolué dans le milieu carnassier de la communication à Paris. Une autre vie dont elle a conservé le tailleur strict et les chaussures chics à talons hauts.

Devant son emballement qui ne semble pas vouloir se calmer, je tente des accordailles.

— Bah... les organisateurs n'y peuvent souvent rien. Et puis c'est une toute petite association qui propose l'événement.

— Rien ? grogne-t-elle en fronçant les sourcils. Tu rigoles ! Quand on se donne tous les moyens, d'accord ! Mais là ! Tu as vu, dans le centre-ville, un panneau indiquant ce foutu salon du livre ? *Nada*. Pas même une affiche ! Et pas d'article dans le journal non plus. Vide interstellaire qui a déteint sur la fréquentation de ce machin !

Elle n'a pas tort. Et tout comme elle, je commence, moi aussi, à en avoir ma claque, de ces manifestations où rien n'est fait pour que les auteurs puissent vendre leurs ouvrages. Et où on leur demande du fric en échange d'un emplacement miteux, sans s'inquiéter de savoir s'ils vont amortir leur venue. À force d'attendre désespérément derrière mon stand, j'ai parfois le sentiment de ressembler à une péripatéticienne fanée avec qui plus personne ne monte.

L'idée me rend véhémente. J'enchaîne à sa suite :

— C'est devenu à la mode, de toute façon. Depuis que l'autoédition a le vent en poupe, chacun organise sa pseudo-fête du livre, sans se soucier du résultat. Conséquence, très peu de visiteurs et encore moins d'acheteurs !

Dans mon élan, elle poursuit :

— Du moment que c'est nous qui payons notre déplacement, notre longueur de table et notre bouffe, le budget est bouclé ! Et pourtant, tout juste capables de nous offrir un café le matin quand on arrive, avec un pauvre croissant décongelé... et occasionnellement l'apéro... mais pas toujours.

Je grommelle :

— Tout à fait. Par contre, les auteurs qui signent dans de grosses boîtes, eux, ils sont invités et dorment à l'hôtel. Séjour *all inclusive*. C'n'est pas juste ! Tiens, il va falloir qu'on établisse, entre nous, la *blacklist* des salons pourris.

Le bien-fondé de mon propos m'encourage. Toutefois, il ne reçoit pas l'écho escompté.

— Muuuuu... c'est sûr.

— Et puis il y a la conjoncture !

Ah la conjoncture !

Re-muuuuu.

— Y'a plus de sous !

Re-re-muuuuuu.

— Sans parler du Covid.

Silence.

Je m'interromps sur ma lancée, dépitée. Je la connais bien, la bougresse ! À ses réponses évasives, je comprends que l'attention de madame est attirée ailleurs. Et comme un papillon, elle est partie voleter vers d'autres fleurs.

— T'es plus là ?

— Si… si… je regardais à nouveau ce type.

— Eh ben ! Quel effet il te fait !

— Je ne parlerais pas d'effet, dans le cas présent ! riposte-t-elle, un peu cinglante.

— Pourtant, tu n'arrêtes pas de le fixer. C'est gênant. Il va finir par s'en rendre compte.

— Pas grave. Je le surveille. Il ressemble à une caricature de pervers. Tu sais, ce genre de mec qui ouvre son imper, à la sortie des écoles ? Le cheveu rare et gras. Le teint bistre. S'il sourit à un gosse, je le mords !

De surprise, je fronce les sourcils. Ahurie par ce que j'entends.

— Ben dis donc ! Tu n'y vas pas de main morte avec cet auteur !

Elle revient vers moi et me dévisage, à nouveau enjouée :

— Tu ne trouves pas ?

— En fait, je n'ai jamais vu d'hommes comme tu dis. Des pervers.

— Pas en vrai ! T'es bête ! En caricature !

— OK.

Alice est carrément bizarre aujourd'hui. Plus que d'habitude. Et comme son intérêt pour notre collègue ne paraît pas vouloir s'amenuiser, elle en remet une couche.

— La lippe baveuse. La paupière tombante sur un regard libidineux.

— C'est tout ?

Avec un clignement d'œil entendu, elle se penche vers moi et prend un air de conspiratrice.

— Non, il a un petit zizi.

L'effarement me saisit. Je sursaute.

— Comment le sais-tu ?

— Je le devine. L'expérience, ma chère !

— Oh ! Là, tu me charries !

Vrai ! Mon amie pousse le bouchon un peu loin ! Son attention pour cet homme frôle l'obsession. Je me dois de la distraire, car je crains de voir notre médiocre voisin venir demander des comptes. Mon esprit estime alors, naïvement, que ce doit être le moment opportun pour lancer un nouveau sujet de discussion. Aussi, avec la légèreté d'un pachyderme en tutu rose valsant sur une piste de danse, je glisse vers la révélation faite le matin même, c'est-à-dire l'accusation de viol d'un groupe de femmes, contre un célèbre journaliste.

Non ! Aucune association d'idées bien sûr !

— Je n'ai pas écouté les actualités depuis plusieurs jours, me dit-elle sans trop prêter d'intérêt à mes propos. Par contre, je ne savais pas que tu regardais les informations, toi ! C'n'est pas ton genre !

— Parce que c'est quoi, mon genre ?

— Du papier. Style *Le Cafard libéré*, *Marly Hebdo*… voire *Télémara*. Mais la téloche, comme une vieille !

— Je vais sur Arte et parfois sur France Info.

Il faut reconnaître que je me justifie bêtement et surtout trop vite. En tombant dans le panneau, j'ai ouvert la porte à son humour grinçant, à railler un fond de baignoire émaillée.

— Hum… Pas même une petite casserole acquise dans une émission de télé-achats ? ironise-t-elle, incrédule. Ou une cure à l'artichaut pour maigrir ? T'es sûre ? D'ailleurs, tu n'as pas un peu forci, toi ?

Là, elle est en train de m'énerver !

— Non, je n'ai pas forci !

Avec la rapidité d'un joueur de foot qui tape dans un ballon, je lui tire un coup de pied bien senti dans ses escarpins à semelles rouges. But ! Soulagée, je reprends :

— Je n'ai pas grossi et je ne me procure pas ce genre de produits ! Tiens-le-toi pour dit ! Et puis, tu sais ce qu'on raconte sur les personnes qui culpabilisent les autres sur leur poids ?

Pas de réponse.

— Qu'en fait, ce sont des gens très mal dans leur peau !

Sans surprise, Alice m'offre le même sourire suave qu'elle réserve aux enfants. Sur-le-champ, en guise de représailles, je décide de ne plus lui adresser la parole, et entre dans un mutisme calculé, durant de longues, longues minutes qui étirent leur ennui comme une journée sans pain.

Mais très vite, le cafard me guette, aussi le sujet qui m'interpelle refait surface dans mon esprit. Cette fois-ci, elle y prête une oreille plus attentive.

— Si, en fait, me confirme-t-elle, j'ai entendu des conversations là-dessus. On parle d'un producteur de films. Et d'un mec qui s'est suicidé, après avoir été dénoncé. C'est ça ?

— Oui. Il a été blanchi, mais il n'a pas supporté les préjudices causés.

— Le pauvre chou…

— Sa femme a tout de même demandé le divorce. Son patron l'a licencié sans raison et il a dû déménager parce que ses voisins le fuyaient. C'est raide, pour une personne qui n'est pas coupable !

Avec une moue blasée, Alice souffle sur ses ongles, comme si elle venait de les manucurer.

— Rien fait… rien fait… il n'y a pas de fumée sans feu.

Sa réplique me laisse pantoise et sans arguments. Je m'octroie à nouveau un instant de silence, pendant lequel je tente de digérer sa réponse. Mon amie ne serait-elle pas comme je l'imagine ?

— La délation a foutu sa vie en l'air.

— Le grand mot ! Délation.

— Et comment appelles-tu, toi, le fait de calomnier un innocent ?

— De l'information.

— Ah vraiment ! Eh bien, cette *information* a tué ce pauvre bougre, vois-tu ? Pas de fumée sans feu ! Il portait le même nom que le type qui avait agressé la fille. Elle s'est trompée en l'accusant de viol. C'était son homonyme, qui vingt-cinq ans auparavant, avait abusé d'elle, alors qu'elle était gamine. Tu trouves que c'est juste ?

La discussion est intéressante. Je voudrais la poursuivre. Bizarrement, Alice ne paraît pas prête à me suivre sur ce chemin. Ses réponses rapides et quelque peu arbitraires me dérangent. Elle, de coutume si volubile, encline à avoir un avis sur tout et sur chacun, reste trop fuyante à mon goût.

Ma conclusion est expéditive : il y a anguille sous roche ! Cuisiner la belle blonde que j'ai pour voisine de table devient l'impératif du moment.

En douce, je l'observe. Occupée à tourner les pages d'un de ses livres jeunesse qu'elle connaît par cœur, elle m'ignore. Bravement, comme si j'allais au combat, je m'acharne à attirer son attention.

— Tu n'as rien à en dire ?

— Hum… tu veux que j'en pense quoi ? Dommages collatéraux.

— Alice !

— Ben, quoi ? Elle s'est trompée, voilà tout. Cela aurait pu être lui.

— Mais ce n'était pas LUI !

— OK… mais le producteur de films américains, ce n'était pas lui ? Le mec qui entraînait des patineuses, ce n'était pas lui ? L'écrivain, qui se prenait pour Dieu, en se faisant faire des pipes par des petites filles, à l'heure du goûter, ce n'était pas lui ? Et l'autre, là, le salace qui forçait, sans un mot, les nouvelles stagiaires à se mettre à genoux, innocent aussi ? Tu veux que je continue ?

Le regard qu'elle me lance est étrangement vide. Un doute me saisit. Ne dit-on pas qu'une femme sur deux ?… Si ce n'est moi, c'est donc…

— Tu as été…

Gênée, la bouche ouverte, je laisse ma phrase en suspens, alors que mon cerveau, plus prompt à la déduction rapide, m'envoie des signaux désespérés pour que je me taise.

— Tu as… tu as été abusée ?

J'ai murmuré ma question sur un ton d'excuse, dans un chuchotement. Je crains le pire. Une déclaration poignante qui va me déchirer le cœur, ou des détails douloureux qui me feront monter les larmes aux yeux.

J'attends. J'attends, mais rien ne vient.

Alice, stoïque comme un nain de jardin, s'obstine à tapoter la table de ses ongles. Dans mon esprit déjà en surchauffe, une terrible histoire s'échafaude. Un voisin. Un ami de la famille. Un père. Un frère. Qui sais-je ?

Tout à coup, aussi rapidement qu'elle s'est éteinte, ma copine reprend vie. Goguenarde, le regard moqueur, elle se tourne vers moi, comme un pantin mû par un ressort, prête à me faire la blague du siècle.

— Je suis du genre à agresser un mec, pas à être forcée par lui, ma cocotte.

La phrase est tombée. Et avec la phrase, ce sont les bras qui m'en tombent. La voilà même qui maintenant rigole. Pourtant, j'en suis certaine, un truc sonne faux. Ma main à couper.

— Moi, violée ? Tu veux rire ! J'ai toujours été une chasseuse. Pas une proie !

Je n'en démords pas. Elle me cache quelque chose. Mes notions de psychologie de comptoir de bar refont surface, sans crier gare. Elles me rappellent que souvent les personnes abusées manquent d'estime d'elles-mêmes. Ce qui pourrait expliquer le côté *consommatrice* d'Alice.

Je m'interroge : Alice manque-t-elle d'estime d'elle-même ? Ne cherche-t-elle pas, à travers ses multiples conquêtes, à se retrouver ?

Oups !

Tout à coup, mes propres pensées me font rougir. C'est quoi, ce jugement injuste sur son comportement avec la gent masculine ? Ne serait-ce pas machiste de ma part ? De la part d'une autre femme, qui plus est !

Je me racle la gorge, gênée. Après tout, Alice est libre. Elle a le droit de jouir pleinement de la vie et des hommes, comme elle le désire. Pourquoi vouloir relier son indépendance à des épisodes traumatisants ?

Si je souhaite mener des enquêtes, je devrais me mettre à écrire des polars !

— Excuse-moi, lui dis-je gauchement. Je ne sais pas ce qui m'a pris.

Le regard condescendant qu'elle glisse vers moi me fait froid dans le dos.

— Tu t'ennuies, c'est tout ! C'est la faute de ce salon morbide. Ça te donne des idées glauques. Pas de quoi fouetter Arsène, n'est-ce pas ?

Elle a raison. Aussi, je le lui confirme avec complaisance.

Sans rancune, elle entoure mes épaules de son bras et me pose un baiser – rouge à lèvres *Désert au couchant* – sur la joue.

L'affaire est close.

3

Mister Beau Gosse

Lorsque les auteurs participent à un salon du livre et ne vendent pas, ils arpentent les allées et papotent de tout et de rien avec leurs collègues. Font des selfies pour immortaliser le moment. Échangent leurs mails. S'achètent leurs bouquins, entre eux. Boivent un café (beaucoup de café). Prennent des photos qu'ils postent sur les réseaux sociaux, afin de montrer à leurs amis qu'il n'y a personne et qu'ils ont bien fait de ne pas venir.

Toutefois, sans vouloir généraliser, dans ce domaine, chacun a ses tics. Il y a les harangueurs qui ne bougent pas d'un poil, debout derrière leur table. Ils guettent l'hypothétique client et le harponnent dès qu'il passe à leur portée.

Certains ne tiennent pas en place et se précipitent vers la moindre occasion de discuter. On a beau les chercher à leur stand, ils n'y sont jamais !

D'autres préfèrent se jeter un petit verre dans le gorgeon, au bar de la salle des fêtes.

Il y a aussi les défaitistes, rarement là où on les espérerait, en balade ou dehors à fumer une cigarette, déjà sur le départ, n'attendant que le top pour tout remballer et rentrer chez eux.

On voit encore les grands copains, heureux de se retrouver. Massés en grappes serrées dans un coin, ils en oublient ce qu'ils sont venus faire.

Ensuite arrivent les travailleurs acharnés. Ceux qui ne souhaitent pas perdre une minute. Ils cachent leur ordinateur ou leur cahier d'écolier à l'abri, derrière une imposante hauteur de livres, et besognent sur leur prochain opus.

Les affamés, qui boulottent sur leur espace et mettent des miettes partout sur la nappe.

Les toujours satisfaits, et même vantards, qui annoncent des ventes mirobolantes, réalisées grâce à un public invisible aux yeux de leurs voisins.

Et pour finir, les rêveurs, qui gardent le regard dans le vague, fixent un point qu'eux seuls distinguent, ce qui les conduit à sourire aux anges. Puis ils bâillent discrètement avant de replonger dans une léthargie comateuse.

Je suis souvent de ceux-ci.

Alice a filé depuis trop longtemps se refaire une beauté. Je sors de ma torpeur bienfaisante et décide d'aller me promener. Une fois n'est pas coutume ! Je pars donc à la conquête des stands présents afin de me distraire.

Revenu de la mort ne m'interpelle pas, d'autant plus que son auteur, un certain Aurélien Préjean, me paraît particulièrement revêche. Bien trop pour que je me risque à engager toute forme de conversation.

Trop jeune pour toi, d'Adélaïde Lebœuf, pas plus ! La romance n'est pas ma tasse de thé – tous les goûts sont dans la nature – et la gamine qui a commis cette histoire a dû le sentir, car elle ne me calcule même pas.

Je souris à la brave mamie, Suzanne Marlon, qui a écrit *La Vie d'antan dans mon village*. Ses souvenirs du passé doivent être délicieusement surannés, mais ne sont pas en adéquation avec mon humeur du jour.

— Vous aimez les enquêtes, j'en suis certain !

Mes yeux se portent sur l'ouvrage présenté et tilte sur : *Lieussard en deuil*, un polar pur jus, vendu par… je regarde. Vendu par un homme *d'un certain âge*, à l'apparence agréable, légèrement sujet à l'embonpoint. Très légèrement. Jules Martige, dit la couverture du livre en blanc sur fond noir. Classique, à l'image de son créateur.

Une exploration poussée s'impose d'elle-même. Je m'y plie sans me faire prier. Pantalon sombre impeccable. Chemise immaculée ouverte au col et gilet en velours côtelé. J'adore ! L'auteur. Le bouquin. Je ne sais plus très bien.

— Bonjour, me murmure-t-il d'une voix suave. Je vous ai remarquée au bout de l'allée. Vous écrivez quoi ?

Un petit soupir, style naïade éplorée, s'échappe de ma poitrine, alors que mes cils s'activent dans des battements qui dépassent l'entendement. Euh… je fais quoi, là ? Je me souviens soudain que je n'ai plus l'âge de me pâmer. Paf ! Mon fol enivrement redescend aussi vite qu'un soufflé sorti trop tôt du four. Ça m'apprendra.

C'est donc d'un ton neutre que j'entame la discussion :

— Herboristerie.

— Oh, les plantes ! C'est votre métier ou votre passion ?

La tournure de la question m'étonne. Un métier ne peut-il être une passion ? Je rétablis la donne avec un :

— Les deux, mon capitaine.

Il éclate de rire et à ce moment précis, mon cœur s'emballe à nouveau, tant je le trouve séduisant. Pourtant, il n'a rien de particulier. Cependant, son visage plein de bonne humeur me plaît. Plus encore, il me ravigote ! Comme si d'un coup je retrouvais mes 20 ans. Ses cils trop longs comme ceux d'un enfant, ses yeux couleur de mousse et ses pattes-d'oie qui se plissent lorsqu'il sourit en sont certainement la cause.

— Je n'exerce plus. Mais j'ai fait ce job durant quinze ans.

— Génial ! Vous étiez pharmacienne ?

C'est à mon tour de sourire. Il est vrai que la France ne reconnaît plus ce métier depuis la fin de la dernière guerre mondiale. Donc, herboristerie rime souvent avec pharmacie.

— Non. Je travaillais en Écosse.

— En Écosse ? Génial !

Deux fois *génial*. Sommes-nous engagés sur une voie d'excellence ? Mais le voilà qui hoche la tête, comme s'il ne savait que dire. *Ouille !* C'était pourtant bien parti !

Brave âme que je suis, je lui apporte mon aide.

— Mais je ne suis pas écossaise, si c'est votre question.

À noter, question qu'il n'a pas posée.

— Oui ?

À ce stade, la discussion frôle l'héroïsme.

— Mon mari l'était.

Comme je m'y attendais, il dérape sur le *était* et me plonge son regard sous-bois dans les yeux.

— Était ?

— Je suis veuve.

Aïe !

Je m'en mords déjà la langue ! Bordel ! Comme ça fait vieux de confier qu'on est veuve ! Je ne l'avais jamais remarqué auparavant.

— Je suis désolé.

— En même temps, ce n'est pas votre faute.

— Il est vrai.

Le voilà qui pouffe. Heureusement, sinon, parti comme il était, il allait me présenter ses condoléances.

— Avec les années, je m'en suis remise, vous savez. Même si ce n'est pas simple.

— Je comprends. Et vous jouez de la cornemuse ?

Écosse. Cornemuse.

Oh la question à deux balles ! La plupart des gens ignorent qu'on joue aussi de la cornemuse en France !

— Gagné ! Mais pas celle que vous croyez. Celle du Centre. Elle n'a pas de… pompons.

Il rigole à nouveau, alors que je poursuis :

— C'est d'ailleurs grâce à elle que j'ai rencontré mon mari. Durant un festival à Aubigny-sur-Nère, dans le Cher.

— Et vous êtes partie avec lui ?

— Oui, je l'ai suivi en Écosse, en effet.

Je hoche la tête. Il me dévisage.

Re-silence. Pour le coup, une alternative s'ouvre à moi. Soit il manque de conversation et n'a rien à me dire. Soit je l'impressionne. Que dois-je faire ? Enchaîner sur ma vie privée en lui parlant de mon existence là-bas, de mes quatre enfants, de mes deux petits-enfants et de la troisième qui va pointer le bout de son nez, du futur remariage de mon fils aîné ; ou changer radicalement de sujet, car après tout, ça ne le regarde pas ?

— C'est calme.

Il opine du chef. À ce stade, je sens poindre la défaite. Je l'ennuie. C'est dommage. Avec l'héroïsme d'un petit soldat, je monte au charbon et persévère.

— Je n'ai rien vendu.

— Moi non plus, me répond-il en soupirant.

— Ah… tout comme moi alors (redondant, me souffle mon cerveau en déroute). Il n'y a que ma copine, Alice Quine, qui a réussi à refiler un bouquin jeunesse à la mère d'une fillette.

— La belle blonde à côté de vous ?

Comme une adolescente soudain jalouse, je tique sur la *belle blonde*.

— Oui, c'est ça ! La belle blonde avec un tailleur gris perle.

Le regard qu'il me tourne est, sans équivoque, moqueur. Et alors qu'il enchaîne sur le bonheur d'être installée auprès d'une voisine aussi charmante que la mienne, je me sens tout à coup terriblement vieille avec mon chignon de travers, mes kilos en trop et mes vêtements de gamine attardée. Qu'ai-je cru ? Que je pourrais taper dans l'œil d'un mec comme lui ?

— Vous avez d'ailleurs… poursuit-il.

Ses yeux pétillent d'amusement, alors qu'il porte deux doigts vers sa pommette et les agite comme pour effacer quelque chose. Je dodeline de la tête, sans comprendre.

— Là…

Cette fois-ci, il touche mon visage et je recule, très surprise par son geste. Soudain, je pique un fard. *Désert au couchant.* Alice m'a fait la bise, tout à l'heure, et ce que mon interlocuteur veut m'expliquer, c'est que j'ai une trace de rouge à lèvres sur la joue !

Horreur !

Je sors un mouchoir de ma poche, crache dessus et frotte ma peau pour faire disparaître la marque ridicule que j'arbore triomphalement, à l'insu de ma volonté. Je dois être grotesque, aussi, pour sauver la face, je poursuis sur un ton léger.

— Votre livre me plaît bien. Je vais voir ce qu'écrivent les autres participants, et si demain j'ai vendu, je prendrai le vôtre.

Puis je m'éclipse, contrite.

Pauvre de moi !

Malgré le chaos de ma déroute, j'entends de loin un vague : « On pourrait se tutoyer… »

Je me retourne et lance à mon interlocuteur un signe de tête complice. Mais le cœur n'y est plus. Si c'est pour parler d'Alice, ce n'est vraiment pas la peine !

Je traîne les pieds, mais continue farouchement mon périple. Je traverse alors une faune d'auteurs parfois agressifs. Certains me harponnent. D'autres, à l'inverse, me snobent.

Un : « Vous aimeriez que je vous résume mon histoire ? » me fait sursauter.

— Non, merci.

Il reçoit, de ma part, un rictus qui se veut amical. Après tout, il ne m'a rien fait.

— Dommage. Elle est bien.

— Je n'en doute pas une seconde.

L'homme, encore un, me tend une carte de visite qui plane sous mon nez comme un insecte inquisiteur. Il émet même un bourdonnement entre ses dents. *Bzzz... Bzzz...* Pour que le jeu cesse, j'intercepte le bristol en plein vol et l'écrase sur le dos de ma main.

Il en rit.

— C'est du Steampunk. *Machines absurdes*. Vous connaissez le Steampunk ?

J'opine du chef. Une lueur d'amusement s'allume dans ses yeux lorsqu'il me dit, un peu cash :

— En fait, vous n'en avez rien à foutre, du Steampunk.

Surprise, au lieu de m'insurger, je plaisante :

— Vous n'en savez rien ? Et vous, l'herboristerie vous intéresse ?

— Oui, me répondit-il avec aplomb.

— Eh bien, vous voyez ! Nous sommes faits pour nous entendre !

Mon regard glisse sur son corps, avec le risque que le gamin me prenne pour une cougar. Je glousse en contemplant son costume. Tout de cuir vêtu, des bottes au pantalon, en passant par la redingote et les gants, il arbore une chemise d'un blanc éclatant fermé par une lavallière et, surtout, un superbe chapeau garni de rouages. Couvre-chef qu'il parvient à maintenir en équilibre sur le sommet de son crâne, contrariant ainsi toutes les lois de la physique ! Rien que pour cette performance, il est à applaudir.

Je ne m'attarde pourtant pas, et j'enchaîne avec l'auteur suivant. J'erre durant un quart d'heure, comme ça, souriant aux inconnus, distribuant des bises à ceux que je n'avais pas salués, papotant avec des copains.

— Je suis sûr que mon livre vous plaira.

Encore un !

Re-*Je n'en doute pas une seconde.*

À bout d'arguments, je manque manifestement de répliques. Aussi, j'oscille entre échappée salutaire et persévérance coupable.

Je reste.

— Très jolie plume !

Bien entendu, je ne parle pas de son style, mais de l'accessoire conçu pour écrire qui trône devant son échafaudage de bouquins ! Une belle rémige[1] blanche – notez au passage mon savoir en ornithologie –, volée à une oie, au bout de laquelle est emmanché un tube doré se terminant en biseau.

— Oui ! Elle me porte chance. C'est grâce à elle que les idées me viennent. Elle connecte mon esprit au divin. C'est un symbole spirituel, tombé du ciel, qui fait de moi un écrivain admirable inspiré par le souffle de Dieu.

Un sifflement narquois ondoie entre mes lèvres étirées dans un rictus émerveillé. *Écrivain admirable inspiré par le divin*. Ben voyons ! La Toussaint est encore proche. Cet individu-là a dû obtenir un tarif préférentiel sur les fleurs. Son appartement doit être rempli de chrysanthèmes !

Petit rétablissement après un salto raté. En fait, je me fourvoie. Il doit plaisanter.

Regard suspicieux lancé pour confirmer mes soupçons. Je distingue une veste de costume Louis XIV, d'un vert émeraude, des machettes en dentelle qui virevoltent à chacun de ses mouvements, mais aucune trace d'humour sur son visage fermé.

Non, il ne plaisante pas.

— Vous voulez dire que vous écrivez… avec ce truc ?

Je feins l'extase pour masquer mon amusement, face à l'égocentrisme de mon interlocuteur. Attention, n'imaginez rien de péjoratif dans ma réplique. Pas de dédain. Mais plutôt une forme d'admiration béate, voire bête. Car utiliser une plume relève pour moi de la performance. Aussi absurde que de traverser le désert sur un pied, mais perfor-

1. Grande plume rigide de l'aile.

mance tout de même. Si certains se plaisent à prendre des coups de chaud et à avoir soif, pourquoi cet homme n'aimerait-il pas s'escrimer, à l'heure des claviers d'ordinateur, avec un tel engin ?

— Vous devez avoir le temps de ciseler vos phrases, fais-je suavement remarquer.

Il me passe crûment en revue, avec l'œil aiguisé du sergent qui cherche l'erreur dans la tenue des troufions. Le mitard n'est pas loin.

— En effet. Vous voulez essayer ?

D'un geste souple du poignet, il me montre un parchemin sur laquelle tous les auteurs présents ici semblent avoir laissé leur trace indélébile à l'encre violette. Des mots jetés dans des calligraphies différentes, au milieu de pâtés grossiers. Des signatures aussi, pour les plus courageux, parmi lesquelles je retrouve celle d'Alice et de mon nouvel *ami* Jules.

— Les idées se fraient doucement leur chemin, afin que naissent de sublimes phrases harmonieuses, me susurre-t-il alors que je dérape dans un paraphe grotesque.

— … mais le divin n'est pas accessible à tous, poursuit-il en m'ôtant des doigts l'instrument que je mets en péril en le maltraitant.

Ben voyons !

Si l'on devait, au cours de ce salon mortel, accorder le trophée de l'écrivain le plus prétentieux à quelqu'un, celui-ci l'aurait sans discussion, avec les compliments du jury.

... *et la palme d'or est attribuée à monsieur* (regard vers la couverture de son livre), *à M. Dimitri Karpoff, pour* Mystères dans les pyramides *!*

— Félicitations !

Et sur ce, je m'éclipse aussitôt, ne voulant certainement pas, lâche que je suis, affronter le détail de son histoire ni le camouflet de ses moqueries.

... et la palme d'or de l'autrice la plus couarde est attribuée à... bon, vous avez compris !

Mon tour de piste prend fin, bien à propos, avec une inspection des toilettes, pause pipi oblige. Puis me conduit au bar, où je commande un thé, histoire de remettre dans mon corps l'eau que je viens de laisser dans la cuvette des WC.

De retour à ma place, Alice, revenue avant moi, m'accueille avec un :

— Alors ? Tu as trouvé des trucs intéressants ?

Question à laquelle je néglige de fournir une réponse. Mon interlocutrice n'en attendait de toute façon pas, trop occupée qu'elle est à sourire au type qui écrit des polars, et qui depuis ma visite, la lorgne sans équivoque. Avec toute la rancœur qu'une personne dans ma situation peut déployer, j'assiste, en marmonnant, à une drague en *live*, initiée par moi, vénérable prêtresse du grand n'importe quoi.

Ainsi se passe le restant de la journée, entre langueur d'ennui et longues phases à me morfondre, sans lecteur et, pour le coup, sans amie. J'en suis à regretter mon calme chalet morvandiau avec vue sur le lac, mon fauteuil Voltaire et mon chat siamois. Dans l'élan, autant ne rien laisser au hasard ! Je me lamente donc, avec beaucoup de conviction, sur moi-même. Je me traite de vieille bique qui ose se faire des illusions, à un âge où il n'est plus permis d'en avoir.

Surtout avec un physique comme le mien et une copine comme la mienne.

4

Tant va la plume à l'encre qu'à la fin elle se plante

La soirée a été des plus pénibles, notamment lorsque j'ai senti une cheville, qui ne m'était pas destinée, frôler goulûment la mienne.

Nous nous sommes retrouvés – comme de coutume lorsqu'un salon s'étire sur deux jours – une dizaine autour d'une table de restaurant proche de l'hôtel où nous avions réservé des chambres.

Même si nous n'allons pas loin, nous avons l'habitude, Alice et moi, de dormir sur place. Nous nous coupons ainsi de notre train-train quotidien, en jouant l'immersion totale, pour un week-end sous le signe de la détente. Nous dînons entre amis et passons une partie de la nuit à refaire le monde, comme les grands ados que nous sommes encore. C'est notre troisième mi-temps à nous. Souvent le moment le plus agréable.

L'alcool va bon train, et nous profitons de l'instant comme d'une parenthèse dans nos vies un peu ternes. Ce sont les seules occasions où nous pouvons nous côtoyer tous ; réservant le reste de notre existence à notre famille et nos *autres* amis, ceux de l'extérieur qui n'écrivent pas.

C'est amusant.

Sauf la veille, lorsqu'Alice, piquée par la curiosité de faire plus ample connaissance avec *cet auteur de polar bien sous tous rapports,* a voulu l'insérer dans notre groupe, dans le but délictueux d'en avoir un… rapport ! La cheville, qui s'est frottée à la mienne à la manière d'une cheville en chaleur, était celle de ma copine. Elle n'a pas assez étiré sa jambe et s'est trompée de pied. Pied qu'elle a d'ailleurs senti, puisque je lui en ai envoyé un coup brusque, en réponse à sa fausse manœuvre.

— Aïe ! a-t-elle maugréé en me fusillant du regard.

Comme j'ai passé une nuit super nulle, à l'image de ma soirée, je décide de me lever tôt pour marcher, avant le round final. Je me douche, me prépare – nerveuse d'avoir peu dormi –, cale sous ma langue une dizaine de granulés d'*Ignatia* pour me calmer, et sors sans faire de bruit, avec l'idée de laisser ma valise à la réception.

Mes bottes sous le bras afin de ne réveiller personne, je déboule en chaussettes dans le couloir. Mal m'en prend ! Comble du week-end de mouise, que vois-je sur le palier ? *Mon auteur bien sous tous rapports !* Il quitte la chambre voisine, celle d'Alice bien sûr, sa veste sur l'épaule et tout comme moi, ses chaussures à la main. La chemise à moitié rentrée dans son pantalon. Benêt de me trouver là.

Et il a raison de l'être, car il a vraiment l'air idiot, à porter ses godasses !

Jules Martige, en lettres blanches sur fond noir.

Découvrir qu'il a réellement fini la soirée en folâtrant dans le lit d'Alice me met la nausée. Mais comment fait-elle pour les emballer si facilement ?

Me sourit-il ? Il me semble que oui.

Oh, l'impudent !

Son regard, complaisant, se dirige vers ce que je serre sous mon coude, comme si le fait que nous soyons pieds nus tous les deux sur la moquette, dans ce couloir silencieux, pouvait tisser un lien intime entre nous. Engendrer une connivence. Une complicité que nous tiendrions secrète.

Quelle horreur !

Que faire ? Décamper ou affronter ?

Une pensée jaillit et je songe à Jules Renard[1], Morvandiau d'origine, tout comme moi. Poussée par son infinie sagesse, j'écoute mon courage qui ne me dit rien et je choisis la fuite.

C'est donc étouffée par l'amertume, un goût âcre de rancœur au fond de la gorge, le visage rouge, la mine triste et les joues blêmes (*euh*...), que je déguerpis. Sans me retourner, je dévale l'escalier avec la frénésie d'une évadée d'Alcatraz qui ne veut surtout pas se faire reprendre et jette ma valise au gardien de nuit, avec un : « Je la récupérerai ce soir », essoufflé.

Direction, la salle des fêtes !

Auparavant, afin de combler le vide que creuse en moi la déconvenue, je m'en vais arpenter le centre-ville à la recherche d'une boulangerie ouverte. Un bon croissant

---

1. « N'écoutant que son courage, qui ne lui disait rien, il se garda d'intervenir » (Jules Renard, *Journal*).

dégoulinant de beurre me fera le plus grand bien. Il n'y a rien de mieux que les calories pour remplir les trous, au sens propre comme au figuré.

Ni une, ni deux !

Je chausse mes bottes avant de sortir, et pars à la recherche de l'arme fatale du crime.

L'ayant vite dénichée, toute chaude, toute dorée, je me pose sur un banc, encore humide de rosée, et je croque dans ma viennoiserie comme si je n'avais pas mangé depuis huit jours. Mon postérieur sera mouillé et les gens s'imagineront que j'ai des problèmes de fuites urinaires. Mais je m'en tape. Je suis moche et vieille. Voilà ce que je suis : moche et vieille. Même pas capable de séduire un homme.

Heureusement, il fait toujours aussi beau, même si mon humeur de chacal m'incite à voir dans des nuages blancs les signes avant-coureurs de la pluie. Pluie qui ne tombera pas. N'en déplaise à mon esprit chagrin… et au sournois mal de tête que j'attribue à Alice et Jules, alors que je le dois au vin rouge qui n'était pas bio, et dont j'ai abusé la veille, du fait de mon dépit.

Lorsque j'approche enfin de la salle des réjouissances, je constate que la chance est avec moi. Les portes du salon sont déjà ouvertes ! Je franchis la large baie vitrée. Il n'y a personne dans la vaste entrée, servant d'accueil et de bar tout à la fois. Même les organisateurs sont absents ! Seul le gardien doit être présent, et c'est tant mieux, car je n'ai vraiment pas envie de parler, ni d'expliquer pourquoi je suis ici si tôt.

Discrètement, je m'engouffre dans le lieu où se tient notre second jour de folles agapes, avec l'intention de bouquiner en attendant que tout le monde arrive. Je préfère être tranquille, plutôt que de recueillir, à l'heure du petit déjeuner à l'hôtel, les commentaires graveleux qu'Alice ne manquerait pas de m'offrir, avec moult détails, sur sa nuit torride. Une fois n'est pas coutume, je ne désire pas être sa confidente. Complice de ses frasques, et surtout complice de la désillusion de ce pauvre type, lorsqu'il comprendra que leur histoire est sans lendemain.

Parce qu'Alice le jettera, lui aussi...

J'avance entre les rangées pour regagner ma place, dans le fond. L'air, un peu frais, sent le papier et une odeur sœurette que je ne peux définir. Elle ne me déplaît pas. Elle flatte presque mes narines. Elle m'appelle. Je la suis, amusée, et je découvre un homme de dos qui dort sur son emplacement.

Y'en a qui n'ont vraiment pas de ronds, me dis-je à moi-même.

En effet, s'installer de cette manière, ce doit être bien inconfortable ! Je connais bon nombre de participants qui préfèrent passer la nuit dans leur voiture pour limiter les frais, mais là ? Jamais vu ! De plus, il me semblait logique que, par sécurité, la clôture des portes soit imposée le soir. S'est-il fait enfermer ici à l'insu du vigile ? Surprenant tout de même !

Il n'a pas dû bien se reposer. D'autant plus qu'il ne paraît pas tout jeune.

J'hésite entre le déranger pour lui demander si tout va bien, ou lui foutre la paix. Toutefois, un truc m'intrigue : l'individu n'est pas au bon endroit. Je m'explique. Ce n'est pas l'auteur des livres de ce stand qui est couché la tête sur la table. Même de dos, il n'a pas l'allure du mec qui m'a tant déplu. Ce type prétentieux vêtu d'une redingote Grand Siècle, les bords agrémentés d'une passementerie brodée or. Pas d'un blazer râpé.

Dimitri Karpoff.

Je m'approche doucement et le contourne pour tenter de l'identifier. Ce veston gris élimé. Ce pantalon de velours côtelé usé jusqu'à la trame. Ce cheveu rare. Aucun doute ! C'est l'homme aux poils dans le nez !

Mais que fait-il ici ? Pourquoi dort-il sur un emplacement qui n'est pas le sien ?

J'accomplis quelques pas chassés sur le côté. Je me méfie soudain.

Voyons voir… la première image est celle de la fameuse plume coincée dans le repli du bras. Elle est à l'envers dans l'encrier ouvert. Par contre, je discerne difficilement ce qui est planté au bout, sur la pointe en métal. Ça ressemble à un marshmallow grillé sur la braise, qui dégouline au bout de son bâton. Trop visqueux, à mon goût.

Plus tard. Bien plus tard. Je me dirai que j'aurais dû m'occuper de mes oignons. Mais là, dans l'immédiat, la vieille fouine curieuse que je suis ne peut résister à l'envie d'approcher.

Mais pourquoi ? Je me pose encore la question. Pourquoi, grand Dieu !

Eh voilà ! Le mal est fait. Je suis à deux pas de lui et tout s'éclaircit.

L'homme ne dort pas ! L'homme est mort !

Dans un sursaut, je fais un bond en arrière. Mais ce n'est pas le pire ! Le pire, j'y ai droit lorsque je distingue enfin ce qu'il y a au bout de la plume. La fascination, autant que la stupeur, me fait incliner la tête sur le côté, comme un adorable chiot. Identique à ceux en plastique, toujours contents, que l'on mettait, dans les années 1970, sur la plage arrière des voitures.

UN ŒIL !

Un œil qui me contemple, goguenard, de son iris vitreux.

Pas besoin d'être Hercule Poirot pour comprendre ce qui s'est passé ! C'est dément ! Je panique. Un peu. Beaucoup. Carrément ! Mes jambes tremblent. Mes mains tremblent. Mon corps tremble.

Soudain, tout lâche. Mon croissant si goulûment avalé ressort, sans plus de formalités.

Je vais tomber.

Je tombe.

5

Tattooed Man

— Je résume : vous êtes entrée dans la salle et vous avez vu cet homme affalé ?

— Oui, inspecteur.

— Commandant.

— Pardon, commandant.

— D'accord. Et après ?

— Après quoi ?

Le gendarme me regarde étrangement. Pour la quatrième fois, au moins, il reprend au même moment. Et moi, pour la quatrième fois, je cale inexorablement sur le *après*. Passé ce mot, je sens ma bouche devenir béante et mes lèvres s'affaisser, comme si un médecin fou venait de pratiquer sur moi une lobotomie transorbitale.

— Après, bon Dieu ? Ce n'est pas sorcier de me raconter ce que vous avez fait après avoir découvert le mort !

Il s'énerve. C'est évident. Je peux le comprendre à ses narines pincées et au ton de sa voix qui monte. Il faut que je fasse un effort sinon il va me jeter en cellule.

Dans ma tête, tout se bouscule. Ai-je vu l'œil tout de suite ? Ai-je crié ? Et surtout qui m'a assise sur cette foutue chaise, afin que je ne tombe pas ?

— À moins que ce soit vous la coupable… et dans ce cas…

Ouh ! D'un coup, je n'aime pas du tout, mais alors pas du tout, la tournure que prennent les événements. Trouver ce macchabée m'a chamboulée, c'est légitime. Pourquoi ne le comprend-il pas, l'homme aux tatouages ?

L'odeur sœurette de la mort. Ma surprise de découvrir un globe oculaire planté sur une plume. Mon étourdissement. Quelqu'un me soutient. Je ne vois pas. Il est dans mon dos. Il répète :

— Pourquoi est-il à ma place ? Pourquoi est-il à ma place ?

Je cogite. Sous la menace, les détails me reviennent, petit à petit.

— En fait, c'est l'auteur à qui appartient le stand qui m'a assise. Il est arrivé juste au moment où j'allais tomber. Ensuite, il m'a lâchée pour prévenir la police. Je me rappelle maintenant, il a cherché son téléphone, mais il l'avait oublié sur sa table. Un vieux truc à clapet. Alors… il a fallu qu'il pousse le coude du mort pour l'attraper. La plume a vacillé. Et l'œil avec. C'était dégueulasse ! Après, il m'a demandé si j'avais touché à quelque chose. Ah oui ! Et aussi si je voulais un verre d'eau.

— Et vous aviez touché à quelque chose ?

— Vous êtes fou !

Le commandant fronce les sourcils et me regarde de travers.

— Un peu de respect, s'il vous plaît !

Il tape des notes sur son ordinateur.

— Et vous vouliez un verre d'eau ?

— Bien sûr ! J'avais la gorge sèche avec un gros nœud qui l'obstruait. Ma tête tournait.

— Il s'est absenté pour vous en trouver ?

— Non, il a saisi une bouteille neuve sur un des stands et me l'a tendue.

— C'est tout ?

— Oui.

— Et après ?

— On s'est assis tous les deux et on a attendu que vous arriviez.

Tout en mâchouillant, Tattooed Man prend une profonde inspiration.

— Ce fut laborieux à sortir !

— J'aurais aimé vous y voir.

— Soit… et personne n'est entré à part vous deux ?

— Personne. Il était trop tôt pour les auteurs et pour les orgas.

— Les orgasmes ?

— Mais non ! Les organisateurs du salon.

Mon Dieu, qu'il est bête !

— Bien, grogne-t-il.

Ses doigts dansent sur le clavier avec une rapidité surprenante.

— Et vous ? Pourquoi étiez-vous là, si personne n'avait à y être ?

Mes yeux fatigués le contemplent et doivent lui exprimer, à ce moment précis, tout l'abattement que je peux ressentir. Il n'est pas 9 heures du matin et je suis déjà crevée. À travers la fenêtre, un foutu soleil brille et je maugrée.

On ne devrait jamais mourir quand il fait beau ! Le reste du temps non plus, d'ailleurs.

— Vous dites ?

— Rien.

Toujours derrière son bureau, maintenant renversé à l'arrière contre le dossier de sa chaise qui se balance dangereusement sur deux pieds, il me sourit, Tattooed Man. Il n'est pas antipathique. Pire, il fait son boulot et paraît même bien le faire. Ne négligeant aucun détail. Poussant le témoin que je suis à se remettre dans l'ambiance de la scène par introspection. Dans un soupir, je souffle :

— Comment vous expliquer ?

— Je vous en prie ! Je suis tout ouïe.

En plus, il a de l'humour, le bougre. Toutefois, je n'ose lui raconter, sans passer pour une nouille, que si je suis venue me réfugier dans cette salle, matinalement, ce n'était que pour échapper aux morceaux choisis, à la limite du graveleux, que ma copine allait me distiller à l'instant T ou thé – c'est au choix – du petit-déjeuner. Mais puisqu'il le faut…

— Voilà !

Avec détermination, je me lance et lui révèle tout. L'auteur craquant que mon amie m'a piqué sous le nez. Ma déconvenue, si déconvenue il est permis d'avoir puisque rien n'avait été convenu. Le fait que j'ai découvert l'homme en question qui sortait de sa chambre, au petit matin. Et le peu d'envie que j'ai eue alors, d'entendre Alice m'étaler, avec force détails, comment sa nouvelle conquête faisait l'amour.

— Vous étiez jalouse, tout bêtement ?

Pourquoi les explications claires débouchent-elles, la plupart du temps, sur des conclusions radicales ? Je fronce à mon tour les sourcils. Qui parle de jalousie en ces lieux ?

— Non, j'étais…

Il me détaille et un étrange sourire railleur fleurit sur son visage.

— Jalouse.

Agacée, j'ai un haussement d'épaules.

— Peut-être ! Mais là n'est pas le propos. Tout cela n'a strictement rien à voir avec la choucroute.

Dubitatif, il soupire, puis grimace. Ouille ! Est-ce bon signe ? Ne me suis-je pas exprimée vertement ?

— Vous me permettrez d'en juger par moi-même.

Eh BAM ! Dans un coup de reins puissant – oh ce coup de reins ! –, il se rétablit face à la table et tout en remettant sa chaise sur ses quatre pieds, il poursuit :

— Dans un excès de colère, vous avez pu régler son compte au premier homme qui passait. Cette réaction s'est déjà rencontrée. Dommage collatéral. Mue par une montée de violence incontrôlée, une personne peut très bien assassiner un innocent.

— Et planter son œil sur une plume, comme la tête de Delaunay sur une pique ? Nous ne sommes pas à la prise de la Bastille, tout de même ! Surtout pour une histoire de pseudo-jalousie… pff…

Irritée par ces suppositions romanesques, je fais une courte pause, histoire de recouvrer mon souffle, avant d'enchaîner :

— Et si je devais… je dis bien si… si je devais commettre un meurtre, les moyens seraient moins cruels.

— Donc, vous admettez ?

— Oh, mais ! Je n'admets rien ! Je vous explique seulement que je crains la vue du sang. C'est tout ! Et que, si j'avais à tuer, je le ferais proprement.

Il relève posément les manches de sa chemise à carreaux, style bûcheron canadien *hipsterisant*, et dévoile à mes yeux éblouis la suite de ses tatouages. Toute une vie en couleurs qui se déroule sur ses bras. Avec curiosité, je me demande si la fin de l'histoire se trouve dans son dos.

— Cachets, poison ?

— La nature regorge de plantes utiles, et je suis une spécialiste.

Grand, athlétique, œil foncé, cheveux bruns très courts, barbe de trois jours, la petite quarantaine bodybuildée, l'allure méditerranéenne ; il est top, comme type, ce commandant, pour celles qui aiment les oreillers durs et les couvertures rêches, plutôt que les polochons douillets et les couettes moelleuses. Moi, je suis plus du genre *poignée d'amour*. Roudoudou confortable.

Je toussote. Mal à l'aise. Bon, en matière de genre, je dois admettre que je ne suis pas un exemple parfait. Trois ans depuis la perte de mon conjoint, précédés de deux ans de ce qu'on a coutume d'appeler pudiquement une *longue maladie*, ont fait de moi une terre en jachère. N'y poussent plus que des adventices épineux sur un sol devenu aride. Il va falloir débroussailler tout ça, si je veux me placer dans les starting-blocks du concours des *#quinquasetplusbaisables* ! Alice ne se gêne pas. Elle.

Troublée par mes propres pensées, je me dandine sur ma chaise. Moi, si réservée, je ne me reconnais plus. Que m'arrive-t-il ? Est-ce la vue de toute cette hémoglobine qui m'a mise en émoi, ou le fait de croiser le regard vert mousse de cet auteur de polars bien sous tous rapports ?… Qui, rappelons-le, a fini dans le lit de ma copine, afin d'avoir un rapport… avec elle… pas avec moi… enfin baste ! Passons…

Je suppose que tout se combine. De toute façon, mes hormones s'en félicitent, elles qui sont, depuis un paquet de mois, parties en vrac.

— Une spécialiste ! C'est parfait ! s'écrie brusquement le représentant de l'ordre, au bord de la jubilation.

De quoi parle-t-il, Tattooed Man ? La victime n'a pas été empoisonnée ? Nous nous égarons !

Je lui en fais la réflexion. Et il me retourne un : « On se sait jamais, l'autopsie nous le confirmera », qui provoque une agitation bizarre au fond de moi. Comme si je pouvais être fautive à l'insu de ma volonté. Les erreurs judiciaires, ça existe ! Manquerait plus que l'assassin ait eu la mauvaise idée de faire boire un truc mortel au macchabée avant de l'énucléer !

Pauvre de moi.

— Et je deviens quoi, en attendant l'arrivée des résultats ?

— Une potentielle suspecte sur la liste de mes présumés coupables. Rappelons que vous avez été surprise devant un cadavre, alors que vous n'aviez pas prévenu les secours.

Ah ben ! Il me la sort bonne, le bougre ! (Pardon pour la grivoiserie.)

— J'étais retournée comme une crêpe ! Une crêpe à l'envers n'appelle pas la police.

Il contient un sourire. Je l'ai vu ! Je le fais rire !

— Votre collègue l'a bien fait, lui ?

L'envie me prend de lui balancer que ce n'est pas parce que mon collègue déciderait de se rendre aux toilettes, que je devrais le suivre ! Toutefois, je me retiens.

— Et à lui ? Vous lui avez demandé la raison de sa présence dans la salle ?

Une hargne soudaine. Pourquoi serais-je la seule à être importunée de la sorte, hein ? Ce grand malappris de Dimitri Karpoff doit avoir, lui aussi, une part du gâteau !

— Je lui ai déjà posé la question.

— Et ?

Il hésite. Il va m'infliger le fameux *secret de l'instruction*, que l'on entend dans toutes les séries policières à la télévision, je le sens. Contre toute attente, il me répond :

— Il dormait dans sa voiture. Ce sont vos cris stridents de folle furieuse, je le cite, qui l'ont attiré à l'intérieur.

Oh le grossier personnage !

— Et vous le croyez ?

— Oui. Jusqu'à preuve du contraire.

Je hoche la tête, dubitative :

— OK. Et mes obligations sont… ?

— Vous devez rester à la disposition de la gendarmerie. En plus d'être celle qui a trouvé le cadavre, vous faites aussi un parfait suspect.

Manquait plus que ça !

Je hasarde un :

— Ici ?

On ne sait jamais. Il y a des gendarmeries vers chez moi.

— Ben ici, oui ! Le meurtre n'a pas eu lieu ailleurs, que je sache !

— Et je vais devenir quoi, moi ?

Soupir de sa part, qui prouve qu'il n'en a franchement pas grand-chose à faire de mes états d'âme.

— Vous allez attendre. Si nous avons besoin de plus d'informations, nous vous contacterons. Pour l'instant, vous pouvez rejoindre vos copains dans l'entrée.

Vos copains...

— Une dernière question ? Puis-je récupérer mes chaussures ?

Oui, parce qu'afin de vérifier si les traces de pas dans le sang étaient bien les miennes, ils ont piqué mes godasses !

— Pas de problème. Vos semelles ont été comparées avec les marques et c'est bien vous qui avez copieusement souillé la scène du crime. Demandez-les au planton en sortant, il vous les rendra.

Souillé la scène du crime. Comme il est drôle ! J'aurais dû faire quoi ?

Tout en raclant les pieds de la chaise sur le carrelage de la petite pièce où nous nous trouvons – le commandant ayant installé son QG de campagne à l'écart de la salle, dans ce qui a dû être, en son temps, un vestiaire –, je reprends lourdement la position debout.

— Alors dans ce cas-là…

Il a un sourire bizarre, entre soulagement de me voir dégager et tristesse de ne pas m'inculper. Enfin, c'est ce que j'interprète en détaillant son expression carnassière qui étire sa mâchoire massive.

— Au plaisir !

Bonheur que je ne peux partager, car déjà il ordonne au mec en faction devant la porte de bien vouloir me rendre mes chaussures et de lui amener le témoin suivant.

De retour dans le hall d'accueil, qui fort heureusement est assez vaste pour recevoir tous les auteurs privés de leur stand, Alice me tombe sur le poil avec la rapidité d'un morpion sur la couenne d'un SDF.

— Oh non… je soupire. Pas toi !

Je fais semblant de ne pas voir, tout en remettant mes bottes.

— Pourquoi, pas moi ?

Je l'ai vexée. Courageuse, je lui plante tout de même une bise sonore sur la joue gauche, n'ayant pas le temps d'honorer la joue droite, trop vite retirée à ma bouche.

— Pourquoi pas moi ? réitère-t-elle en prenant un air offensé.

Au pied levé, j'invente une excuse :

— Parce que je viens de subir un interrogatoire serré, et que j'espérais pouvoir m'abreuver d'un peu de thé avant de tout te raconter.

— Ah mais, je n'attends pas que tu me déballes ton histoire ! grommelle-t-elle en mangeant son rouge à lèvres *Désert au couchant*. Je la connais déjà ! Ce que je veux, c'est te donner les détails de ma nuit avec Jules.

Nous y voilà ! Aucune compassion. Que nenni ! Ses exploits *spacio-cul-turels* passent avant les déconvenues de ma pauvre existence.

— Dimitri m'a tout expliqué. Il m'a relaté comment tu as découvert le corps, comment tu as hurlé comme une folle en furie, et comment il t'a empêchée de tomber par terre – avec difficulté parce que tu es lourde – quand tu as tourné de l'œil.

Je roule des yeux ronds. Son intimité subite avec cet auteur me surprend. Parle-t-on du même Dimitri ?

— Dimitri ?

Qui est donc ce Dimitri ? J'ai à peine le temps de remettre mes idées torturées et mes illusions bafouées en place qu'elle me crie :

— Dimitri Karpoff, pardi ! C'est lui qui a publié *Mystères dans les pyramides.*

Mystères dans les pyramides.

— *Mystères dans les pyramides,* quoi ? Dimitri ! L'homme à la plume. Celui qui est arrivé après toi lorsque tu as trouvé le cadavre !

Dimitri Karpoff. Où avais-je la tête ? Soit dit en passant, vraiment un goujat, ce type !

— Bon Dieu, mais c'est bien sûr !

Je me tape sur le front après avoir plagié un vieux commissaire d'une série télé, que les moins de presque 60 ans ne peuvent pas connaître.

— Très chouette plume, d'ailleurs, poursuit-elle, l'air vague.

— Tu parles de son style ?

— Non, du truc avec lequel il écrivait ! Il me l'a fait essayer lorsqu'elle était encore… enfin tu vois où je veux en venir…

Je l'ausculte en coin.

— Lorsqu'elle ne servait pas de support à un œil ?

— Oui, c'est ça !

— L'autre suspect ?

Alice se renfrogne.

— Ah non, ma belle ! Lorsqu'il est arrivé, toi tu étais déjà sur place !

Ramasse dans les dents !

Je détaille celle que j'ai prise, jusqu'alors, pour une amie. L'est-elle vraiment ? Un doute sournois s'immisce en moi, tandis qu'elle me sourit ingénument.

— Si tu savais !

— Si je savais quoi ?

Un instant, j'ai la crainte que le fameux Dimitri ait débité sur moi des sornettes, enluminées par une imagination fertile d'auteur (toujours se méfier de l'imagination fertile des auteurs). Pas du tout ! Alors que je m'inquiète, elle s'étale sur ses exploits de la veille, avec la fougue de ceux qui ne se rendent pas compte qu'ils fatiguent.

— Un sacré bon coup, ce Jules ! Wouarf ! D'entrée de jeu, il m'a fait…

— Nooon !

— Quoi, non ? Tu ne veux pas que je te raconte ?

— Non.

Pour une fois, j'ose affirmer mon choix avec force.

— Ben pourquoi ? D'habitude, tu aimes bien les détails croustillants.

— D'habitude, oui. Mais pas aujourd'hui.

Elle a une moue boudeuse.

— Eh bien ? Comme copine, tu te poses là ! Même pas capable de m'écouter lorsque je me confie. Qu'est-ce qui a changé ?

Ce qui a changé ? Alors que mille choses me viennent à l'esprit, je la contemple, attristée. Ne s'attache-t-elle qu'à elle ? N'a-t-elle aucun intérêt pour moi ?

— Alice… j'ai trouvé un mort. Un vrai cadavre ! Un type qui avait une vie, des amis, de la famille. Quelqu'un qu'on a assassiné. Et c'est moi qui l'ai découvert !

Je fais une pause alors qu'elle me dévisage, contrite.

— Bah… personne ne le pleurera, ce vieux pervers. En plus, il le méritait.

— Alice !

Consternée par ses propos, je décide de prendre l'air. J'en ai sérieusement besoin.

— Où tu vas ? s'inquiète l'inconsciente.

— Respirer !

*

Mes pas m'ont conduite instinctivement vers l'eau. J'aime l'eau sous toutes ses formes. Lac, torrent, fleuve, canal, océan, piscine, mare, bassin, fontaine… pluie. L'eau m'a toujours fascinée et calmée. Je peux regarder un robinet couler, comme ça, pour rien. Pour le plaisir. Surtout lorsqu'Arsène y boit.

Les bras ballants, j'observe donc, depuis plusieurs minutes déjà, la rivière qui serpente à mes pieds, tout en me maudissant de ne pas fumer. Oui, parce que là, tout de suite, j'en aurais bien grillé une, histoire de me détendre !

J'en suis à ce genre de constatation stupide, lorsqu'une voix m'interpelle. Je me retourne et tombe nez à nez avec l'objet même de ma fuite : Jules Martige en personne !

— Vous vous liguez contre moi, tous les deux !

— Pardon ?

Dans la clarté lumineuse d'un exquis matin d'automne, il m'offre son plus doux sourire, alors que ses yeux de mousse, terriblement beaux sur fond feuilles rougissantes, tentent de révéler son incompréhension. Un truc à ailes blanches, armé d'une baguette magique, serait passé à ce moment précis pour répandre, sur nous, de la poudre enchantée que je n'en aurais pas été plus que ça surprise !

Mon cœur se met à battre comme un dingue. Ma bouche s'assèche. Et comble du comble, je pique un fard (ça devient récurrent lorsque je suis en compagnie de ce type) en bafouillant :

— Excusez-moi…

En parfait gentleman, l'homme fait en sorte d'ignorer mon émoi.

— Il n'y a pas de raisons pour que vous me présentiez des excuses. Je n'ai tout bonnement pas saisi vos paroles.

Wach… Wach… Wach… pour un auteur de polar, il s'exprime vachement propre *Mister Beau Gosse*. J'éructe un :

— Je me parlais à moi-même. Vous savez… l'âge…

Mon propos le pousse à sourire, à nouveau, et je ne ferai plus aucun commentaire sur son sourire qui… Oh bon sang ! J'en ai mon intérieur intime tout chamboulé !

— Je connais, pas de souci. Je le fais souvent lorsque je suis tout seul. D'ailleurs, n'avions-nous pas décidé de nous tutoyer ? Entre collègues.

Ah oui, mais ça, c'était avant !

Le *Ah* ne dépasse toutefois pas le seuil de mes lèvres, aussi, je reste bêtement la bouche ouverte, prête à gober la première mouche qui s'aviserait d'arriver.

— Si tu veux.

Et me voilà qui acquiesce avec la langueur d'une serpillière mouillée, s'étalant voluptueusement sur un sol sale.

— C'est parfait ! Ce matin, on s'est croisés rapidement dans le couloir. Je te fais la bise maintenant, si tu permets.

Permets-je ? Je permets. Bénéficiant, dans l'élan, d'une fragrance pour hommes des plus délicates, alors que je lui accorde ma demi-heure de sudation exacerbée par un interrogatoire musclé. L'ange passe plus bas et je n'ose surtout pas imaginer ce qu'il pourrait réaliser avec sa baguette magique.

— Écoute, reprend-il en fermant à moitié les paupières sur ses yeux charmants. Je ne sais pas si je peux, mais… allez… je me lance ! Je suppose que tu es assignée à résidence, puisque tu es leur témoin numéro un ?

— Oui, je soupire mollement.

Avec, en toutes petites lettres en bas, à gauche (de celles qu'on ne lit jamais) :

... et ça me fait vraiment chier...

— Alors… j'ai pensé… euh, je ne suis pas certain que cela t'intéresse. Tu dois connaître du monde qui peut t'héberger. Mais bon !

Embarrassé soudain, il s'éclaircit la voix :

— Si tu n'as pas d'endroit où séjourner, balance-t-il avec courage, je peux t'offrir l'hospitalité.

C'est dit.

Pourquoi ? Mais pourquoi le cerveau humain est-il à ce point tordu ? Je vous le demande ! Au lieu de me réjouir, savourant le fait que l'élu convoité me propose de demeurer chez lui, le temps de l'enquête, j'en suis à me poser des questions au sujet de la présence d'Alice ! Pire ! Une espèce d'agglomérat enchevêtré, faits de bras et pieds, surgit dans mon esprit en déroute. En ressortent les jambes poilues de mon interlocuteur – qui ne peut qu'avoir des jambes poilues, en témoigne son torse que j'imagine divinement viril – et les mollets glabres, entretenus par la meilleure esthéticienne de la région, de mon amie Alice. Le Kamasutra n'a qu'à bien se tenir, parce que leurs deux corps emmêlés forment une sacrée salade !

J'en grimace.

— Ah ! L'idée te déplaît ! murmure l'homme imbriqué… pardon, penaud.

Comprenez bien l'état de mon encéphale à ce moment précis. J'en bafouille et ressemble, à s'y méprendre, à un vieux chewing-gum mâché et remâché qu'on va finir collé, négligemment, en boule sous une table.

S'ensuit un échange verbal *pingpongueste*, que je ne maîtrise plus.

— Mais non !

— Non ?

— Enfin, mais si !

— Ça te déplaît ?

— Non !

— Non, quoi ?

— J'en serais ravie !

— Vraiment ?

— Oui, je te promets.

— J'en doute.

— C'est seulement que je ne m'attendais pas à ça.

— À ce que je t'invite ?

— Oui ! Je ne voudrais surtout pas vous encombrer.

— Nous encombrer ? Qui ? Moi ?

— Oui, toi.

— Moi ?

— Enfin, toi et Alice.

Surpris, Jules incline doucement la tête sur le côté, comme les… (Je sais, j'ai déjà fait cette comparaison plus haut !)

— Rien à voir.

Gourde que tu es ! Toi, il te dépanne. Elle, il la saute.

— J'ai une chambre d'amis spacieuse. Tu t'y sentiras comme chez toi, confirme-t-il. On est d'accord ? Tu viens ?

— La demande est formulée avec tant de gentillesse ! Tu es sûr ?

Comme il fait mine de ne pas comprendre, je décide d'arrêter là mes sous-entendus puérils. Advienne que pourra ! Après tout, je ne roule pas sur l'or. Ça va me permettre de faire l'économie d'une nuit de plus à l'hôtel. En échange de quoi, je peux bien supporter les frasques de mon hôte avec ma, jusque-là, meilleure copine.

Quoique, à bien y réfléchir, je ne sais pas.

Je souris toutefois et dis l'inverse de ce que je pense. L'avenir me prouvera que ce sera souvent le cas en la présence de Jules.

— Affaire conclue ! Il faut que je récupère ma valise à la réception et je suis à toi.

Un silence douloureux.

Je rougis, et en réponse, il pouffe comme un môme. Alors je lui tope dans la main. Nous voilà devenus deux vieux potes de régiment, et cela paraît lui plaire !

6

Marie-Alice Durant du Pontel

Ce second jour de salon a bien évidemment pris du plomb dans l'aile. La salle est devenue une vaste *scène de crime*. Pas question, pour le commun des mortels, de franchir la rubalise jaune qui tremblote comme pour une fête morbide, déroulée entre eux et nous, simples quidams.

Les livres sont gardés en otages, et les auteurs trépignent comme autant de parents qui n'auraient plus de nouvelles de leurs enfants. Dans le hall d'accueil, tout le monde est sur les dents. Impossible pour tous d'approcher des stands. D'autant plus que la Section de recherches a décidé d'entendre, à nouveau, les participants un à un, afin de récolter le plus petit indice. L'infime détail. Ils veulent être certains qu'au cours de la journée qui a précédé le meurtre, aucun fait, même anodin, ne saurait expliquer cet acte barbare.

Pour parer au plus pressé, les organisateurs ont installé dans l'entrée de longs tréteaux en guise de tables improvisées. Ils ont, de même, aligné des bancs, car pas question de toucher à la salle ! Des rouleaux de papier blanc étirés sur les plateaux graffités apportent presque un air de fête à ce qui n'est qu'une sombre veillée funèbre.

Après qu'un balai d'experts, mannequins anonymes vêtus de combinaisons immaculées, a scanné les lieux au millimètre près, le médecin légiste a donné l'ordre que le corps soit transporté à la morgue. Pour plus de facilités, ils ont transbahuté la civière par la grande porte, aussi, nous avons assisté, avec beaucoup d'émotion, au passage d'un lugubre sac noir fermé hermétiquement.

— Bouh… a fait Alice.

Mais je n'ai pas relevé sa plaisanterie inconvenante. Je lui bats froid pour son égocentrisme, et je suis bien décidée à le lui faire sentir.

Donc, assise parmi les autres, j'en suis, avec morosité, à me dire que nous sommes bien peu de chose ! Idée redondante qui surgit immanquablement lorsqu'un cadavre passe proche de mon cercle d'intimes… quand, tout à coup, mon commandant rasé de partout, partout – si… si… j'en mettrais ma main à couper – se plante devant moi. J'en suis discrètement flattée. Ben oui, quoi ! Il se présente en personne. Il n'a pas mandaté un de ses sbires en uniforme pour faire le boulot.

Je le lorgne et esquisse une espèce de sourire fatigué sur mon visage chagrin.

— Je peux vous parler à nouveau ? lâche-t-il en me dévisageant.

L'intonation de sa voix est sympathique, enfin si l'on peut appeler *sympathique* cet ordre faussement interrogatif que je viens de recevoir.

Et si je disais non, pour rire ?

Comme s'il pouvait lire dans mes pensées, le laser de ses pupilles noires me foudroie et me colle dix ans dans la figure. Toutes mes rides ressurgissent, comme par magie, au point de les sentir pulser sous ma peau. Calmée, je minaude :

— Je vous suis.

Dans la petite salle adjacente, qui a maintenant vu passer tout ce que le secteur connaît comme auteurs et illustrateurs, nous prenons place comme déjà deux vieux copains. Lui derrière le bureau et moi, bien évidemment, devant.

Il a relevé les manches de sa chemise encore plus haut et fait sauter un bouton, le troisième. Hum ! Ça devient très chaud entre nous ! Je manque de rire de ma bêtise, mais le lieu et son regard perçant ne m'y engagent pas.

Afin de reprendre mon sérieux, je me concentre sur le tatouage que la nudité de son avant-bras droit découvre. Peine perdue. C'est nerveux. Et ce que je devine ne me calme pas. Une créature, mi-pieuvre mi-démone, enroule ses tentacules tout autour de son muscle, comme si elle désirait s'en nourrir. C'est glauque.

— Votre mère ?

Tourne ta langue sept fois dans ta bouche, ma petite.

Ah ça ! Ma propre génitrice me l'a souvent dit. Brave femme que j'aurais dû écouter. Mon coup de menton en direction de sa peau nue le fait rugir.

— Vous voulez finir au trou pour insulte à agent de la force publique, dans l'exercice de ses fonctions ?

Je chuinte un timide : *non*, qui le pousse à sourire.

— Voilà qui est raisonnable.

Reconnaissante, je hoche la tête.

— Vous avez découvert qui a tué ?

À cette réflexion puérile, il ne peut réprimer un nouveau rictus désabusé.

— Si au moins… soupire-t-il. Imaginez l'avancement que j'aurais ! Mais vous, vous êtes autrice. Vous devez bien savoir ce que c'est que de résoudre une enquête policière, dans vos bouquins.

Une moue un tantinet mutine fleurit sur mon visage. Moi, mon job, ce sont les plantes. Pour dénouer les méandres des histoires compliquées, il faut questionner Jules Martige.

Aussi, je lâche, enjouée :

— Ah pas vraiment ! Vous avez oublié ?

Il pose un long regard inquisiteur sur moi. Mon physique de ménopausée en prend vraiment un coup. Une nouvelle fois, pas une ride n'a dû échapper à son état des lieux. Pas plus que ce petit ventre rebondi que m'octroie, depuis plusieurs années, mon statut de femme aux hormones en déroute. Pourtant tous les magazines sont très explicites sur le sujet. Ils étalent, avec moult explications convaincantes, comment rester svelte et dynamique après cinquante ans ! Toutefois, je dois être hors case, car je n'ai su esquiver un épaississement intempestif de ma silhouette. Comme si on m'avait gonflée à l'hélium. Apparence de mère de famille, qui déjà à la base n'avait pas besoin de subir plus de dégâts corporels.

— Mais bien sûr ! Vous, c'est les plantes !

— Tout à fait !

— Avec tous ces auteurs de tout et n'importe quoi, j'en perds mon latin.

Le *tout et n'importe quoi* rugit dans ma tête comme une injure, mais je me contente de bien tourner sept fois ma langue dans ma bouche, afin de ne pas finir au poste, dans une jolie petite cellule exiguë. En même temps, j'en conclus promptement que ce n'est pas pour ma capacité d'occire un humain avec quelques grammes bien choisis qu'il désire à nouveau me parler.

— Le poison n'est pas la cause du trépas de la victime, on est d'accord ?

Il tique.

— Eh ! Vous allez vite en besogne ! L'autopsie est pour demain, ce soir au plus tôt. Par contre, oui, le médecin légiste n'envisage pas une intoxication à quoi que ce soit, à première vue. Pas de trace qui pourrait nous pousser dans cette voie. Mais rien n'est dit !

Au jeu de celui qui aura le dernier mot, il veut garder la main. Grand bien lui fasse ! Moi, j'ai la certitude que le défunt a succombé à une mort violente. Point. Il ne fallait pas être sorti de Saint-Cyr pour s'en rendre compte.

— Alors que me vaut l'honneur d'être une nouvelle fois en face de vous ?

Là, pour le coup, il sourit largement. Une grimace étrange. J'en tire rapidement la conclusion que soit il ne sait pas sourire, ayant dans l'exercice un manque d'entraînement, soit il est gêné de le faire.

— Un truc qui me chiffonne.

— Je pressens que vous ne m'avez pas demandé de venir à nouveau pour le plaisir de me revoir.

— Pourquoi en douter ?

La question me fait sursauter. Ai-je bien entendu ?

— Vous n'êtes pas déplaisante.

Déplaisante. Contraire de plaisante. Une phrase négative, vous avez bien suivi ? Faire un compliment avec une phrase négative en dit long sur celui qui la prononce. Le sieur a du mal à s'affirmer.

Je fronce les sourcils. Mon commandant aurait-il des failles ? J'adopte l'idée.

— Merci ! clamé-je d'une voix assurée.

Il reçoit la réponse comme un uppercut au menton. Son dos se plaque contre la chaise dans un mouvement de recul instinctif. Regrette-t-il déjà sa remarque sympathique ? S'imagine-t-il encombré par une autrice sur le retour, qui lui collera aux basques, tout ça parce qu'il aura dit une foutue phrase négative en la regardant ?

J'aime la situation.

J'aime sentir le trouble en lui.

Après tout, il le mérite bien !

— Et si nous revenions à notre entretien ?

Perfide, je vais jusqu'à lui reprendre la main. Il en tangue.

— Oui, bien sûr ! souffle-t-il.

Déstabilisé, il farfouille dans le tas de papiers empilé devant lui. Il en ressort un dossier au hasard, le repose, avant d'extirper une chemise beige au nom d'Alice. Je louche sur l'inscription au feutre noir et retourne à mon commandant un regard interrogatif. Alice. Pourquoi Alice ?

— Vous connaissez Mme Marie-Alice Durant du Pontel depuis longtemps ?

Je rectifie :

— Quine. Alice Quine. Elle a horreur que l'on utilise son véritable nom pour parler d'elle.

— Peut-être bien. Mais là, nous sommes sur une enquête criminelle, pas dans un salon de bastringue.

Ouille ! Après son *tout et n'importe quoi*, voilà qu'il m'offre du *salon de bastringue*. Je ravale ma salive, déterminée à me taire. Toutefois, je case ma rancune au fond à droite de mon cerveau, bien prête à la lui resservir à un moment ou à un autre.

— Soit. Oui, je suis l'amie d'Alice… enfin, de Marie-Alice… depuis plus de trois ans. Avant le Covid. Nous nous sommes rencontrées sur une manifestation comme celle-ci, justement. Une des toutes premières que je faisais après mon retour d'Écosse. J'étais perdue. Même m'exprimer en français ne m'était plus habituel. Elle est venue s'asseoir à côté de moi, elle m'a dit que je lui plaisais bien.

— Mme Marie-Alice Durant du Pontel apprécie les personnes de son sexe ?

La question me paraît incongrue. Et elle l'est d'autant plus lorsqu'on fréquente Alice !

— Euh… dans *aimer*, vous parlez de préférences charnelles ?

— Oui. Puisqu'elle vous a déclaré, sans vous connaître, que vous lui plaisiez bien.

— Ah ! OK ! Non, ce n'est pas ça du tout ! En fait, Alice est ainsi. Elle ne mâche pas ses mots et est… assez directe. Ce qu'elle m'expliquait, à travers cette phrase, c'est que pour une gonzesse, je lui convenais. Parce qu'en général, Alice supporte plus les hommes. Les femmes l'énervent.

Il hoche la tête, l'air pas vraiment convaincu.

— Et vous ?

— Moi, quoi ?

— Vous avez plus de goût pour les hommes, ou pour les femmes ?

Suis-je tombée sur un homophobe pour avoir le droit à une si belle insistance ?

— Toujours sexuellement parlant ? Ben, les hommes ! Par contre, à l'inverse d'Alice, elles ne me dérangent pas du tout, les femmes, du moment qu'elles me foutent la paix.

— Ce qui signifie ?

— Ce qui veut dire qu'en vieillissant, les relations avec mes congénères deviennent tolérables. Je pense que ce fait découle d'une clause induite de non-concurrence. Nous sommes toutes dans le même bateau, après la cinquantaine. Autant se soutenir au lieu de se tirer dans les pattes. Vous voyez, ce n'est plus comme lorsque la chasse aux mâles était ouverte. Je ne souhaite plus dénicher le meilleur reproducteur. Je ne désire plus l'attirer dans ma tanière, afin qu'il me fasse une merveilleuse meute en bonne santé, plus chouette que celle des voisines. Vous comprenez ?

— Non.

— Pourtant, c'est tout simple !

Pourquoi cette explication évidente ne l'est-elle pas pour lui ?

Il réfléchit.

— Alors si je vous suis, votre amie ne traînant plus sur vos terres, vous la supportez.

— C'est ça ! Bien qu'avec Alice, on puisse encore se faire piquer son territoire. Mais les enjeux sont différents.

— Je vois.

Il voit, le bougre. Ah les hommes ! Je souffle et il prend ce soupir pour du regret.

— Vous vous en plaignez ? lance-t-il en tapotant son stylo sur le plat de la table.

— Vous connaissez beaucoup de monde qui aime vieillir, vous ?

— Non.

— Nous voilà d'accord !

Je fais une pause. Pourquoi suis-je là, au fait ? Pour échanger sur la capture des gazelles par les grands prédateurs au Sahara occidental ?

— Et le rapport avec votre enquête, où est-il ?

Je sens une forme d'insurrection monter en moi. Parce que, s'il veut parler *chiffons*, autant le faire à une terrasse de café ?

— J'y viens… j'y viens…

— Merci.

La femme pieuvre s'étire au fur et à mesure que le muscle se bande (oh quel beau verbe !). L'homme se contracte. L'homme s'énerve. L'homme ne va pas me faire de cadeaux, si je continue sur la voie de la dérision.

— Donc, je résume. Vous connaissez Mme Marie-Alice Durant du Pontel depuis seulement trois ans.

Il insiste sur le *seulement*.

— Si vous estimez que c'est peu, trois ans… alors oui, depuis trois ans… seulement.

— Au cours de quelle… festivité ?

— Salon d'Autun.

Il lâche le stylo et note en faisant, comme à son habitude, voler ses doigts sur le clavier. Depuis le matin, le temps a subitement viré au vinaigre, et il a dû allumer le plafonnier pour y voir clair. Je ne sais pas pourquoi, l'atmosphère me rappelle celle d'une salle de classe en hiver. Lorsque j'étais toute petite. La maternelle. Une ambiance qui éveillait en moi un sentiment mitigé. Entre me sentir rassurée, et être aussi très inquiète. Et si ma mère ne venait pas me chercher ? Et si j'étais condamnée à rester là…

Tout à ma pensée, je sursaute quand il reprend :

— Et lorsqu'elle vous a abordée, la première fois, comment l'avez-vous trouvée ?

— Particulière.

— C'est-à-dire ? Affinez.

Ah ça ! Affiner ? J'aimerais bien y parvenir, autant au propre qu'au figuré ! Mon éditeur me dit tout le temps que je ne suis pas assez synthétique. Ce à quoi je réponds inéluctablement que je préfère le pur coton. Toutefois, pour le coup, je n'ai pas envie de faire de l'humour. Parce qu'en résumé, si je comprends bien, mon cher commandant a souhaité me revoir pour me cuisiner au sujet de… Alice ! Hum, cette histoire-là commence à sentir le roussi.

Avant de répliquer, je sélectionne les termes qui ne pourront pas être pris à double sens, ni apporter plus de questions sournoises de la part de ce gendarme sans uniforme.

— C'est une très belle femme pour son âge. Pas le genre que je côtoie habituellement. Moi je suis aussi simple que mon nom (je pouffe sous cape). Écolo. Plus post-soixante-huitarde attardée. Retour à la nature.

D'emblée, il fronce les sourcils.

— Vous avez fait de la politique ?

Et toc ! Je cherche du lambda, et voilà que je l'aiguille vers des idées gauchistes ! C'est tout moi !

— Non, je parle de ma façon de penser. De m'habiller. De manger. De vivre, quoi ! Vous avez vu mon accoutrement : tunique bariolée, bottes chamarrées, coiffure bizarre. Rien de comparable avec le BCBG d'Alice.

— Vous fumez ?

— Pardon ?

— Oui. Un peu de fumette, entre amis ?

Je le regarde avec de grands yeux. C'est quoi, ces associations faciles ? Cinq minutes de plus, et il va me boucler comme manifestante extrémiste, fumeuse de joints, militant contre le nucléaire et le désarmement, survivaliste de surcroît ! S'il continue, j'enfile mon gilet jaune !

— Alice est très bien dans la société. Elle s'habille en boutique, pas d'occasions sur Internet. Elle porte des bijoux en or, pas de la fantaisie. Elle vit dans un hôtel particulier en plein centre-ville de Nevers, pas dans une bicoque en bois à la campagne. Elle roule en Mini, pas dans un Volkswagen décrépi. Nos points communs, ce sont les chats et le fait de vivre seules.

— Vous ne m'avez pas répondu.

— Je n'ai pas à le faire. Nous ne sommes pas sur un problème de drogue, mais bien de meurtre.

— En effet. Mais l'un n'empêche pas l'autre. Pourquoi ne pas envisager une sombre histoire de dealers chez les vieux, qui aurait entraîné un règlement de comptes ? Il ne faut rien laisser au hasard dans une enquête.

Durant une minute, il se tait et j'apprécie ce long silence qui me permet de recouvrer mon calme. Je n'aime vraiment pas la tournure que prend l'interrogatoire, ni les suppositions hors contexte, voire infamantes, de celui qui le mène. Je lui en donnerais, moi, du *dealer chez les vieux*. S'il continue, mon commandant va sortir de mon estime avec ses remarques à deux balles de facho !

Cependant, lorsque son mutisme devient pesant et titille le besoin que j'ai de m'exprimer, je soupire :

— Et vous lui voulez quoi, à Alice, en fait ?

— Apprendre si elle vous a parlé, à vous, son amie (il insiste sur *son amie*), de Clément Héliard.

Le nom énoncé glisse dans ma mémoire. Clément Héliard. Un titre sur une couverture de livre. Là en face de nous.

L'homme aux poils dans le nez !

De surprise, j'ai failli le crier tout haut. Fort heureusement, un brin de savoir-vivre me retient. Alors, je susurre :

— La victime ?

— C'est bien elle.

— Non, non. Elle ne le connaissait pas. Elle m'a seulement fait remarquer qu'il avait l'air de… euh…

— Oui.

Je murmure dans ma barbe, avec le sentiment bizarre de trop me confier :

— D'un vieux pervers.

— Pervers ? Ah vraiment ? Elle a employé ce terme à son sujet ?

— Oui. Elle trouvait qu'il avait un air… porcin.

— Porcin ?

Allait-il reprendre toutes mes fins de phrases d'une manière obtuse ?

— Vous êtes réellement sûre qu'elle ne l'avait jamais rencontré ?

— Certaine ! Elle ne savait même pas son nom. Elle se moquait méchamment de lui. Voilà tout ! Du véritable Alice pur jus, quoi !

Je fronce les sourcils tout en approchant mon buste de la table, sur laquelle je pose mes avant-bras. Je suis bien en face de lui et le fixe dans les yeux. Je dois comprendre ce qui se trame dans son esprit.

— Où voulez-vous en venir, au juste ? Alice n'a rien à voir avec la mort de cet individu.

— Vous me laisserez, s'il vous plaît, le droit de me faire ma propre opinion.

Je frémis et rétorque :

— Vous ne m'avez pas convoquée pour que je vous raconte des anecdotes puériles d'auteurs qui s'ennuient ?

— Toute information est intéressante à entendre.

— Oui, mais pas celle-là !

Qu'ai-je fait en confessant bêtement les remarques de ma copine, lâchées dans l'élan de la discussion ?

— Je me porte garante d'Alice !

Un peu dépassée, je cherche rapidement dans ma tête comment la réhabiliter et je poursuis trop vite :

— D'ailleurs à l'heure du meurtre, elle était…

Je suspends ma phrase. Non, elle n'était pas avec Jules, j'ai assisté au départ de celui-ci lorsqu'il a quitté sa chambre.

— Elle était ?

Le commandant sans nom, *Tattooed Man*, puisque j'ai oublié de retenir son patronyme lorsqu'il s'est présenté le matin même, donc mon commandant sans nom, croise ses doigts sur le dossier d'Alice posé devant le clavier, et se penche vers moi. Veut-il me soutirer une ultime confidence ?

— Alice aime les hommes, comme je vous l'ai déjà dit. Elle a passé la nuit avec Jules Martige. Un auteur qu'elle venait de rencontrer.

— Je sais.

Il sait.

— Jules Martige me l'a confirmé. Tout comme Marie-Alice Durant du Pontel, d'ailleurs. Tous les deux, lorsque je les ai entendus. Sauf qu'ils se sont quittés vers les 6 heures.

Vous êtes au courant, puisque vous avez découvert Jules Martige sur le palier, en train de sortir de la chambre de Marie-Alice Durant du Pontel ? Ce dernier pensait, fort mal à propos, qu'il était 7 heures. Marie-Alice Durant du Pontel l'avait induit en erreur, peut-être intentionnellement. Il est rentré chez lui pour se changer. Nous avons la déposition de son concierge qui l'a aperçu à son arrivée, et vu repartir trois heures plus tard. Il n'a pas abandonné sa loge. Il est formel là-dessus. De plus, il y a une caméra dans le hall. L'enregistrement a confirmé son témoignage.

Tattooed Man fait une pause. Comme on fait du vide dans ses pensées.

— Par contre, personne ne sait ce qu'a fait Marie-Alice Durant du Pontel entre 6 heures et 9 heures, instant où elle est descendue prendre son petit-déjeuner, seule, à l'hôtel. Et pour le moment, l'heure du meurtre est estimée entre 6 h 30 et 7 heures.

Content de lui, il hoche la tête, lèvres étirées dans une sorte de rictus censé exprimer sa satisfaction :

— Si vous n'aviez pas croisé son amant sur le palier, l'alibi de cette femme aurait été parfait.

Il ne le dit pas, mais je comprends où il veut en venir. En une heure, Alice a eu tout le loisir de faire un aller-retour discret sans que quiconque s'en rende compte, commettre son forfait et revenir dans sa chambre par la sortie de secours.

— Quant à vous, nous avons facilement pu retracer votre matinée, entre la seconde où vous avez vu Jules Martige, et celle où vous avez découvert le corps. De nombreuses personnes vous ont aperçue. Vous marchiez dans le centre-ville. Une boulangère garantit que vous lui avez acheté des croissants. Soit dit en passant, il paraît que vous parliez toute seule… mais ce détail ne fait pas de vous une coupable.

Il sourit. Fier de lui.

— Dommage que vous ayez lambiné. Vous auriez pu prendre le tueur la main dans le sac.

Un mauvais truc remonte de mon estomac. Une aigreur qui me tire une grimace.

Toutefois, j'insiste :

— Mais pourquoi diable vous intéressez-vous à Alice ? Il y a certainement d'autres auteurs qui n'ont pas d'alibi. Alors ?

Le visage figé, mon commandant sans nom se lève brusquement en faisant grincer sa chaise, et me présente sa main afin que je la serre. Je remarque que je viens de grimper un échelon. Je quitte la case des suspects potentiels, puisqu'il me salue. Machinalement, je la saisis, appréciant la rudesse franche de son contact.

— Ayant trouvé le corps, vous devez rester à l'entière disposition de la justice. Nous pouvons encore avoir besoin de vous, m'explique-t-il en me poussant vers la sortie.

— Toujours ici ?

— Bien entendu ! C'est évident, voyons !

Je grommelle un : « D'accord », peu convaincant.

— Et rien ne doit fuiter de notre entretien. Pas un mot à personne. Secret de l'instruction. Compris ?

— Oui.

Avant de marmonner une nouvelle fois dans la barbe que je n'ai pas :

— Bougre d'homme…

*

Alice est rentrée chez elle, ses chats ne pouvant attendre. Mon commandant sans nom ne l'a pas assignée à résidence pour le moment. Il faut dire que pour l'instant rien n'est retenu contre elle, alors que moi, j'ai découvert la victime.

Après une journée des plus éprouvantes, entre ennui et questionnements, je me retrouve donc, le soir venu, dans un appartement très cosy, au cinquième et dernier étage avec ascenseur débouchant sur un palier privatif, de la plus belle copropriété grand standing sur les hauteurs de la ville.

Mon hôte sait recevoir. D'un mouvement délicat, il me suggère le confort certain d'un vaste fauteuil en cuir d'un blanc cassé très luxueux. Puis il pose devant moi, sur une table basse signée d'un designer, une assiette remplie de petites tartines de fromage de chèvre local et de fines tranches de saucisson.

— Que veux-tu boire ?

— Vin rouge. Si tu as.

Il sourit.

Il a.

Sans surprise, il prend la même chose, et emplit nos verres lyre d'un breuvage lumineux dont le rouge grenat chatoie aux lueurs miel d'un coucher de soleil de cinéma. Oui, cet homme a tout pour plaire… même le coucher de soleil de cinéma dans sa salle de séjour !

— Je l'ai commandé pour toi, plaisante-t-il en me montrant l'astre un peu trop éblouissant d'un coup de menton en sa direction.

— Tchin !

Je trinque. S'il n'avait pas passé la nuit dernière avec ma meilleure amie, je me serais sentie au summum de la félicité. Il boit une gorgée, puis repose son verre et rejoint la cuisine ouverte, d'où des parfums sympathiques fusent.

— *Moussaka* maison, annonce-t-il.

J'en salive d'avance.

— Tu ne crains pas l'agneau, j'espère ?

Je ne crains pas l'agneau. Il en sourit.

— C'est la recette de ma grand-mère. Elle était turque et mettait du mouton. Ma mère l'a allégée avec de l'agneau et moi, je mélange. Agneau. Bœuf. Imagine si j'avais eu des enfants ! La *moussaka* de ma grand-mère, avec l'évolution des habitudes alimentaires, deviendrait végétarienne !

Il éclate de rire. Mais alors que j'enregistre le fait qu'il n'a pas de descendants, il me détaille soudain avec une mine inquiète. Ma tenue, mes cheveux, la baguette chinoise qui me sert de barrette pour retenir mon chignon… un doute s'immisce en lui.

— Mince ! J'ai oublié de te demander si tu ne préfères pas manger végé.

— Je suis flexitarienne. Pas de souci. Je viens d'ailleurs de te dire que j'aime l'agneau.

— J'ai bien noté ! Toutefois, à notre époque, aimer ne signifie pas obligatoirement consommer encore.

Il n'a pas tort. Moi, par exemple, moi, lorsque je le regarde… mais je m'égare !

— Tu vois, tu es flexitarienne et je ne le savais pas, plaisante-t-il.

Dubitatif, il hoche la tête et reprend :

— Oui, tout de même… j'aurais pu m'informer avant… c'eût été poli.

Alors que je découvre un trait de son caractère, j'avale une lampée de son succulent bourgogne. Il n'est pas bio, mais en louchant sur le nom et l'année, je ne peux me retenir de jurer en silence. Putain ! Il ne se mouche pas du coude, le bougre ! Flattée par tant d'attention, je m'empresse de le rassurer :

— Ta *moussaka* me fait envie.

Le compliment le touche et, conquise par tout ce qui m'entoure, je risque de mettre la pointe de mon pied sur un terrain sensible. Pauvre folle que je suis !

— Alice n'a pas eu d'objections lorsqu'elle a appris que je venais dormir ici ?

D'un pas lent, il revient vers moi, s'assied dans l'autre fauteuil, et me sourit. Oh ! Ce sourire ! Rien de comparable avec celui de mon commandant sans nom ! Une Ferrari confrontée à une vieille 205 (oui, même si les deux sont souvent rouges).

— Pourquoi t'inquiètes-tu de ce qu'Alice pense de notre relation ?

Il a dit le mot *relation*. Ma colonne vertébrale en frétille comme un gardon au bout de sa ligne.

— Eh bien !… C'est mon amie.

Sans détour, il m'interrompt.

— Tu connais Alice. Avec elle, les hommes ne font pas long feu.

Un rictus.

— Je ne savais pas…

— Que je savais ? Je vis seul. Pourquoi ne pas profiter du moment offert avec tant de plaisir ? Et Alice est une femme splendide.

— C'est certain ! Nous aimerions toutes rester comme elle avec l'âge. J'ai parfois le sentiment qu'elle a vendu son âme au diable, comme Faust.

— Ou Dorian Gray. Plutôt Dorian Gray, d'ailleurs.

Imaginer un vilain portrait enfermé dans une pièce sombre, au cœur de l'immense demeure de ma copine, me fait pouffer comme une gamine.

— Je ne crois pas que ce soit bien d'envier Alice, reprend-il avec plus de sérieux. Je ne l'ai côtoyée qu'une nuit, mais j'ai l'impression qu'elle cache une douleur secrète au fond d'elle.

Alors que je suis en train d'avaler une gorgée de vin, je le fixe, surprise, cherchant à comprendre ce qu'il veut sous-entendre.

— Tu penses à un viol ou un truc du genre ?

En soupirant, il hoche la tête, puis, comme s'il en avait trop dit, il retourne à ses activités culinaires, afin de contrôler, comme si de rien n'était, la cuisson du plat qui dore au four.

— Je ne suis pas spécialiste. Je ne suis qu'un pauvre professeur d'histoire à la retraite.

— Pauvre…

Ma remarque a fusé sans que je puisse la retenir. Il éclate de rire tout en quittant son gant de cuisine.

— J'ai hérité de quelques biens. Fort heureusement.

D'un coup d'œil, il embrasse le séjour dans lequel nous nous trouvons. Une pièce splendide, qui en journée doit être baignée de lumière. Des murs blanc cassé. Des moulures. Un imposant miroir Louis XVI – d'époque, je le parierais – accroché au-dessus de la cheminée, proche de nous, vient agrandir l'espace, qui n'en a pourtant pas besoin. J'apprécie ce mélange de styles entre des meubles foncièrement modernes et quelques beaux objets anciens parfaitement sélectionnés.

— Nous pouvons passer à table. La *moussaka*, avec une salade verte, ça ira ?

— Top !

— En dessert, j'ai prévu une crème brûlée maison.

— J'adore !

L'îlot central contourné, en deux pas il est dans le salon. Sans façon, il s'installe sur l'accoudoir du canapé afin d'être près de moi.

— Tu désirerais essayer ? susurre-t-il d'une voix douce.

Je dois me méprendre…

— Enfin, je veux dire… l'aider… précise-t-il d'un air entendu.

Il saisit son verre et choque à nouveau le mien au passage. Je m'éclate devant le sourire énigmatique qu'il m'offre, le regard posé sur moi… même si c'est d'Alice qu'il parle.

— Je souhaiterais mieux la comprendre. Et toi ?

— Moi ? Elle me touche, murmure-t-il, soudain songeur.

Étrange revirement. Serait-il plus accro qu'il l'affirme ? Mais il se reprend très vite.

— À notre rencontre ! clame-t-il.

— À notre rencontre.

Il me remercie en cillant, puis poursuit tout en contemplant son fond de vin. La solution s'y trouve-t-elle ?

— J'ai le sentiment qu'elle va me jeter en beauté, si je la questionne.

Par gentillesse, j'aimerais qu'il estime le contraire, mais je sais tellement bien comment réagit Alice que j'en soupire :

— J'ai essayé de mon côté. Hier matin, pour être précise. Je lui ai demandé si elle suivait les affaires de viols menées contre des hommes connus.

— Oui. Et ?

Bien malgré moi, je glousse.

— Devine ce qu'a été sa réponse ?

Son air résigné me touche.

— Qu'elle est plus persécutrice que persécutée ?

— Tout juste ! Tu l'as drôlement bien mise à jour, dis donc !

— J'ai cette faculté. Je perçois bien les gens, en général.

Afin de détourner son attention de moi, je porte le verre à ma bouche. Peine perdue. Je ne peux l'empêcher de me montrer l'étendue de son don, et tout en rougissant, je l'écoute exposer ce que je ne désire pas entendre.

— Toi par exemple. Tu es veuve. Tu ne te l'avoues pas, mais vivre seule te pèse. Tu ne sais pas comment faire pour rencontrer un homme et lui plaire. Tu n'es pas assez sûre de toi. Tu doutes. Pourtant, trouver l'âme sœur te comblerait. Voyager à deux. Partager de bons moments. Et bien sûr plus si affinités.

Un étrange malaise me saisit. Je fronce les sourcils sans comprendre. Et alors que le soleil couchant disparaît totalement à l'horizon, nous plongeant dans une douce pénombre, son speech m'atteint comme un coup porté avec violence. Pour la première fois depuis que j'ai fait sa connaissance, je me sens mal à l'aise.

Je me lève d'un bond, renversant au passage du vin sur le tapis.

— Excuse-moi !

Il se rembrunit.

— Ce n'est rien, lâche-t-il à contrecœur. J'ai une femme de ménage qui passe tous les deux jours. Elle vient demain. Elle arrangera tout ça.

Ben voyons.

Sur l'instant, je suis tentée de nettoyer moi-même la tache. Et puis non ! En fait, il me soûle avec sa prévenance. Son affabilité en devient obséquieuse. Où veut-il en arriver, avec ses remarques insidieuses ? Coucher avec moi, tout comme avec Alice, et faire ensuite un comparatif qualité-prix ! Ou pire, sous-entendre que je me fais des films et qu'il n'y aura jamais rien entre nous. Qu'il ne me trouve pas baisable !

Qu'est-ce qu'il en sait, lui, si ça me pèse de vivre seule ? Et si ne rendre de comptes à personne et ne râler qu'après mon chat me convient ou pas ? Ça le regarde ? Pourquoi m'a-t-il raconté ça ? Et pourquoi me balancer que je ne suis pas sûre de moi ? Il me connaît à peine ! Pense-t-il que je suis là pour lui mettre le grappin dessus ? Le mec plein aux as qui craint de se faire alpaguer par une vieille peau pas terrible ! Est-il en train de me suggérer qu'il n'est pas dupe, et qu'une telle situation n'arrivera pas ?

Voilà que je m'énerve en mon for intérieur. Je sens monter la pression. Tout bouillonne en moi. Je sais que je dois encore une fois remercier mes hormones, mais sur l'instant, c'est à Jules que j'en veux. De quoi se mêle-t-il, celui-là ?

Je ravale ma rage et ma salive avec :

— Tu peux me montrer ma chambre ? La journée a été très longue et surtout éprouvante. Je n'ai plus très faim.

La tête de mon hôte se déconfit, mais je ne le vois pas. Tout à mon emportement.

— Vraiment ? s'inquiète-t-il.

Il paraît réellement désolé et me le dit.

— Je me faisais une joie de dîner avec toi.

Son air de chien battu a de quoi adoucir tous les courroux, mais pas le mien ! Je lui en veux tellement d'avoir parlé comme il l'a fait. Avec son jugement que je trouve violent, impertinent et intrusif, il a gâché ma soirée ! Et c'est bien fait pour lui, si je ne la passe pas à sa table.

— Demain. Ce n'est que partie remise. C'est peut-être le vin, mais je me sens soudain épuisée.

— OK ! Bien sûr… c'est moi qui en fais toujours trop ! J'ai oublié que tu avais découvert un mort, ce matin. Il y a de quoi te remuer ! Je suis à blâmer.

— C'est vrai que je suis perturbée par… par tout ça.

Sans réfléchir, je fais un large mouvement de bras, comme si la cause en revenait à tout ce qui m'entoure. Ne sachant qu'ajouter, il hoche la tête et regarde ailleurs.

— Je te montre ta chambre. Nous discuterons demain au petit-déjeuner. Pas d'inquiétude.

Devant tant de compréhension, j'hésite. Mais la fatigue est bien là. J'ai trouvé un cadavre. J'ai presque été accusée de meurtre. La journée a été longue. Très longue.

— Merci Jules.

Il me précède dans le couloir et d'un signe de la main m'indique la porte.

— Dors bien Mary, dit-il simplement en me plantant une bise sur le front.

— Dors bien Jules.

7

Un prof bien sous tous rapports

La chambre est confortable, à l'image de l'appartement tout entier. Moderne. Avec un pan de mur taupe en guise de tête de lit. Les rideaux assortis, légèrement trop longs, s'étalent mollement sur un plancher vitrifié d'une propreté irréprochable. Et pour cause !

J'ai une femme de ménage qui passe tous les deux jours.

Je me rembrunis et retourne m'étourdir sous la douche italienne, d'un marron glacé brillant parsemé de galets, qui m'a accueillie la veille, alors que, beaucoup trop épuisée, je ne trouvais pas le sommeil.

En fait, tout est parfait ici. Tout comme le propriétaire d'ailleurs. Quel que soit l'endroit où le regard se pose, une forme d'harmonie quiète règne en maître.

Alors que je sors de la salle de bains, mon estomac se met à gargouiller d'une façon dramatique. Il se transforme en une caverne au creux de laquelle un ogre mécontent réclamerait sa pitance. Et aussitôt, mes narines se souviennent des effluves parfumés de la *moussaka*, recette de la grand-mère de Jules, que par orgueil j'ai dédaignée hier. Oh comme je m'en veux d'avoir été si soupe au lait ! J'aurais pu discuter. Tenter de comprendre ses paroles, finalement bien anodines. Au lieu de prendre du recul, j'ai laissé mon emportement gagner sur le plaisir d'être avec lui.

Je maugrée en passant mes habits de la veille. Je n'avais pas imaginé m'absenter plus d'une nuit, aussi, je n'ai pas emmené de quoi tenir un siège. Toutefois, j'ai été perspicace, comme toujours, avec les sous-vêtements. De ce côté-là, pas de souci !

Combien de temps cette situation va-t-elle durer ?

Jules.

Aurais-je terminé dans son lit, si j'avais dégusté cette succulente *moussaka*, arrosée de la seconde bouteille qu'il n'aurait pas manqué d'ouvrir ?

Le trouble causé par cette idée me perturbe et je réfléchis rapidement à l'attitude que je dois adopter avec lui.

Un grand miroir me renvoie mon image. Si chez moi, au moment de partir, je me suis trouvée pas mal, aujourd'hui, je me vois grosse et moche. Qui pourrait bien s'intéresser à moi ? Un aveugle ? Et encore faudrait-il qu'il n'ait pas de mains !

Ma bêtise m'amuse. Et ma pensée indomptable enchaîne avec un : *Pourvu qu'il ait une langue !* Et là, j'éclate de rire et finis de me préparer. Je suis ainsi, capable du meilleur comme du pire, en une poignée de secondes seulement.

Alors avec Jules ? Attitude amicale ? Voilà qui serait parfait. Une épaule accueillante, j'en ai bien besoin pour oublier que j'ai découvert un mort ! Mais comment faire ? Mettre cartes sur table. Lui dire qu'à l'heure actuelle, un complice serait pour moi plus important qu'un amant.

Enfin, dans les semaines à venir, car après il faudrait voir ! On ne peut rien affirmer… restons prudents.

Soudain, l'idée de ne plus jamais rien vivre – sexuellement parlant, j'entends – avec un homme, jusqu'à la fin de mes jours, me tombe dessus comme une enclume qu'un idiot aurait laissée échapper du quinzième étage.

Splatch !

Dessous, je suis en bouillie, aussi je m'en assieds sur le lit. Plus rien de rien ? Ma gorge se noue et une transpiration aigrelette coule le long de mon dos. Mise au rebut. Sans négociation ? Ne plus sourire aux anges, alors que le souffle de ton partenaire glisse dans ton cou ? Ne plus être désirée. Ne plus connaître ce frisson délicieux, là, au creux du ventre ? Ne plus gémir d'un plaisir accordé sans retenue par l'autre…

— Ben, en même temps, il faudra bien qu'elle arrive, cette dernière fois. Je ne vais pas mourir en faisant l'amour comme Félix Faure[1] !

Je tente d'en rire, mais avec le reflet que me renvoie la glace, cette dernière fois est peut-être déjà derrière moi. Toujours assise, genoux écartés, mains sur les cuisses, il ne manquerait plus qu'un fichu sur la tête pour que je ressemble à la mère Bodin !

Je respire un grand coup.

— Il suffit ! Plus de jérémiades ! Advienne que pourra !

Dans un élan décidé, je me lève et passe le plus sereinement possible la porte – dans les limites disponibles de ma quiétude – afin de débouler dans le séjour avec le dyna-

---

1. Félix Faure fut le septième président de la République française de 1895 à 1899. Les circonstances brutales de sa mort, alors qu'il recevait sa maîtresse au palais de l'Élysée, sont passées à la postérité (Wikipédia).

misme d'une personne en pleine forme. Je surjoue, c'est sûr. Mais il faut bien ça pour tenir la route !

Et là, surprise, je tombe sur un Martige en civil. Sa vue me cause un choc. Pas qu'il soit déplaisant au point de me faire fuir. Non ! Toutefois, la différence est de taille et me remet les idées en place. En pantalon de jogging étiré et tee-shirt d'un rose pâle délavé, il est nettement moins classe.

Il me sourit de la cuisinière devant laquelle il officie. Attention ! Pas une de ces simples plaques à induction que l'on voit partout, mais bien un piano de marque, avec ses deux fours et ses cinq feux. La veille, trop occupée par mes sujets existentiels, je n'y avais pas prêté attention.

— Superbe !

— Merci ! Mais ce n'est qu'un vieux tee-shirt, plaisante-t-il en regardant son petit ventre rebondi qui pointe sous le tissu de coton.

— Je parlais de…

Mais je me tais, m'affligeant moi-même par mon manque d'humour. Il se moque de moi et comme une gourde, je tombe dans le panneau au lieu d'en rire.

— Bien dormi ? enchaîne-t-il.

— J'ai eu du mal à trouver le sommeil, mais une douche a résolu le problème. Ensuite, j'ai réussi à fermer les yeux.

— Il fallait venir me rejoindre.

Le rouge me monte aux joues.

— Il faisait tellement doux, poursuit-il sans plus attendre, que j'ai passé une partie de la soirée à siroter un verre sur le balcon. Nous aurions pu finir la bouteille ensemble.

Le soulagement me fait sourire.

— Pancakes maison, ça te va ? Et thé noir ?

— Ce sera parfait !

Quelques minutes après, nous sommes tous les deux assis sur la terrasse. Jules s'applique à verser du sirop d'érable sur la crêpe que je tiens, alors que de l'autre main, je porte à mes lèvres un breuvage mis en valeur par une tasse en porcelaine fine.

— C'est mieux qu'à l'hôtel.

— Je l'espère ! J'aime bien recevoir. Faire plaisir me plaît.

— Et tu réussis bien.

— Merci. En plus, nous bénéficions d'un été indien magnifique. Manger dehors en novembre, c'est démentiel !

Je me retiens de lui dire que je ne partage pas sa joie, rapport au dérèglement climatique qui nous joue des tours au niveau de la météo, mais je laisse tomber. Serais-je en présence d'un climatosceptique ? Autant rester superficielle et ne pas entrer, de plein fouet, dans des sujets sensibles. Il aurait suffi que nous ne soyons pas d'accord pour compromettre ce petit-déjeuner des plus agréables !

— Je me posais la question… Tu fais toujours partie des suspects pour l'enquête ?

J'avale la bouchée que je suis en train de mastiquer et le dévisage, interrogative.

— Normalement non. J'ai un alibi. Ils estiment que le meurtre a eu lieu vers les 6 h 30 du matin. Or, à ce moment-là, de nombreuses personnes m'ont vue dans la rue. De toute façon, ils attendent les résultats de l'autopsie pour prendre des décisions. Et puis, il ne faut pas oublier que je suis aussi celle qui a découvert le corps. Pourquoi, au fait ?

Une idée idiote éclate dans ma tête : il ne souhaitait plus que je reste chez lui !

— Oh ! Pour rien ! poursuit-il en souriant. Je me demandais ce que le gendarme voulait savoir la seconde fois qu'il t'a entendue.

Je ne réponds pas tout de suite et plonge les yeux dans son regard de mousse, aux cils bien trop longs pour un adulte. Ce regard vert mousse ! Il a le chic de déclencher en moi une palette de points électriques le long de ma colonne vertébrale ! C'est dingue ! Et je ne parle pas des trucs qui papillonnent de l'autre côté.

Requête toutefois surprenante. Me cache-t-il quelque chose ? Ou cherche-t-il à avoir une information particulière ?

— Alice est dans la mouise. Mon commandant sans nom…

— Qui ?

— Le commandant qui enquête sur le…

— Ah… Mallet. Commandant Léo Mallet.

— Ah bon ? C'est ainsi qu'il s'appelle ?

Attribuer un patronyme à cet homme me fait tout bizarre. Comme s'il sortait d'un seul coup de son anonymat protecteur. Léo Mallet[1] ? Le nom ne m'est pas étranger, mais je ne sais plus pourquoi.

— Enfin, oui… lui… le commandant. Il s'interroge sur Alice. Il ne m'a rien raconté, bien sûr : secret de l'instruction. Il m'a seulement demandé si elle avait déjà rencontré la victime. Il a insisté et j'ai eu le sentiment qu'il avait découvert un lien entre eux deux.

---

1. Léo Malet (avec un seul L) est un écrivain connu, notamment, pour sa série *Nestor Burma*.

— Vraiment ?

Il paraît soudain soucieux et le petit démon de la jalousie refait surface avec son trident qu'il appuie sur mon cœur.

— Et d'après toi, elle le connaissait ?

— Non. Elle n'arrêtait pas de se moquer de lui. Elle lui trouvait une tête de vieux pervers. Bon, d'accord, elle en mettait des couches. Mais tu sais comment fonctionne Alice.

Je m'interromps brusquement, amusée avant de reprendre :

— Euh… peut-être pas, en fait !

Beau joueur, il me sourit.

— Pas vraiment, poursuit-il. Mais je n'ai pas pour autant envie qu'elle se retrouve en prison pour un crime qu'elle n'a pas commis.

— Moi non plus.

Nous sommes d'accord, bien que, en mon for intérieur, son trop grand intérêt pour mon amie me dérange. J'ai fini mon thé. Il a terminé son café. Et l'assiette de pancakes est encore plus vide que Paris au mois d'août, au début des congés payés en 36. Nous nous regardons avec la même expression sur le visage.

— Lorsque j'écris un polar, j'évolue dans l'histoire au rythme de l'esprit du lecteur. Tout doit lui paraître clair pour qu'il ait le sentiment de mener l'enquête. En fait, il faut qu'il arrive à comprendre la pensée du tueur, afin qu'au fur et à mesure du bouquin, il échafaude ses propres conclusions. À charge de l'auteur de lui faire prendre des vessies pour des lanternes et de le retourner comme une crêpe à la fin… à condition que ce dénouement soit crédible.

J'acquiesce en dodelinant de la tête.

— Tu suggères qu'un de tes lecteurs, dans notre cas, estimerait qu'Alice est la coupable rêvée ?

— Certainement pas ! Ce serait trop simple ! certifie-t-il avec sérieux.

— OK ! Donc, toujours selon ton lecteur, qu'avons-nous dans cette affaire ? Un vieil écrivain occis d'une façon assez… rocambolesque.

— Une mise en scène.

— Oui, un truc macabre, mais très stylé.

— Comme un tableau, précise-t-il.

— Il veut attirer notre attention.

— Mais sur quoi ?

Emportée par le jeu, je réfléchis :

— L'œil tout d'abord. Énucléer une personne n'a rien d'anodin.

— Je confirme ! Et planter l'œil au bout d'une plume, c'est encore plus symbolique, tu ne trouves pas ?

— Relier la plume et l'œil, et on obtient quoi ?

— Un auteur : la plume, et un voyeur : l'auteur. Un auteur, voyeur ! triomphe-t-il.

— Pourquoi pas ?

— Qu'a raconté Alice sur ce… comment, déjà ?

Je marque un temps d'arrêt, puis finis par lui répondre :

— Clément Héliard ? Qu'il avait une tête de vieux pervers.

— Oui !

Jules s'est exclamé avec verve. Un pigeon, posé sur la balustrade, tressaille puis s'envole. Dérangé. Il faut dire que notre échange rapide nous a échauffés. Nous bouillonnons comme si la solution pouvait s'offrir à nous, simple et évidente.

Mais brusquement, tout aussi vite qu'il est apparu, mon enthousiasme retombe comme un soufflé trop gonflé. Je murmure :

— Qui a insinué que ce mec était un vieux pervers ?

Jules me regarde sans réagir.

— Tu viens de l'expliquer ! C'est Alice.

Il s'interrompt en saisissant le sens de ma question. Il fronce les sourcils et poursuit :

— Oh mince !

Comprenant, de ce fait, ce qui soudain me chagrine.

— Alice, oui. Encore une fois, elle !

La remarque le déstabilise. Dans un de ses livres, Alice n'aurait pas été la coupable désignée. Trop facile ! Mais dans la vraie vie ?

— Il faudrait découvrir le lien qui existe entre ce Héliard et notre amie, ce serait tellement plus simple. Tu es sûre que Mallet ne t'a pas laissée entrevoir le plus petit indice ?

— Non, rien. Mais à bien y réfléchir, je reconnais que l'attitude d'Alice était étrange. Elle n'arrêtait pas d'insister. Héliard était en face de nous. Elle le dévisageait en le critiquant. Elle m'a même dit que…

— Elle t'a dit quoi ?

Me revient à la mémoire que pour disculper Alice, j'ai avoué au commandant qu'elle avait trouvé notre voisin porcin. Une belle bourde en vérité. Qui risquait d'attirer les enquêteurs sur elle au lieu de les éloigner.

— Rien…

— Ça restera entre nous.

Suis-je trop bavarde ? Peut-être que je ne sais pas tenir ma langue. Malgré moi, je lâche dans un souffle :

— Qu'il avait un… qu'il avait un petit zizi.

La surprise laisse Jules muet. Et il y a de quoi ! Comment innocenter un suspect qui affirme une telle chose, de but en blanc ? Comprenant qu'une calomnie pareille peut facilement passer pour une déclaration, il s'inquiète :

— Tu ne l'as pas rapporté au commandant, au moins ?

— Non ! En plus, c'était une blague. Elle l'a dit pour me provoquer. C'est bien son genre. D'ailleurs, lorsque je lui ai demandé pourquoi elle connaissait ce détail, elle m'a répondu que c'était l'expérience. Il avait la tête de l'emploi. Rien de bien concret. Des bêtises.

— Des sornettes qui peuvent lui coûter la liberté si les gendarmes l'apprennent. Parler d'une partie… intime d'un homme, c'est tout de même avouer qu'on a déjà eu l'occasion… de la voir. Non ?

Je suis d'accord avec lui. Il ne me serait jamais venu à l'idée de m'exprimer ainsi. C'est certain ! Toutefois, Alice reste Alice. Et ses réactions ne sont foncièrement pas les mêmes que celles de tout un chacun.

Jules se lève soudain, préoccupé, et disparaît dans la salle de séjour. Il en revient avec un carnet Moleskine, un stylo-plume et des vêtements.

— Mazette, un Mont-Blanc !

Admirative, je siffle entre mes dents, en connaisseuse que je suis. Ma réflexion l'amuse.

— Tu vas me traiter de vieux bourge.

— Mais tu es un vrai nanti, ne t'en déplaise !

Surpris par ma spontanéité, il éclate de rire et me tape sur l'épaule. Puis, recouvrant son sérieux, il enfile un gilet et me propose un plaid, qu'il pose sur mon dos, avant de retourner à sa place, gêné par son geste attentionné.

— Nous ne sommes pas en été, maugrée-t-il afin d'expliquer son comportement trop soucieux de ma personne.

A-t-il compris qu'il ne faut pas me brusquer ? Je le remercie d'un hochement de tête.

— Si au moins Alice ne s'était pas trompée d'heure, reprend-il, songeur, nous n'en serions pas là, à nous interroger sur elle. Je l'aurais quitté véritablement vers 7 heures et aucune équivoque ne serait possible.

Son soupir me bouscule et me rappelle, douloureusement, qu'il était avec Alice ce matin-là.

— Reste à savoir, maintenant, si elle l'a fait sciemment.

Surpris, il tourne vers moi un regard mousse ténébreux. Enfin, un truc d'une couleur beaucoup moins sympathique qu'à l'habitude. Presque noire, quoi.

— Qu'insinues-tu ?

Embarrassée par sa réaction, je toussote :

— Rien. Simplement, que c'est bizarre de se planter de la sorte !

— Elle n'avait pas ses lunettes.

La réplique a fusé, comme une évidence. Et comme une évidence, ne souhaitant pas m'engager sur des sentiers glissants – pas envie de me casser la figure –, j'admets tout en opinant du chef :

— Oui, c'est logique.

En un éclair, ses yeux se radoucissent et recouvrent ces tonalités de mousse de sous-bois que j'aime tant leur voir. Les cils battent un peu trop vite et avec eux mon cœur qui s'emballe.

— Sais-tu où est née Alice ?

Avec délicatesse, pour ne point perturber notre pseudo-enquête si bien commencée, il change de conversation et reprend le cours de notre réflexion là où nous l'avions laissée. Interlude terminé. Le petit train de notre jeunesse[1], celui qui meublait si bien l'écran en attendant une nouvelle émission à la télévision, surgit dans ma mémoire. Il passe avec son rébus. Si au moins il pouvait afficher la solution sur ses wagons, comme il le faisait pour sa charade !

Mais non ! Pour la simplicité, il faudra revenir !

— Nevers, je crois.

Loin, bien loin de mes pensées, Jules ouvre son carnet, dévisse le bouchon de son stylo-plume et écrit le plus sérieusement du monde.

Alice Quine. Nevers.

Sa note me fait sourire. Tout d'abord, parce que je découvre que comme le grand enfant qu'il est resté – en témoignent ses longs cils et son regard tendre –, Jules met des bulles sur ses *I*. J'en suis émue. Puis le nom.

— Pour le nom, tu as tout faux.

— C'est un pseudo ?

— Oui. Tu n'as jamais lu, gamin, les enquêtes de Caroline Quine ? Alice ? Alice… Caroline Quine. La Bibliothèque verte. Tu suis le lien. En fait, elle s'appelle Marie-Alice Durant du Pontel.

À la longueur du patronyme, Jules écarquille les yeux.

— Mazette ! Et tu oses me traiter de bourge ? Je comprends pourquoi elle a choisi un pseudo ! C'est le nom de son époux ?

— Lequel ? Alice a été mariée trois ou quatre fois, il me semble. Je t'assure, c'est bien le sien ! Elle habite une très belle maison en hauteur, dans la vieille ville sur les

1. …enfin de la jeunesse des plus de 60 ans… (*N.d.A.*)

remparts, avec vue sur la Loire. Une espèce d'hôtel particulier dont elle a hérité.

— Pas de lien avec notre Clément Héliard pour le moment.

— Aucun.

— Il faudrait pouvoir se rendre sur place. Connaître le lieu de naissance du bonhomme.

— Tu ne pourras rien apprendre de la mairie. J'ai fait de la généalogie et je sais que tu ne peux pas avoir des informations de moins de cent ans, si tu n'es pas de la famille.

— Alors Internet ? S'il est auteur, on peut trouver une biographie de lui ?

— Possible. J'ai laissé mon téléphone dans la chambre.

— Pas grave. Je vais chercher mon portable.

Ce qu'il fait dans le même élan que pour le papier et le stylo. Lorsqu'il revient, je me suis servi un thé, tenu au chaud dans la splendide verseuse recouverte d'un molleton *so british*. Russe impérial. Avec sa pointe discrète de bergamote. Je le bois à petites gorgées en regardant, debout contre la balustrade, le jardin qui s'étire à nos pieds, en contrebas.

— Très beau panorama sur la ville. La piscine fait partie de la copropriété ?

Il acquiesce d'un mouvement de tête tout en ouvrant son ordinateur.

— C'est ce qui m'a poussé à acheter l'appartement.

— Les charges doivent être élevées.

— Un peu, mais c'est tout de même agréable, en été, d'aller piquer une tête au réveil.

— Je veux bien te croire ! Mais pas trop dur de partager ?

— Pas plus que dans un bassin municipal. Là au moins, je connais tous les baigneurs. C'est sympa !

— Vu sous cet angle, oui.

En souriant, je reviens vers la table, alors qu'il tape déjà le nom de notre auteur défunt.

— Tu trouves ?

— Oui. Il a même son Wikipédia !

— Certains éditeurs font ça. Dès que tu as écrit deux livres, tu peux y figurer.

— Ah ! Je ne savais pas.

J'ai un petit gloussement.

— Mon éditeur m'y a mise aussi. Mais ne cherche pas ma page !

Il me regarde par-dessus les lunettes qu'il a enfilées avant de les faire descendre d'un mouvement de nez, histoire de ne pas m'apercevoir totalement floue.

— Vraiment ? J'irai la visiter lorsque tu ne seras pas là.

— Pff… idiot !

L'insulte l'amuse et tout en se moquant, il plonge à nouveau vers son écran afin de découvrir la page qui vient de s'ouvrir. Il lit :

— Clément Héliard est un auteur régional bourguignon, né le 18 octobre 1948 à Saulieu. Il a écrit de nombreux romans qui ont pour cadre le Morvan et ses légendes.

— Saulieu ? Il faut voir si Alice y a vécu.

— Ou si Héliard a habité, à un moment de sa vie, à Nevers.

— Tout à fait… Continue.

Nous nous prenons au jeu de l'enquête, comme si nous participions à un *Cluedo* géant.

Il poursuit en rajustant ses lunettes :

— Après avoir fait des études de lettres modernes à Lyon, brillant élève, il accède à un poste d'enseignant dans un lycée de Dijon et devient le plus jeune agrégé de France. Puis, il quitte le secteur public et travaille durant dix ans à Nevers, comme professeur de français au collège privé Fénelon. En 1987, il démissionne afin de se consacrer à l'écriture.

— Ah ! On tient un lien avec Nevers !

Je jubile.

— Oui, Nevers.

Le nez de Jules qui se plisse. Un truc le dérange.

— Qu'est-ce qui ne va pas ?

J'ai envie de le toucher, mais je réprime un mouvement vers lui.

— Sa carrière. Elle est bizarre...

— Pourquoi, bizarre ?

D'un geste lent, il rabat le couvercle de son portable. Un petit bijou de technologie flambant neuf.

— Avant de prendre ma retraite, j'étais prof moi aussi, souviens-toi. Nous avons tous un avancement similaire dans l'enseignement. Je trouve suspect qu'il soit passé d'un lycée public à un collège privé. Tu comprends ce que je veux dire ?

En effet, c'est étrange. Je l'admets.

— Mieux payé ?

— Non. Et en général, quand tu as eu ton agrég, tu n'acceptes pas un poste en dessous de tes compétences. Surtout dans le privé.

— Sauf pour une convenance familiale.

— Héliard ne s'est pas marié. Et puis de toute façon, pourquoi quitter la sécurité d'un emploi stable ? Ça n'a pas de sens...

— Sauf si tu as eu un souci avec l'administration ?

— Possible.

— Et qu'on te montre gentiment la sortie afin de ne pas faire d'esclandre.

— Re-possible.

— À quoi penses-tu ?

Il hausse les épaules et soupire :

— Qu'est-ce qui te vient en premier à l'esprit dans ce cas-là ?

— Pédophilie ?

Son trouble est perceptible. Il paraît gêné de tenir un tel propos au sujet d'une personne décédée, qu'en plus il n'a jamais fréquentée. Pour se donner une contenance, il ôte tout à fait ses lunettes de lecture, se frotte les yeux avec deux doigts, comme pour s'éclaircir la vue, puis admet :

— Je ne peux rien imaginer d'autre.

Je fais un rapide calcul mental. Lorsque Clément Héliard a aménagé en 1977 à Nevers, Alice devait entrer en sixième. Compte tenu du nom ronflant qu'elle porte, sa famille ne devait pas être du genre à mettre sa progéniture à l'école de la République !

De son côté, Jules a fait le même rapprochement. Lorsque je croise à nouveau son regard, je découvre qu'il en est arrivé à cette conclusion.

— Ils se seraient rencontrés au collège ? questionne-t-il comme pour se conforter dans l'idée.

— Oui.

Toutefois, je m'étonne :

— Pourquoi ne l'a-t-elle pas reconnu ?

— Elle aura fait semblant. Ou alors l'âge qui change les traits…

— C'est vrai qu'elle insistait beaucoup pour dire qu'il avait une tête de vieux pervers.

— Une manière cachée d'exprimer ce qu'elle ressentait, murmure-t-il à regret.

— Oui.

Je suis songeuse tout à coup. Alors que l'on parle partout d'affaires de viols, Alice, sous le coup de la prescription, n'aurait-elle pas fait que balancer son porc ? Serait-elle allée jusqu'à le tuer ?

Au vu de nos nouvelles informations, cette hypothèse est tout, sauf anodine. D'autant plus que de son côté, le commandant Mallet n'est certainement pas resté à la traîne et a dû parvenir, à l'heure qu'il est, aux mêmes conclusions. Mais s'il en est ainsi, il est probable que… je bondis.

— Putain ! Il va l'inculper !

— Si ce n'est pas déjà fait.

Un mauvais pressentiment m'envahit. Inquiète, je file dans la chambre où j'ai dormi, et plonge sur mon téléphone que je n'ai pas débranché de son chargeur. Fébrilement, je cherche un contact, lorsque je remarque qu'Alice m'a laissé un message.

— Idiote que je suis ! Bon sang ! Quelle idée de ne pas prendre mon portable !

Je fais le numéro de ma boîte vocale. Une interlocutrice synthétique m'informe qu'en effet, Alice a voulu me joindre. Je clique sur le trois pour écouter. Mon amie paraît anéantie et m'annonce qu'outre à son avocat, elle a le droit de passer un seul coup de fil. Sa première pensée a été de m'appeler pour me mettre au courant. Cette révélation me touche. Les larmes aux yeux, je reviens vers la terrasse, alors que l'enregistrement d'Alice m'explique qu'elle a été placée en examen et qu'à 7 heures du matin a commencé sa garde à vue.

— Elle a été arrêtée.

Ma voix s'enraye et Jules se précipite vers moi pour me soutenir, alors que je raccroche.

— Le pire a eu lieu.

Sans pouvoir me retenir, j'éclate en sanglots contre l'épaule de mon hôte, qui me berce doucement, tout en frottant mon dos de sa paume.

— On va la sortir de là. Pas de souci, on va la sortir de là…

8

Dans de sales draps

Lorsque je reviens vers Jules, qui m'attend dans sa voiture. Je dois faire de la peine à voir, car spontanément, il me serre dans ses bras. Je retiens mes larmes pour ne pas m'effondrer à nouveau en mâchouillant nerveusement ma lèvre inférieure.

Toutefois, je savoure aussi, à sa juste valeur, le bonheur simple de pouvoir me reposer sur la force d'un ami. Car mon ami, Jules est en train de devenir. Dans l'épreuve, toute attirance s'est envolée, laissant la place à la joie d'avancer côte à côte pour partager ce moment difficile.

— Tu as pu lui parler ?

— Non. Elle n'a pas le droit de recevoir de visites.

— Et que te voulait le commandant Mallet ?

Mon regard le détaille avec tristesse.

— M'informer que je n'avais plus besoin de me tenir à la disposition de la gendarmerie, un suspect étant sous les verrous.

Un lourd silence tombe alors que j'attache ma ceinture.

Jules est effondré. Même s'il n'a vécu qu'une courte histoire avec Alice, il se sent proche d'elle. L'ambiance n'est plus à de la jalousie de gamins. Son côté sentimental devient sympathique à mes yeux. Alors que tant d'hommes cherchent à masquer bêtement leur trouble, le soutien qu'il apporte à notre amie commune m'attendrit. Jules est un type bien et il mérite tout mon respect.

La voix raillée par l'émotion que j'éprouve, je reprends la parole au bout de quelques secondes :

— Ils ont trouvé un lien entre Alice et Clément Héliard. En plus d'être son professeur au collège Fénelon, il lui donnait des cours privés à domicile. Elle n'était pas très bonne en orthographe. En 87, lorsqu'il a mis un terme à sa carrière pour se consacrer à l'écriture, c'était afin d'étouffer une affaire de mœurs. Des parents avaient porté plainte contre lui, car il s'était livré à des attouchements sur leur fille. Les poursuites ont toutefois été très vite abandonnées. Les gens, à l'époque, n'aimaient guère aborder ce genre de sujet glauque. Surtout dans les milieux bourgeois qui craignaient les médisances. Le bonhomme a ensuite disparu de la circulation. Tu avais raison pour son départ de l'enseignement public. La cause devait être la même.

— Tu as appris ça par ton commandant…

— Oui. Il a bien voulu m'expliquer pour que je comprenne ce qui est à charge contre notre amie. De toute façon, les journalistes vont être informés.

— C'est terrible.

— Il y a plus grave. Ils ont réussi à trouver la trace d'un appel téléphonique, provenant du portable d'Alice sur le fixe de Clément Héliard. Il y a un mois environ. Elle était au courant qu'il serait ici ce week-end. À l'inverse de ce qu'elle m'a dit, elle le connaissait. Elle m'a menti.

Je fais une pause qui me permet de ravaler ma salive et reprendre mes esprits.

— De plus, parce qu'il y a un plus à tout ça, ils ont retrouvé ses empreintes sur la plume qui a transpercé la carotide de la victime. Et la taille de l'agresseur correspond à la sienne avec ses chaussures à talons aiguilles. Ils sont en train d'analyser les traces d'ADN découvertes sur place. Il y a toutes les chances que les siennes soient présentes.

Malgré les faits accablants, Jules s'insurge, ne semblant pas accepter la réalité crue :

— Alice a des circonstances atténuantes, non ? Et puis cette fichue plume, je crois bien que tout le monde l'a touchée !

D'instinct, ma main se pose sur la joue de mon voisin trop crédule. Comme un réconfort.

— Elle n'a pas agi sur le coup de l'émotion. Son appel à Héliard risque de la faire plonger. Il y avait préméditation.

Je toussote :

— Mais voilà, ce n'est pas tout encore. Ils ont découvert qu'Alice a pris, dans le passé, des leçons de self-défense. Elle était donc tout à fait capable de maîtriser Héliard. Surtout si l'on tient compte de sa tonicité et du délabrement physique de la victime.

— Bon sang !

— Oui, le commandant ne m'a pas caché qu'elle est dans de sales draps. Il va falloir lui trouver un avocat au top.

— Je m'en occupe ! J'en connais un très bien.

La gratitude m'envahit. J'apprécie la manière dont Jules ne la laisse pas tomber, même si une petite pointe de jalousie perfide essaie de me serrer, à nouveau, le cœur. Il tient à elle et moi, je tiens bon. Aucune pensée sournoise ne s'emparera de moi tant qu'Alice ne sera pas sortie d'affaire ! Foi de scout !

Je feins soudain l'enthousiasme :

— L'excellente nouvelle, c'est que je peux dès à présent te foutre la paix et retourner chez moi.

— Non !

Son *non* irréfléchi me fait bizarre et malgré mon chagrin, je souris. Se peut-il que lui aussi se mette à aimer notre collaboration ?

— Je me disais… reprend-il doucement. Nous ne pouvons pas abandonner notre amie ainsi. Notre déduction était juste, puisque le commandant a eu la même. Il faut, maintenant, que le procureur accumule les charges et les décharges avant d'engager la procédure finale. Mais je ne vois aucune difficulté pour que le dossier soit clos rapidement. C'est certain ! Tellement d'éléments accablent Alice !

Il marque un temps d'hésitation et je profite de sa pause pour l'interroger :

— Tu veux en arriver où ?

— Si nous continuions ensemble ?

— De quelle manière ?

— En binôme. Parallèlement à la gendarmerie. Comme nous l'avons fait ce matin.

— Ne pas lâcher l'affaire ?

— Oui ! Je suis auteur de polars. Et même si la vraie vie n'a rien de comparable avec la fiction, je peux mettre les deux ou trois connaissances que j'ai au service de notre amie. Toi, de ton côté, tu es perspicace. Intelligente. Je trouve que notre duo fonctionne bien. Et puis, je dois reconnaître que j'ai peur que les flics estiment que l'enquête est trop simple et la bouclent un peu vite !

Ses inquiétudes sont fondées. Alice représente la parfaite suspecte et mon commandant ne paraît pas avoir envie de dénicher plus loin ce qu'il croit avoir sous le nez.

— Ce gendarme n'est pas mauvais. Je pense même qu'il fait bien son boulot. C'est dur de lui en vouloir d'inculper Alice.

Jules s'éclaircit la voix pour me répondre :

— Oui, oui. Je sais bien. Tout l'accuse. Mais…

— Mais ?

— On pourrait lui chercher des circonstances atténuantes.

Il a démarré et je le regarde un instant conduire. Tranquille. Réfléchi dans le moindre de ses gestes. Je dirais… raisonnable. Il faut qu'un type comme lui soit sacrément mordu pour décider de s'engager dans une voie que j'estimerais, moi l'impulsive, sans issue. Alors, par pur soutien – si, si, je vous le jure – j'essaie d'analyser ses paroles afin de décrypter ce qui se cache derrière.

— Tu veux parler de potentielles proies d'Héliard qui accepteraient de se confier ?

Son visage s'illumine et il recouvre le sourire.

— Oui ! Pourquoi pas ? Si ce mec était un prédateur, d'autres victimes existent forcément. C'est certain !

Sans lâcher la route des yeux, il fronce les sourcils et poursuit avec sérieux :

— Mais toi, là, dans ton for intérieur, sans réfléchir, si je te demande si tu la crois coupable, tu me réponds oui ou non?

La question me prend de court et je bafouille un *non* bien peu convaincant.

— Enfin, je ne la pense pas capable de…

Ma tentative de justification est aussi piteuse que mon *non* miteux, c'est pourquoi je m'interromps. Pas capable de quoi ? Alice est un être déterminé, à la limite de la froideur. La manière dont elle crochète et balance ensuite les hommes est, à elle seule, très représentative de son état d'esprit. Pour elle, les gens n'ont pas d'importance. La preuve, elle n'a eu que moi à joindre par téléphone. Si dans un sens, c'est très flatteur, dans un autre, ça témoigne bien de la cruelle pauvreté de son tissu relationnel et familial.

— On la laisse tomber et je me contente d'appeler un avocat ?

— Non, bien sûr que non !

Contre toute attente, un nouveau sourire lumineux éclaire son visage. Sa belle soixantaine s'envole et il redevient le gamin heureux qui découvre ses cadeaux au pied du sapin de Noël.

— Très bien ! Alors, nous continuons et tu restes à la maison. Nous allons jouer les *Starsky et Hutch* du secteur.

C'est sans appel. J'évoque tout de même le fait que je dois retourner chez moi pour Arsène. De plus, je manque de vêtements.

— Arsène ?

— Mon chat.

Il paraît amusé. Il n'a pas d'animal, pas de femme et pas d'enfant. Il me le confirme. Sa vie se résume à peu de choses en fait. Un chouette appartement et une DS 19 décapotable de collection. Quatre cylindres en ligne de

83 chevaux. D'un superbe violet limite aubergine. Intérieur en cuir crème. Une fortune sur pneus.

— Elle a ton âge, m'a-t-il annoncé à l'aller en m'ouvrant la portière.

Comment connaît-il ma date de naissance ? Je le soupçonne d'avoir visité, en douce, ma page Wikipédia lorsque j'avais le dos tourné !

*

À nouveau libre comme l'air, Jules m'a déposée devant la salle des fêtes qui a abrité, durant ce week-end tragique, notre salon littéraire écourté. Tout comme lui, j'y ai récupéré mes ouvrages, entassés dans des cartons à nos noms et mis à notre disposition à l'accueil. J'ai chargé mon matériel, avec un peu de nostalgie, dans mon vieux Combi de sorcière. C'est un van sans âge, dans son jus, cabossé et dangereusement attaqué par la rouille. Mais il me va bien et surtout, je ne peux pas m'offrir autre chose ! De plus, il redevient à la mode.

— Tu ne souhaites pas que je t'accompagne ?

— Non, c'est sympa. Je dois prendre du temps pour faire une lessive, ranger mon stock de livres et nourrir mon chat.

— Comme tu veux.

En fait, même si Jules se révèle de bonne compagnie, j'ai besoin de me retrouver quelques heures en tête à tête avec Arsène. Histoire de faire le point. De souffler.

Lorsque je pousse la porte de mon chez-moi, mon unique compagnon m'attend dans le couloir et m'accueille avec enthousiasme. Sent-il le désarroi dans lequel je me trouve ? Ne raconte-t-on pas que les animaux ont cette capacité ? Percevoir nos bonheurs, mais aussi nos souffrances.

— Mon gros nounours !

Il me saute dans les bras et se met à ronronner, alors je le grattouille sous le cou, point stratégique chez bon nombre de ses congénères. Sans le poser, je m'affale dans mon fauteuil préféré, tout en rêvant d'un amoureux attentionné qui me servirait du thé.

En même temps, c'est ma faute. L'être soucieux de ma petite personne, je l'ai laissé au placard, de l'autre côté de la Nièvre, à une heure trente de chez moi ! Et alors que Jules ressurgit dans mon esprit, Alice suit aussitôt.

— T'en penses quoi, de toute cette histoire, mon brave Arsène ?

Une moue dubitative.

— Tu crois que je suis idiote de me laisser entraîner, pour les beaux yeux d'un mec qui ne me calcule pas ? T'es vraiment pas gentil avec moi, Arsène !

Je lâche mon chat et me relève lourdement, avec le sentiment sournois d'avoir pris dix ans d'un seul coup. Comment aider Alice ? Je suis partie, deux jours auparavant, sans aucune inquiétude, et voilà que je reviens après avoir découvert un macchabée, et appris que ma meilleure amie était accusée de meurtre.

Ce week-end a été un sacré gâchis, en fait ! Je pousse les volets et laisse les fenêtres ouvertes pour aérer. Jules est prévenu que je ne le rejoindrai qu'en soirée. Dans un sens, c'est perdre du temps. Dans un autre, c'est retrouver une pensée claire afin d'agir avec objectivité.

Bien sûr, Alice, elle, dort dans une cellule minuscule, sur une planche étroite munie d'un matelas de mousse, ce qui, lorsque j'y songe, est absolument horrible ! Comment aurais-je réagi dans de telles circonstances ? Je n'ose l'imaginer !

Tout en mettant la bouilloire électrique en route, je cherche à me souvenir du peu que je sais d'elle. Que m'a-t-elle confié au cours de ces trois années d'amitié épisodique, rythmée par les dates de nos salons conjoints ? Presque rien, en fait ! Pas assez de toute façon pour arriver à comprendre ses motivations.

Trois ou quatre compagnons officiels, dont un épousé très jeune pour fuir une famille janséniste. Elle venait d'avoir 18 ans, et son bac en poche, avait convolé sans le consentement parental dont elle n'avait plus besoin. Il était son aîné de 15 ans, et elle l'avait suivi en Amérique. Elle y avait repris ses études et s'était formée dans le secteur de la communication. Elle avait divorcé et était partie s'installer à Paris, où elle avait fait une très belle carrière dans le marketing.

Puis, rencontre avec son second mari, un hôtelier pour qui elle avait déménagé sur la Côte d'Azur, avant de le quitter pour un pseudo-comte russe, un flambeur qui passait ses nuits dans les casinos. Et de trois. Il devait en manquer un. Ou pas.

Pour finir, elle disait être revenue, après avoir hérité de ses parents, à Nevers, sa ville natale.

Par contre, je dois admettre que de nombreux pans de son existence m'échappent. Ce dont je suis sûre, c'est qu'à 57 ans, elle vit maintenant seule avec ses chats et ne travaille plus. Pour se distraire, elle écrit des histoires pour enfants, qu'elle fait illustrer par une toute jeune dessinatrice pleine de talent. La plupart du temps, elle vend bien, mais ne s'en soucie pas plus que ça. En fait, participer à ce genre d'événements l'amuse, et surtout, lui permet de partir à la chasse aux beaux mâles, comme elle se plaît à le raconter.

Qu'est revenu faire ce Clément Héliard dans sa vie ? A-t-elle reconnu son nom en lisant le programme qui annonçait les auteurs présents ? Mais pourquoi l'a-t-elle tué ? Parce que le dénoncer ne servait à rien puisqu'il y avait prescription ?

Je saisis ma tasse de thé sur le plan de travail et quitte ma micro-cuisine pour le séjour, l'esprit empli de questions. Quelle haine faut-il développer pour concevoir un tel passage à l'acte ? De la plus abominable des façons, en plus !

Du coin de la fenêtre, Arsène me regarde, narquois, arpenter la pièce tout en parlant à voix haute. S'il pouvait s'exprimer, il m'aurait certainement traitée de dingue. D'ailleurs, à bien l'observer, on pourrait croire qu'il sourit.

Bon, en même temps, appeler son chat Arsène, c'est déjà prendre un risque !

— Non, je ne suis pas folle, Arsène !

Je me gratte la tête.

— Résumons ! Qu'est-ce qui cloche ?

Un pervers qui a sans doute abusé d'Alice lorsqu'elle était collégienne. Alice adulte, qui le croise par hasard sur un salon, plus de quarante ans après. Hasard ? Pas possible ! Elle lui a téléphoné avant ! Elle ne le dénonce pas. Elle le tue. Froidement. Effroyablement.

Elle le tue !

Peut-on supprimer quelqu'un comme ça ? Je reformule la question : est-ce qu'Alice pourrait éliminer une personne de cette manière ? En pensée peut-être. Mais en action ? En fait, jusqu'où peut conduire la haine ? Pour avoir lu des articles sur le sujet, je sais pertinemment que nous sommes tous, au fond de nous, des assassins potentiels. Surtout pour un crime de sentiments. Toutefois, le faire vraiment, dans les conditions de ce meurtre sordide ? Saigner sa victime comme un porc ! Lui arracher un œil. C'est violent !

L'idée me retourne l'estomac. Je n'imagine pas ma précieuse amie, en talons hauts et tailleur gris perle, agresser un homme de cette façon. Elle l'aurait assommé, à la rigueur. Mais cette mise en scène digne d'un film d'horreur ? Que d'animosité accumulée pour en arriver là !

Pas elle !

Mais comment le démontrer ?

— Alice… Alice… dans quel pétrin t'es-tu fourrée ?

Je cherche dans mes souvenirs. Une garde à vue, c'est vingt-quatre heures… quarante-huit au maximum, il me semble. Mais puis-je faire confiance aux séries policières, ma seule source d'instruction en la matière ? Et que se passe-t-il après ? Sera-t-elle déférée au parquet si les preuves réunies contre elle sont solides ?

Mon Dieu ! Nous sommes en train de perdre, Jules et moi, un temps précieux !

Fébrilement, je farfouille dans mon armoire. En extirpe des habits qui conviennent à la saison et à l'action que nous nous apprêtons à mener. Saisis au vol mes chaussures de marche, on ne sait jamais ! Range un peu et referme les volets.

J'en suis à tout poser dans le couloir, lorsque mon téléphone m'indique qu'un SMS vient d'arriver. Tout en continuant à m'affairer, je le lis à voix haute :

Reviens et amène ton chat.

Eh bien, au moins nous sommes d'accord !

En d'autres circonstances, le message m'aurait amusée. Installer Arsène dans le luxueux appartement de Jules : cet acte n'est pas anodin ! Mais là, je n'ai pas le cœur à rire. Je trouve l'idée excellente, et grossis mon barda du nécessaire à la survie d'Arsène.

En un quart d'heure, tout est chargé dans mon van. Porte bouclée. Je pars en expédition ! De sa cage de transport, Arsène me lance un regard lugubre que je fais mine d'ignorer et fais démarrer mon véhicule, bien décidée à chercher des solutions pour qu'Alice ne finisse pas ses jours à croupir en prison.

9

Starsky et Hutch

— En discutant avec un voisin, j'ai appris que je connaissais le gardien de la salle des fêtes.

— Vraiment ?

— Oui, c'est pour cette raison que je t'ai proposé de revenir vite. Peut-être pourra-t-il nous donner des infos sur ce qu'il a vu ou entendu en ouvrant les portes du salon, dimanche matin ?

Nous avons commandé des pizzas et Jules a sorti une bouteille de rosé bien frais que nous savourons sur la terrasse, devenue notre QG du moment. Le temps est toujours aussi clément et je m'en veux d'apprécier l'instant, alors que notre amie se morfond dans sa cellule. Je suis arrivée après le livreur. Je n'ai eu qu'à libérer Arsène et à me laver les mains avant de passer à table.

— C'est un type un peu perdu, que j'ai eu l'occasion de rencontrer dans des circonstances dramatiques, explique Jules en reposant son verre.

— Lesquelles ?

— En fait, j'ai eu sa femme comme élève. Elle est morte alors qu'elle n'avait que 22 ans. Une tragédie ! J'étais à son enterrement. C'est comme ça que je l'ai connu, lui.

Je garde ma part de pizza en attente devant ma bouche, sans oser la croquer.

— Mon Dieu ! Partir si jeune !

— Oui. C'est terrible. Après une longue plongée dans l'anorexie, elle était restée dépressive.

Je hoche la tête par compassion. Une de mes nièces, en Écosse, est malade. Je me souviens du combat quotidien de ses parents pour la faire grossir de quelques grammes, ainsi que de ses épisodes en l'hôpital psychiatrique.

— Il a accepté de venir ?

— Je l'ai invité à boire un café.

— Ici ?

— J'ai pensé que ce serait plus simple.

J'ai un tressaillement sans bien comprendre si c'est de satisfaction ou de crainte. Avec ce garçon que nous nous apprêtons à interroger, nous nous projetons, de plein fouet, dans l'enquête ! Le bien-fondé de cette démarche est-il aussi évident qu'il nous le paraît ? N'allons-nous pas nous immiscer impunément dans la vie d'inconnus et, qui sait, perturber leur existence à jamais ? De quel droit ?

J'en suis à ce genre de réflexion lorsque l'interphone sonne. Jules va ouvrir et s'efface sur le passage d'un homme insignifiant qui sort de l'ascenseur. Le seul élément qui attire le regard, chez lui, c'est sa tristesse. C'est un *no-life*, comme dirait mon plus jeune fils. Les cheveux ternes, gras, négligemment attachés à l'arrière, il a un visage émacié et, en marchant, tout son long corps maigre tremble. Comme si son squelette n'avait rien pour tenir ses os entre eux et bringuebalait à chaque pas.

— Excusez mes vêtements, glisse-t-il en serrant mollement ma main, mais j'étais au travail.

Il parle de son jean taché et de sa chemise à carreaux, toute raide, tant elle est sale !

— Pas de souci, je réponds hypocritement en lui souriant.

Sourire qu'il me rend.

À première vue, c'est un brave bougre, seulement cassé par une vie qui a été trop dure avec lui.

— Je te présente Damien Lessage. Damien, voici Mary Simple. Tous les deux, nous essayons d'aider Alice Quine, une amie. Elle a été inculpée pour le meurtre de Clément Héliard, hier matin.

Le nouveau venu triture son poignet gauche avec sa paume droite. Un truc le gêne dans notre action. C'est certain.

— Pauvre homme. Oui, j'ai appris. Un crime terrible. Barbare. Mais qu'est-ce que je peux faire pour vous ? Vous me voulez quoi ?

— Vous demander s'il y a un détail qui vous a interpellé, dimanche, à l'ouverture de la salle. Simple formalité…

Pour laquelle nous n'avons aucune légitimité.

Le garçon tique et son visage émacié se fige en un masque grisâtre.

— La gendarmerie m'a déjà entendu.

Je glisse doucement, pour ne pas le brusquer :

— Nous le savons pertinemment ! Juste une question : y avait-il du monde sur les lieux à votre arrivée ? Des gens qui vous attendaient pour pouvoir entrer ?

Le visiteur hoche la tête, le regard buté.

— Ça fait bizarre, tout de même, marmonne-t-il. Je ne pensais pas à ce genre de chose, venant de vous.

Je poursuis alors que Jules se tait toujours :

— Nous en convenons. C'est pour aider notre amie. C'est tout…

Il nous dévisage tour à tour, puis porte sa tasse de café, que notre hôte lui a servie, à sa bouche. Il se reprend :

— D'accord. Mais savoir ce que j'ai fait hier ne vous apprendra rien. Ce n'est pas moi. J'n'ai pas ouvert la salle.

— Vraiment ? Pourtant nous imaginions que c'était votre travail !

Sans m'en rendre compte, j'ai posé ma question brusquement. Aussi, je suis surprise de sentir son regard triste me scruter.

— Oui, c'est mon boulot. Mais là, j'étais… j'étais à Nevers. Mon oncle est malade. Il a un cancer. Il allait très mal samedi soir. J'ai rejoint ma tante. Dimanche matin, j'étais encore avec elle. Elle n'a pas d'enfants.

Je glisse subrepticement un :

— Toutes nos excuses…

Alors que, sans vergogne, Jules poursuit :

— Et vous pouvez nous dire qui vous a remplacé ?

Damien ne comprend pas ce qu'il fait chez Jules. Son expression étonnée le confirme. Il a accepté, par politesse, de venir boire un café, car l'ancien professeur de sa femme l'invitait. Cependant, notre insistance le perturbe. Le met mal à l'aise. Voire le dérange. Sur la défensive, il recule.

— Vous n'êtes pas de la police ! Et je ne suis pas suspect ! Je n'ai pas à vous parler !

— Nous n'avons aucun droit. Nous le savons bien. Aussi, nous vous remercions sincèrement de vous être déplacé.

Il ne peut que me sourire une nouvelle fois. Je lui tapote l'épaule pour toute réponse.

— Je n'étais pas là, répète-t-il obstinément. Laissez-moi, s'il vous plaît.

— Pas de souci. Jules ne voulait pas vous agresser. Il est inquiet pour notre amie, c'est tout.

Afin de calmer le jeu, je tente des accordailles. Pour un spécialiste du polar, mon hôte manque sacrément de méthode pour interroger notre visiteur !

— Si vous pouviez nous dire seulement qui a ouvert la salle ?

— Non. Je ne peux pas.

Le ton devient ferme et mon acolyte s'impatiente. Je le vois à son sourcil gauche qui tressaille.

— Nous ne vous retenons pas plus, reprend-il tout en poussant le jeune homme vers la porte. Bonne journée à vous.

Et il referme derrière lui, d'un geste sec, en soupirant.

— Quel con !

C'est la première fois que je l'entends parler de la sorte, surtout d'un garçon qui, en toute légitimité, a le droit de se poser des questions à notre sujet.

— Il est inquiet et je le comprends.

— Mouais… en attendant, nous n'en savons pas plus.

— Si. Que ce n'est pas lui qui a ouvert aux auteurs ! Il faut trouver son collègue.

— Et ne rien en tirer parce que nous ne sommes pas de la police ?

Nouveau trait de caractère de Jules. Il est défaitiste.

— Écoute, lui dis-je sans détour, nous nous sommes engagés dans cette histoire. Nous n'allons pas lâcher au premier écueil.

Il admet, non sans réticence, que j'ai raison. Mais la méfiance simplette de notre visiteur l'a profondément irrité.

— Que craignait-il à coopérer ? maugrée-t-il en se servant un café. S'il n'a rien fait, pourquoi être si défiant ?

C'est vrai. Aussi, le même doute se glisse dans mon esprit. Pourquoi le jeune Damien a-t-il subitement freiné des deux fers en entendant les questions que nous désirions lui poser ? Est-il…

— Coupable ? jubile mon voisin de table comme s'il avait le pouvoir de percer ma pensée.

— Si la gendarmerie ne l'a pas retenu, c'est bien parce qu'il avait un alibi solide.

— Ou une absence de raison. Tu y crois, toi, à cet oncle gravement malade et à cette tante qu'il soutient toute la nuit ?

— Oui. S'il l'explique, c'est que c'est vrai. Tu veux en venir où ?

— Au fait qu'Alice connaissait Héliard. Elle fait une parfaite meurtrière. Les flics se sont contentés de son histoire à lui, parce qu'il n'avait aucun grief contre la victime. Et s'il en avait un ? Et si Damien avait déjà rencontré ce type avant ? Être sur place, pour lui, c'était facile.

Si je suis la réflexion de Jules, le jeune employé cacherait un truc. Son comportement étrange en serait la preuve.

— C'est ce qui justifierait son attitude ?

— Pourquoi pas ?

— Mais quel lien pourrait-il avoir avec l'ancien professeur ?

— Quelque chose d'important.

Qu'est-ce qui pourrait affecter cet homme sinon...

— Sa femme ?

Je ne sais pas pourquoi cette idée m'a traversé la tête. Jules l'accueille par un baiser sonore qu'il dépose sur ma joue, en se penchant par-dessus nos deux tasses.

— Sa femme ! Pourquoi n'y ai-je pas pensé avant ?

Alors qu'il part chercher son carnet Moleskine, je songe à cette gamine décédée si tôt. A-t-elle croisé la route de notre victime ? L'a-t-il… violée ? Je conçois que ma déduction est rapide, mais je pèche par inexpérience. Moi, mon domaine, c'est celui des plantes.

— Reprenons ! dit Jules d'un ton péremptoire en se réinstallant sur la terrasse. Alice a fréquenté le collège où notre mort enseignait. Nous en sommes certains maintenant. Elle a sans doute subi des attouchements de sa part… voire plus. (Cette idée me fait frémir.) Pour les enquêteurs, elle l'aurait reconnu et tué. Simpliste, comme raisonnement. Mais il se tient. Le crime logique de vengeance. Plusieurs décennies après, la victime rencontre par hasard son bourreau et l'élimine, car elle sait pertinemment qu'il y a prescription. Soit ! Mais revenons à Damien Lessage. Veuf très jeune. Il a perdu sa compagne dans des conditions dramatiques et, visiblement – il n'y a qu'à regarder son allure –, ne s'en remet pas. Imagine si sa femme a croisé notre tortionnaire ? Professeur ? Ou voisin ? Ou proche de la famille ?

Studieux, il note tout en parlant, dessinant à grands traits un tableau dans lequel nos *suspects* (même si Alice ne l'est pas pour nous) s'insèrent. Une colonne pour notre amie. Une colonne pour Damien Lessage.

— Enlevons déjà « professeur », annonce-t-il. Insensé par rapport à leurs âges respectifs.

— D'accord. Mais « proche de la famille » ? On sait que les affaires de mœurs se passent souvent dans un cercle restreint. Tu as plus de détails sur elle.

— Sur la petite Cléo ?

— Oui, si tel était son prénom.

— Cléo Pertuis. Une gamine bonne élève. Travailleuse. Nous étions tous contents d'elle. Elle est entrée au lycée sans problème, en section littéraire. Il paraît que je lui avais donné le goût de l'histoire. Elle rêvait de devenir archéologue. L'Égypte la fascinait, mais comme de nombreux gosses !

J'émets un sifflement admiratif.

— Chapeau ! Tu te souviens de toutes tes anciennes élèves ?

Jules rougit. Aurait-il parlé trop vite ?

— Lorsque j'ai appris son décès, je me suis replongé dans mes archives personnelles.

— OK ! Je me disais bien aussi !

— Oui, j'ai été curieux. Je l'admets.

Je le dévisage. Penaud d'avoir été pris la main dans le sac. Comme un grand enfant qui se sentirait fautif. Une bouffée d'attendrissement m'envahit et je manque lui saisir la main pour l'embrasser. Mais je me retiens. Jules pourrait se méprendre sur mon geste.

— Et elle ne l'est pas devenue ?

— Quoi ? demande-t-il en sursautant, comme si je venais de l'interrompre dans ses pensées.

— Archéologue ?

Il hésite. Je comprends que son esprit s'envole et caracole sur le dos de souvenirs plus ou moins plaisants.

— Non. Son père est mort dans un accident de voiture l'année du bac. Sa mère n'avait jamais travaillé. Pour l'aider, Cléo est entrée comme caissière au supermarché du coin.

— Ah ! D'accord ! La vie lui a coupé les ailes. La chute a dû être terrible.

— Elle l'a été. Mais elle était l'aînée et a dû se sentir responsable de sa famille. Après, je ne l'ai pas revue. Je n'ai même pas été informé de son mariage. J'ai seulement su pour son décès en lisant le journal.

Il baisse un instant les yeux et je ressens son émotion. Presque palpable.

— Triste destinée… rajoute-t-il doucement.

— Oui.

Je marque un temps de pause, comme si je voulais honorer sa mémoire, puis je poursuis calmement.

— Tu as eu l'occasion de discuter avec sa mère ?

— Pas vraiment. C'est son père qui venait aux rencontres parents-professeurs.

— Crois-tu que tu pourrais retrouver son adresse ? Nous pourrions lui demander si elle connaît la victime, Clément Héliard. On imprimerait une photo prise sur le Net pour la lui montrer.

— Pourquoi pas ?

— Si cet homme fréquentait la famille, nous serions tout de suite fixés et pourrions suivre la piste *Damien*. Sa tante, sur le coup de l'émotion, pourrait très bien ne pas avoir vu tous ses déplacements. Il faut deux heures pour faire l'aller-retour jusqu'à Nevers.

— Exact.

— Comme responsable de la salle, il sait très bien où se trouvent les clés. Il peut même en avoir un double.

Dans ma tête, tout s'enclenche et avance à grands pas. Cléo violée, qui devient anorexique puis dépressive chronique, et finit par se suicider. Il y a de quoi révolter un conjoint amoureux !

*

Jules, retenu par un souci de plomberie intempestif occasionné par une baignoire récalcitrante, n'a pas pu se rendre chez la mère de Cléo. Il n'a, de toute façon, rien perdu, puisque l'entrevue n'a pas apporté de nouveaux éléments. La pauvre femme n'est qu'un fantôme, accrochée à la vie seulement parce que ses deux jeunes fils habitent encore avec elle. Sinon, elle aurait lâché prise depuis longtemps, et j'aurais trouvé ça cohérent. Devoir faire le deuil de son mari et de sa fille aînée, seulement à quelques années d'intervalle, a de quoi miner une existence !

— Retour à la case départ.

Lorsque je franchis à nouveau le seuil de son appartement, il m'accueille avec enthousiasme, malgré ma déconvenue, et me propose, maintenant que son problème de robinet, plus digne d'un professeur de maths que d'histoire, est résolu, une petite excursion à Dijon.

— J'ai un ami à la retraite, m'explique-t-il. Il a enseigné à la fac. Il connaît beaucoup de monde et a été, un temps, au courant de tout ce qui pouvait faire scandale. Je vais l'appeler pour le prévenir que nous passons. Nous verrons bien si on en tire des informations intéressantes.

J'acquiesce (que risquons-nous ?). Nous décidons de partir aussitôt.

Par l'ascenseur, nous accédons au garage souterrain, afin de prendre la voiture de Jules, plus confortable pour les longs trajets que mon van. Ce dernier m'ouvre chevaleresquement la portière. Oui, c'est chouette, les vieux modèles, mais à l'époque, la centralisation n'était pas encore à l'ordre du jour.

— J'interviens dans une association qui aide les personnes ayant tenté de se suicider. Tu peux, à l'occasion, te joindre à nous, si le sujet te touche.

Alors qu'il s'apprête à entrer dans son véhicule, il me sourit et j'imprime en moi cette image de bonhomie qui ressort de lui. Jules est vraiment, vraiment, un chic type.

— Pourquoi pas ? Avec plaisir.

Même si l'idée me fait peur.

Le siège moelleux de son automobile de luxe m'accueille et mon esprit oublie soudain la souffrance d'autrui pour se canaliser sur le bonheur d'être. Lâcheté humaine ? Certainement. Tellement simple de ne vivre que pour soi.

L'odeur du cuir flatte mes narines. L'habitacle sent bon l'ostentation pompeuse des années 1960. Je ferme les yeux.

— Tout va bien ?

Un sursaut. Ai-je dormi une ou deux secondes, gagnée par le bien-être ?

— Oui, oui, très bien. J'apprécie.

Je ne lui dis pas quoi, mais je pense qu'à la manière qu'il a de passer la main sur le pourtour de son volant, il a compris.

— En attendant, nous avons fait chou blanc.

Je note le *nous* alors qu'il démarre.

Quelques minutes plus tard, nous roulons en direction de la capitale de la Bourgogne, sans grande conviction, mais avec le sentiment de faire tout ce qui est en notre pouvoir pour aider Alice. Il fait toujours beau et je dois admettre que voyager dans une magnifique DS de collection en compagnie d'un homme qui, objectivement, me plaît beaucoup, a de quoi me donner des envies de vacances. La tête inclinée sur le côté, je regarde défiler le paysage, à la limite de trouver cette escapade agréable. Je me verrais filer, sur l'autoroute, tout droit vers la mer. Les embruns et un coucher de soleil automnal alors que nous mangerions des huîtres avec un sympathique verre de vin blanc.

Mais il n'en est rien, nous nous dirigeons vers l'est, aussi, je ferme les yeux, tout à mon imagination.

Le contact de Jules habite une maison des années 1930, dans un quartier calme, excentré de la ville. Lorsque nous sonnons au portillon, un grand homme soigné, mais maigre et très voûté, apparaît sur le pas de son entrée. Nous sommes attendus. Nous traversons un long hall typique, où trône une patère pur jus Art déco, avec son miroir et son porte-chapeaux. Je pose au passage un regard admiratif sur les carreaux de ciment colorés qui tapissent le sol, puis pénètre dans le salon où un service à café à la forme épurée patiente sur la table basse. Rien n'a bougé depuis des décennies. Les moulures, le lustre et les appliques en verre poli. Tout y est ! Jusqu'au vase Gallé[1] qui agrémente le dessus de cheminée en marbre ! Notre hôte a dû hériter le bien de ses parents et ne l'a pas fait évoluer d'un iota.

— Je n'ai pas souvent l'occasion d'avoir des visites, nous explique-t-il d'une belle voix grave. J'ai grand plaisir à vous recevoir ! Et surtout celui de te revoir, Jules, et en si

1. Maître verrier de la fin du XIXe siècle.

gracieuse compagnie en plus ! J'en suis ravi pour toi ! Tu le mérites.

Et pour confirmer ses dires, il fait mine de s'incliner devant moi.

— Nous ne sommes pas ensemble, Mary et moi, rectifie mon compagnon un peu précipitamment à mon goût.

— Ah ! C'est bien dommage, soupire le vieux. Vous êtes pourtant bien assortis. Il y a tellement longtemps que ta femme a disparu que je trouverais juste de te savoir heureux.

Sa femme ?

Jules doit sentir mon trouble, car il saisit son ami par le bras, et tout en l'entraînant vers la cuisine, claironne d'une voix beaucoup trop forte pour être honnête :

— Mary n'aime pas le café. Viens me montrer où est le thé, afin que je lui en prépare une tasse.

Je ne suis pas dupe et comprends que cette attention, bien que très *gentleman*, n'est en fait qu'une diversion. Tout en prenant place dans un fauteuil devant la cheminée, je hausse les épaules en me rappelant, qu'après tout, Jules et moi ne sommes pas intimes et qu'il n'a aucun compte à me rendre.

Ma fille, il y a deux jours, tu ne savais même pas qu'il existait... je me fais remarquer à moi-même, non sans un pincement au cœur.

Et c'est vrai ! Si perdre sa femme a été une immense douleur pour lui, je conçois tout à fait qu'il n'ait pas envie d'en discuter avec une personne… qu'il connaît à peine. Je décide donc de respecter sa pudeur et me mets à jouer avec un gros matou roux, qui vient de s'inviter sur mes genoux, sans doute parce que je lui ai fauché son siège. Par dépit, je croque tout de même dans un des biscuits posés dans une coupelle et ne peux retenir une grimace.

Mon Dieu ! Il est dégueulasse !

Alors que j'oscille entre un odieux goût de moisi et une forte odeur de pisse de souris, les deux compères refont leur apparition en se tenant par les épaules.

— Je vois que vous avez fait connaissance avec Sophocle, exulte le plus âgé tout en poussant une théière devant moi. Et mangé un *petit gâteau.*

Le groupe de mots *petit gâteau* prend dans sa bouche une ampleur quasi jouissive. Il y a dans l'arrondi de ses lèvres molles comme une expression jubilatoire qui me fait froid dans le dos. Un adjectif me vient alors à l'esprit. Libidineux. J'aurais 15 ans et serais seule avec lui, je fuirais… et vite ! Mais je suis là pour une enquête, j'en ai quasiment 60, et de la route derrière moi. De plus, le chevalier servant qui m'accompagne saura certainement me défendre, s'il le faut. La situation, soudain, m'amuse et je susurre dans un sourire.

— Sophocle ?

— Le chat.

Quoi de plus naturel, pour un professeur de lettres classiques, que d'appeler son chat Sophocle ?

— Oui, je confirme en le caressant (le chat). Il est très câlin.

Notre hôte éclate d'un petit rire qui le fait hoqueter. Ébranlée, sa vieille carcasse en tressaute sous le gilet à motifs jacquard qui recouvre ses maigres épaules.

— Tout comme son maître ! Mais méfiez-vous ! C'est un coureur de jupons impénitent. Le voilà déjà en train de vous faire du charme… voyou, va ! Laisse la dame tranquille !

Puis il prend place en face de moi, et tout comme son compagnon à quatre pattes, ne me quitte plus de ses yeux d'un bleu délavé, ce qui amène un sourire amusé sur le visage de Jules.

— Savez-vous, ma belle déesse, que je connais Jules depuis qu'il est tout jeune ?

— Il me l'a dit.

— Et vous a-t-il parlé des circonstances ?

— Vous étiez son professeur à la fac.

— Oui… tout à fait ! Toutefois, s'il s'est inscrit à l'université, c'est parce que nous nous sommes croisés par hasard, lors d'une conférence. Il était encore dans l'armée, le bougre. Dix-huit ans tout juste et d'une intelligence remarquable. Il avait arrêté ses études par manque d'argent et il s'était engagé. Si vous l'aviez vu avec son petit uniforme impeccable et son béret rouge fièrement posé sur le côté ! Adorable !

Une heure plus tard, alors que nous remontons, pratiquement bredouilles, dans la voiture de Jules, je ne peux retenir une réflexion piquante.

— Tu aurais pu me prévenir que ton ami était une vieille crapule qui faisait du rentre-dedans à toutes les femmes qui passaient devant lui ?

Remarque à laquelle Jules me répond dans un éclat de rire :

— Tu n'as pas aimé son… intérêt ?

Son intérêt ? Après m'avoir fixée durant une bonne demi-heure, il s'est penché et a laissé sa main noueuse errer sur mon genou. Il a fallu que je prétexte une envie pressante pour me protéger de ses assauts. Et encore ! J'ai craint un instant qu'il ne pousse le vice jusqu'à m'accompagner au petit coin.

— Le saligaud !

— Oh maintenant, il est sage ! L'âge aidant. Mais si tu l'avais connu jeune. Il était bien de sa personne, en plus. Il plaisait. Grand. Svelte. Les yeux très clairs. Le teint pâle. Les cheveux mi-longs coiffés en arrière. Toujours souriant et tiré à quatre épingles. Tu vois, le contraire de notre auteur mort. Un dragueur effréné, mais pas un violeur ! Toutes ses conquêtes étaient consentantes, je peux te le jurer !

Je rumine, en me demandant ce que signifiait le consentement pour un énergumène pareil, à une époque où la pédophilie, chez les intellectuels, était, sinon acceptée, passée sous silence. Quant à la notion de viol… nous n'en parlerons même pas !

Tant de légèreté de la part de Jules m'indispose. Il a beau avoir de nombreuses qualités, je ne supporte pas l'idée qu'il puisse tolérer que son ami, son ancien mentor, qui plus est, ait pu séduire de très jeunes personnes. Est-ce le respect qu'il a pour lui qui le rend aveugle au point d'excuser ses penchants ?

— Tout ça pour apprendre qu'il a bien connu Héliard, et que tout le milieu professoral était au courant de ses déviances, pire, les admettait. Sans parler des petites sauteries qu'il organisait, et auxquelles ton vieux sagouin de copain ne devait certainement pas être en reste pour participer. Abject !

— Une autre époque fort heureusement révolue. En attendant, son témoignage nous a permis de cerner le caractère d'Héliard. S'il a croisé la route de Cléo, il n'y aurait rien d'étonnant qu'il ait abusé d'elle.

D'un signe de tête, j'accepte le fait qu'il n'a pas tort. Toutefois, cette entrevue m'indispose et me met mal à l'aise :

— J'espère que lorsque tu le rencontrais avec ta femme, tu ne le laissais pas être aussi entreprenant avec elle ! Ou bien elle aimait se faire peloter ! Mazette ! Tu as vu comme il ne lâchait pas mon genou. Heureusement que tu n'as pas eu une fille, car ce mec est un pédophile. Ça se sent à dix kilomètres.

Ouille !

Là, j'ai parlé trop vite et je m'en rends compte aussitôt.

Sous mes yeux, l'homme qui m'accompagne se recroqueville comme s'il venait de prendre trente ans en une seconde. Ses doigts se referment, à en blanchir, sur le volant et sa mâchoire se crispe. Un coup de frein brusque manque m'envoyer dans le pare-brise. La voiture hoquette, indécise, se cabre puis s'étouffe dans un soupir.

— Descends ! m'ordonne-t-il.

Je n'en reviens pas ! J'ai été idiote, soit. Mais de là à avoir une réaction aussi vive.

— Je m'excuse. Je ne souhaitais pas ressusciter des souvenirs douloureux. En plus, si tu ne m'as pas dit pour ton mariage, c'est que tu as tes raisons.

Mes mots ont beau ressembler aux accords d'Évian, Jules ne paraît pas, pour autant, les entendre et encore moins vouloir poser sa signature en bas de la page. Il répète obstinément :

— Descends !

Ça m'énerve ! Eh bien oui, quoi ! Tout le monde peut faire des gaffes ! Mais de là à refuser la discussion.

— Descends !

Ce que je finis par faire en m'extirpant de la DS.

— Tu es qui pour critiquer mes amis et oser dire du mal de ma femme ?

La claque me fait chanceler sur le trottoir. C'est comme un verre d'eau froide que je prends en pleine figure. Le souffle me manque. Je halète. Sa réaction est tellement violente et inattendue qu'elle fige mes larmes avant même qu'elles franchissent mes paupières.

— Oh et puis tu me gaves ! C'est quoi, ces façons de s'offusquer pour rien ? J'ai fait une erreur, soit. J'ai parlé trop vite. Soit ! Mais tu n'as pas à me traiter de la sorte !

Et je balance la portière de toutes mes forces, acte qu'il réprouve, je le sais, en hurlant un vigoureux :

— Va au diable !

… qui fait se retourner une passante sur le trottoir d'en face.

Celui-là aussi, je le regrette *illico*. Mais il est trop tard… Jules vient de redémarrer et je marmonne, les yeux plissés, en regardant la voiture qui devait me ramener filer à vive allure.

— Pense à changer ton embrayage, triple idiot ! Au bruit qu'il fait, il va bientôt péter ! Je t'aurai prévenu !

10

Voulez-vous coucher avec moi, ce soir ?

Quel con !

Je grommelle comme un vieil ours, ou du moins comme une vieille ourse, ce que je ne tarderai pas à devenir si l'humanité tout entière se transforme en une véritable énigme.

Dépitée par la réaction violente de Jules, je regarde autour de moi. Bon, ce n'est pas tout, mais je suis où ? Je connais très mal Dijon. En plus, me repérer dans sa banlieue relève du grand art ! Sans dire que j'ai mis des chaussures à petits talons, histoire de faire propre. Sympathiques, mais non adaptées pour la marche. Enfin, dans mon cas, car la plupart des femmes s'en accommodent très bien. Mais pas moi !

Afin de parer au plus pressé, je ravale simultanément ma colère et ma désillusion – imbriquées et dures à digérer – et choisis de descendre au lieu de remonter. Vous l'aurez compris, l'orientation n'est pas un sens aigu chez moi. Tout comme ma capacité à apprendre des langues étrangères ou à réussir un bœuf mironton dans les règles de l'art… bien que là ne soit pas le propos dans le cas présent. Dans ma situation actuelle, il faut que je me souvienne, et vite, par où nous sommes arrivés tout à l'heure. Ce qui me donnera la direction dans laquelle je dois repartir.

Un tour sur moi-même. À vue de nez, il me semble que la voiture est passée par ici, à l'aller. Ni une ni deux, je décide de rejoindre la gare, et après, on verra bien !

La gare… mais oui ! Nous avons enjambé des rails en franchissant un pont alors que nous bifurquions sur la gauche ! C'est le bon plan.

Rassérénée, j'avance d'un pas rapide, bien déterminée que je suis à ne pas me laisser abattre par l'humeur chaotique d'un collaborateur, que j'ai eu la malencontreuse idée de prendre pour un ami.

Au passage, tant qu'à faire, je maudis la mère d'Achille, qui n'a pas eu la présence d'esprit de tremper son fils en le tenant par un autre endroit que le talon. Les miens commencent à brûler, en frottant contre le cuir de mes bottines, alors que je n'ai pas encore parcouru un kilomètre ! À croire que je suis la bâtarde de Thétis et que, chez moi aussi, la vulnérabilité vient des pieds !

J'en suis à exécrer la mythologie grecque, voire l'humanité tout entière, lorsqu'un véhicule ralentit près de moi. Je n'ose regarder. Jules, revenant sur ses pas pour se faire pardonner ? Comment dois-je réagir ? Passer sur l'offense sans rancœur ? Ou m'insurger, au risque de devoir marcher des kilomètres avant de trouver un moyen de locomotion ?

Thétis, la brave dame, me rappelle à l'ordre en me chuchotant que, tout comme son fils Achille, j'ai le talon fragile. J'opte donc pour le mode passif, quitte à demander des comptes plus tard. Dans l'adversité, mieux vaut faire des concessions que perdre la bataille !

Cependant, à ma grande surprise, ce n'est pas le ronronnement du moteur d'un véhicule de collection que j'entends (à l'embrayage faiblard, soulignons-le), pas plus que la voix de son maître. Là, ça pue la vieille guimbarde mal entretenue et le ton persifleur.

— Vous envisagez d'aller loin d'un si bon pas, gente dame ?

Je rêve, ou cet automobiliste opportun est-il en train de se moquer de moi ? J'en ai la berlue !

— Plaît-il ?

Que faire ? Je décide, *in petto*, d'établir de la distance entre l'inconnu et moi et ne lui adresse même pas l'ombre d'un regard. Après avoir rencontré un prédateur à peine repenti, il ne manquerait plus que je croise un agresseur de *femmes sur le retour*. Si, si… ça existe ! Il suffit de zapper sur certaines chaînes pour le découvrir.

Mon esprit, trop actif à inventer n'importe quoi, visualise déjà les gros titres de feuilles de chou voyeuristes qui annonceraient :

…

Attirée dans la voiture d'un tueur en série, Mary, malgré son grand âge, est retrouvée violée et coupée en morceaux. On recherche encore sa jambe droite.

…

Mon Dieu, être incinérée sans ma jambe droite ! Je ne le supporterai pas !

L'idée de finir en petits bouts me fend le cœur.

Mais alors que se profile le pire – je le sens – et que j'en suis à me demander comment me débattre pour résister à l'assaillant, un rire tonitruant s'échappe de l'habitacle. Voilà qu'on se fout carrément de ma tête. Courroucée, je vais promptement remettre à sa place le malpropre, même si je risque ma vie, quand j'ose un coup d'œil qui me fige de surprise.

Mon commandant sans nom !

Au volant d'une voiture familiale essoufflée, un break poussiéreux qui a fait son temps, se tient celui que Jules a identifié comme répondant au patronyme de Léo Mallet. Je louche sur le siège-auto vide accroché à la banquette arrière, puis me penche, avec un air affable, vers mon interlocuteur impromptu.

— Oh ! C'est vous ! Je ne vous avais pas reconnu ! Bonjour !

L'homme me gratifie d'un de ses sourires étranges, à peine esquissé, puis enchaîne avec un :

— Vous montez ?

… qui me donne le sentiment bizarre d'être en train de racoler sur la voie publique. Il m'aurait demandé : « C'est combien ? » que ça ne m'aurait pas étonnée.

Contente, toutefois, de le rencontrer là à la place de mon tueur en série, voleur de jambe droite, je m'éclaircis la voix pour rétorquer :

— Je veux bien. Vous allez où ?

— Je rentre.

Si je décrypte le propos laconique, en langage commandant sans nom ça signifie : « Je vais au même endroit que vous. »

— OK. Moi aussi. Ça tombe bien !

Ça tombe plutôt bien, en effet.

— Vous envisagiez de revenir comment ?

— En train, dis-je précipitamment.

En entendant ma réponse, il tourne vers moi un regard dubitatif, alors que je boucle la ceinture de sécurité.

— Doucement. Ne tirez pas trop fort, se croit-il obligé de préciser devant mon insistance à forcer sur la sangle fatiguée, sinon elle coince.

Puis il hoche la tête, goguenard, et repart en faisant crisser ses pneus.

L'habitacle vieillot offre un curieux mélange de bureau, de cantine, de crèche et peut-être de dortoir, en témoignent l'oreiller et le plaid en fausse fourrure jetés à l'arrière. Sous mes fesses, je sens un machin qui me gêne. En me dandinant, j'arrive à ressortir une *totoche* mâchouillée que je lui tends du bout des doigts.

— C'est à vous, je suppose ?

Sans un mot, il la prend et la pose en équilibre sur le tableau de bord. Bravo l'hygiène !

Nous avons déjà rejoint l'autoroute, quand mon pilote se décide à desserrer les dents. Il conduit vite, et je dois admettre que son silence me convient très bien, tant j'ai peur de le voir perdre le contrôle de sa voiture si son attention se dissipe. Une guimbarde pareille n'est certainement pas faite pour participer à un rallye.

— Je vous largue à quel endroit ?

— Devant chez Jules Martige. J'y ai garé mon Combi.

Il acquiesce d'un mouvement de tête.

— Vous habitez où ?

Il a oublié mon interrogatoire, le bougre !

— Morvan.

— Ah oui, c'est vous.

— Oui, c'est moi.

— Vous avez encore après…

— Une bonne grosse heure de route. Car contrairement à vous, je suis du genre prudent.

J'ai le droit à son regard en coin, qui va finir par devenir récurrent si nous continuons à voisiner dans les mêmes parages plus longtemps.

— Et pourquoi avoir choisi le train pour revenir de Dijon ?

Et pourquoi pas ?

Je décide de jouer les filles de l'air, en équilibre avec ma petite ombrelle, et tout en caracolant sur une corde très tendue, je bougonne :

— Vos gentils copains font sauter vos contredanses ? C'n'est pas possible autrement !

Au lieu de l'énerver, mes paroles le plongent dans une crise d'hilarité qui dure cinq bonnes minutes. Je ne me savais pas si drôle !

— Vous répondez toujours à une question par une nouvelle question ? glisse-t-il, une fois calmé.

— Je pense que j'avais des prédispositions à être flic.

J'ai riposté du tac au tac alors qu'il lâche dangereusement la route des yeux pour me fixer.

— Vous êtes unique. Il n'est pas trop tard !

— Pour quoi ?

— Être flic.

C'est à mon tour de rire.

— Oh que si ! Vous avez oublié mon adresse, mais aussi mon âge.

— Oui, sans doute.

— Mais cela dit, je suis flattée.

De nouveau, il m'observe, et je tremble en nous imaginant partir en vrille sur le bas-côté, vu sa manière inconsciente de conduire. Un coup de pneus malencontreux dans la balise de sécurité et la guimbarde enchaînerait des tonneaux avant d'entamer une longue glissade sur le toit. Je frémis rien qu'à l'idée.

— Vous ne voulez pas regarder devant vous ?

Pour toute réponse, il hausse les épaules et nous faisons une embardée qui me laisse entrevoir, l'espace d'un instant, toute l'étendue froide de l'éternité.

— Alors ? Comment êtes-vous venue à Dijon ?

— Un ami m'a déposée.

— Et cet ami n'a pas pu vous ramener ?

— Non.

Par cette réplique sibylline, je pense clore notre conversation.

— Votre *ami* (il appuie sur le mot) aurait dû se renseigner avant de vous lâcher dans la nature… et vous aussi d'ailleurs ! Si je n'étais pas passé par là, vous étiez quitte pour louer une chambre dans un hôtel. Les trains sont rares pour aller de par chez nous, à par chez vous.

Il se moque de moi. Je le saisis à la manière sifflante qu'il a d'articuler.

— Vous serez au courant pour la prochaine fois, reprend-il sur un ton badin. Seulement trois correspondances par jour. Une le matin, une en début d'après-midi et la dernière vers 18 h 30. Le temps que vous arriviez à pied à la gare, et c'était foutu !

En signe d'acquiescement, je secoue la tête.

— J'habite Dijon, me précise-t-il, pour que je comprenne bien qu'il maîtrise le manuel du parfait voyageur dans le texte.

C'est à mon tour de l'examiner en coin. Pas antipathique. Sans doute, un tantinet imbu de sa personne. Ou alors c'est sa fonction qui me donne ce sentiment. Difficile à dire.

Par contre, je suis en train de passer, à ses yeux, pour une admirable idiote, et ce n'est pas très valorisant ! Ce type d'attitude a le chic pour me tirer les nerfs. C'est donc vertement que je rouspète :

— J'ai le goût du risque. Faites gaffe, vous allez perdre des points !

Ma seconde pique le fait à nouveau rire.

— Votre téléphone vibre.

Et comme j'ignore son propos, sans mettre son clignotant (ça aussi, c'est seulement pour les autres), il s'engage sur la bretelle qui mène à une aire de repos.

— Pas envie de répondre, finis-je par lâcher en maugréant alors qu'il se gare.

Ce à quoi il ne réplique pas, se contentant d'un de ses – devenus éternels – regards en coin. Lorsqu'il coupe le contact devant le bloc des toilettes, je m'attends à ce qu'il coure soulager un besoin pressant. Mais il n'en fait rien. Il pivote d'un quart sur son siège et prend appui avec son dos contre la portière. Adoptant une pause décontractée, il replie sa jambe droite et glisse son mollet sur sa cuisse gauche. Long et musclé comme il est, je trouve la manœuvre risquée, mais je n'en dis rien. Après tout, s'il désire finir chez un ostéo, grand bien lui fasse ! À le voir s'installer de la sorte, tout en admirant le beau gosse que j'ai devant moi (dans la gêne, y'a pas de plaisir), je me prépare toutefois à la tirade critique. Mais elle n'arrive pas ! Où veut-il en venir, exactement ? M'ordonner de descendre, tout comme Jules ?

C'est ma journée !

Déjà prête à assumer ma nouvelle défaite, j'opte pour cette solution qui me met, instantanément, une boule au ventre. Soit, je frôle la soixantaine. Soit, je ne suis plus un canon.

Soit, j'ai la langue bien pendue et un caractère… disons-le… entier. Mais de là à me faire éjecter d'un véhicule deux fois dans l'après-midi ! C'est beaucoup trop, non ?

J'envisage de me plaindre, avant même d'avoir eu vent de la sentence, quand mon chauffeur ouvre la bouche, me coupant, de ce fait, la parole que je n'ai pas encore prise.

— Bon, il faut cesser de jouer aux enfants.

Je fais oui de la tête, sans bien saisir, pour autant, où il espère en venir.

— Nous sommes grands.

J'acquiesce à nouveau.

— Nous n'allons pas nous voiler la face.

J'approuve bêtement.

— Ni tourner autour du pot.

J'acquiesce en plissant le nez.

— Pas nécessaire de patienter plus pour nous décider.

Je blêmis. Je comprends soudain qu'il désire m'annoncer que le juge, ou le procureur, je ne sais pas trop, inculpe mon amie Alice, car elle est coupable.

— Oh non ! Pas ça !

— Mais si. Soyons logiques.

— Non ! Je ne veux pas !

— Qu'est-ce qui vous dérange ?

Oh la question !

— Ce qui me gêne ? Mais, à la cinquante bien tassée, c'est difficile à admettre, un passage à l'acte !

— Pourquoi ? Il n'y a pas d'âge pour ça.

— Eh bien tout de même ! Attendre tant d'années sans agir !

Il sourit doucement.

— C'est toujours le bon moment pour découvrir les choses agréables.

— Les choses agréables ? Vous trouvez que c'est une chose agréable, vous !

— Celles qui m'ont côtoyé ne se sont jamais plaintes. Même si ça fait longtemps pour vous, c'est comme le vélo. Ça ne s'oublie pas. Voyons, Mary, nous ne sommes plus des gamins.

Silence radio. Je ravale ma salive et le regarde comme s'il venait de m'apparaître sous les traits d'un mort-vivant.

— Nous ?

— Ben oui. Nous. Vous pensiez que je parlais de qui ?

— D'Alice !

— D'Alice ? Pourquoi d'Alice ?

Dans mon cerveau, tout s'embrouille. Je me trémousse sur mon siège avec un embarras certain, n'arrivant pas à assembler les pièces du puzzle.

— Eh ben…

Me voilà en train de souffler, avec la moue d'un poisson suffocant hors de l'eau, joues gonflées et bouche en cul de poule. Belle image que je donne de moi !

Poule. Poisson. Je n'ai pas le temps de me trouver ridicule, car il secoue la tête, attristé. Et là, je ne comprends pas très bien ce qui se passe (ou trop bien, c'est au choix), mais un truc étrange, du style contractures vaginales, se produit à l'intérieur de moi, alors que son propos devient clair dans mon esprit. C'est violent. Et de plus en plus rare depuis que mes hormones se sont mises en berne. La position lascive de ce type peut-être. Alangui contre sa portière. Son allure. Ses mots. La réaction stupide de Jules. Mon énervement qu'il faut combattre. Sa voix. Celle de Jules ou de Léo ? Je ne sais plus. Sans parler du mort. Je baisse les yeux vers son entrejambe et rougis en découvrant ce que je suppose être.

Gloups... tout ça pour moi...

— Je résume. Votre copain Jules vous a laissé sur le bord de la route, je n'en connais pas la raison inavouable. Le fait est que vous êtes irritée. Depuis, il vous appelle et vous ne répondez pas. Par contre, vous avez envie de vous venger. Et moi, j'ai envie de vous. Depuis le premier instant où je vous ai vu. Vous m'attirez. Irrésistiblement. C'est fou. Je n'en reviens pas moi-même. Alors, vous êtes d'accord ?

— D'accord pour quoi ?

Je dois vraiment paraître idiote à ne pas vouloir comprendre. Mon *intérieur intime* n'est pas dupe. Il n'a pas besoin de décodeur pour ressentir ce qui se passe. Alors que mon esprit, plan-plan, refuse d'admettre ce qu'il entend.

— Coucher avec moi !

Les minutes ont parfois cette étrange faculté à se suspendre. Enfin, c'est ce qu'on dit souvent dans les romans. Je vous le promets, je l'ai vérifié.

Stupidement, je murmure, comme la jeune vierge effarouchée que je ne suis plus depuis longtemps :

— Euh… Oui… pourquoi pas… je…

Du bout des lèvres. On pourrait croire que j'accepte de reprendre une part de gâteau alors que je suis au régime.

Toutefois, je n'ai pas l'opportunité de finir ma phrase que déjà il déploie son grand corps musclé avec la rapidité d'un saurien qui s'apprête à gober une mouche. Paf… en une seconde, il est sur moi, me sautant dessus comme la faim sur le pauvre monde.

… et là, je ne vous raconte pas…

Si ?

Non.

11

C'est dans les vieux pots qu'on fait les meilleures soupes

Lorsque j'appuie sur le bouton de l'interphone de l'immeuble de Jules, j'ai les idées étrangement claires. La voix qui me répond est, quant à elle, chevrotante. La porte s'ouvre dans un déclic, et je ne me suis pas engouffrée dans l'ascenseur que déjà les cris de joie de ce dernier me parviennent de l'étage.

Arrivée sur le palier, je suis accueillie par les épines d'un bouquet de roses qui me griffent le dos. Tout à son enthousiasme, mon hôte a planté les fleurs contre mon échine pour me serrer dans ses bras.

— Oh Mary ! Que je suis heureux ! Je me suis fait un sang d'encre. Si tu savais ! Mais où étais-tu passée ?

Puis il se reprend.

— Ah mais ! Je ne te fais aucun reproche. J'ai été tellement… tellement… je n'ai pas de mot pour dire ce que je pense de moi !

Il m'étreint si fort que je n'ai pas encore pu voir son visage.

— Je t'ai appelée un nombre incalculable de fois.

— Douze exactement.

En entendant ma réplique, il m'éloigne et me tient à bout de bras, ce qui me permet de souffler, mais aussi de le découvrir, un peu bouffi, revêtu d'un tee-shirt sale et chaussé de pantoufles éculées.

— Tu n'as pas souhaité répondre ?

— Non.

— Je comprends.

Il comprend. Me larguer en plein Dijon, toute seule, à plus de 6 heures du soir… il comprend !

— J'ai rapidement fait demi-tour et je t'ai cherchée. Sans succès. Comment es-tu rentrée ? Il était trop tard pour le dernier train.

— Je sais. En voiture.

— Tu as fait du stop ?

Ai-je un âge à faire du stop ? Je vous le demande !

— Non.

Il hoche la tête.

— Tu as appelé quelqu'un que tu connais ?

— C'est ça.

Il me lâche tout à fait, devinant, à mes répliques laconiques, qu'il y a matière à réflexion.

— Je suis tellement désolé. J'ai tout de suite acheté des fleurs pour te les offrir et me faire pardonner. Mais tu étais introuvable. Viens. Entre.

Je le précède, percevant dans mon dos le poids de son regard.

— Tu m'as l'air calme. Je ne sais pas. Un truc a changé chez toi. Une espèce de plénitude que tu n'avais pas.

Je me sens bien, en effet. Enfin, dans la mesure où l'on parle de ma satisfaction personnelle et non pas de mon esprit tourmenté.

— Oui. La vie est étrange, parfois. On croit perdre quelque chose, et en fait, on gagne autre chose.

Pour ne pas rater une miette de sa réaction, je me retourne. Et je dois admettre que celle-ci est au niveau de mes espérances. Le contenu hermétique de ma phrase finit de le déstabiliser.

— Ce qui signifie ?

— Rien. Absolument rien. Je pensais tout haut.

Sans qu'il m'y ait invitée, mes pas me conduisent sur la terrasse et je m'accoude à la balustrade.

— Arsène ? Où est Arsène ? Tu m'offres un thé ?

Mon apparente tranquillité le laisse pantois et il en reste, durant quelques secondes, les bras ballants à me détailler, son bouquet de roses rouges pendant le long de son corps. Sans doute, se serait-il attendu à la grande scène trois de l'acte deux, passage où il n'y a que pleurs, cris et incompréhension. Alors que je lui propose, simplement, l'attitude d'une femme réfléchie, qui ne cherche pas à se venger et revient en amie.

Et pour cause…

— Arsène et moi sommes devenus potes. Comme tu n'étais pas avec nous, il a dormi sur mon lit, à mes pieds.

Une pause.

— Et toi, tu es rentré chez toi ? Mais comment as-tu fait sans ton van ? Il est resté là sur le parking. J'ai vérifié.

Fine guêpe, je table sur le silence, et pose mes yeux, un instant, sur le centre-ville qui à nos pieds s'étale comme une belle carte postale. Les cloches de la collégiale sonnent 10 heures, ce qui nous accorde le temps de nous jauger à loisir.

— Contente pour Arsène. J'avais des scrupules à l'avoir laissé seul ici.

— Il n'était pas seul.

Je le regarde à nouveau. Il paraît avoir passé une bien mauvaise nuit. Certainement les remords qui le taraudaient.

Lorsque le joyeux tapage assourdissant cesse, je soupire :

— J'ai deux nouvelles. La première, Damien, sachant qu'il ne serait pas sur place pour ouvrir, n'a pas fermé les portes du salon le soir. Et la mairie n'a pas pensé à le remplacer. Quant à son alibi, il était bien auprès de sa tante à l'hôpital.

— Bien pour la tante.

— Et la seconde.

Je vois à son visage qu'il craint le pire.

— C'est celle pour laquelle tu es revenue ?

— Oui.

— Alice ?

— Oui.

Même si je tiens une sorte de petite vengeance personnelle, il me fait de la peine avec son air de chien battu et son bouquet de roses dont les pétales volettent doucement jusque sur le carrelage, impeccablement blanc. Rouge sur blanc. Comme le sang de ce pauvre Héliard.

Je me redresse et prends une profonde inspiration, puis je souffle. Je recommence trois fois l'opération, genoux légèrement pliés (position de repos du qi-gong), pieds ancrés au sol.

— Alice a été déférée devant le procureur de la République. Il a ouvert une information judiciaire et a saisi un juge. Après son interrogatoire de première comparution, on saura si elle est mise en examen ou non. Pour le moment, ils la gardent, et ce n'est pas bon signe.

La sentence est tombée.

— Mince… ce qui signifie ?

— Ce qui signifie qu'elle a été transférée au tribunal.

Dépité, il lâche les fleurs et se laisse choir sur un des fauteuils de jardin.

— Tout est fini ?

— Non. Suivant ce qui découlera de l'instruction, soit elle sera inculpée, soit elle sera relâchée. Tu as joint l'avocat que tu connais ?

— Oui. Hier au soir. Il s'est rendu sur place, mais ne m'a pas donné de nouvelles. Mais euh… comment es-tu au courant de tous ces détails ?

— Je le sais, c'est tout !

Ce que je viens de lui raconter paraît l'anéantir.

— Je m'explique, Jules. Il nous reste moins de vingt petites heures pour arriver à trouver des preuves tangibles en faveur de notre amie. Je suggère que nous enterrions la hache de guerre et que nous unissions nos forces pour aider Alice. Ce que tu as fait est inadmissible. Je ne te pardonne pas. Par contre, je souhaite, si tu le souhaites aussi bien sûr, poursuivre notre collaboration.

Avachi au creux de son siège, il renifle et une nouvelle fois un rictus nerveux soulève son sourcil gauche, dans une espèce de tic dérangeant.

— J'ai vécu un épisode terriblement douloureux avec ma femme. J'ai fait comme un blocage… c'était trop dur.

— Je ne te demande rien.

— Si ! Je veux que tu saches.

En grimaçant, histoire de lui faire comprendre que je n'envisage pas d'écouter ses explications tardives, je soupire et, machinalement, ouvre la messagerie de mon portable pour lire le SMS reçu.

Petit-déj' sympa ! J'étais sûr que c'était dans les vieux pots qu'on faisait les meilleures soupes. On remet le couvert dès que tu le désires. J'ai vachement faim !

Propos divinement culinaires, qui me régalent, viennent me rappeler l'olibrius avec qui j'ai passé la nuit à l'hôtel. Au moins, celui-là ne me demande rien, sinon de le siffler chaque fois qu'une envie me titillera. Et alors qu'un sourire naît sur mes lèvres, je murmure, énigmatique, tout en m'asseyant à mon tour :

— Il est trop tard, Jules. Il est trop tard.

*

Jules ne sait que faire. Pour sauver Alice, il veut s'activer, mais pour recouvrer mes bonnes grâces, il rêve de restaurant et de discussions.

Finalement, il opte pour la bouffe, ce qui me dépite un instant. Notre amie est enfermée dans un espace minuscule, avec tout juste une toilette et un lit (oui, j'ai vu ça à la télévision), et Jules ne pense qu'à manger ! Je vais me révolter, lorsque je surprends les regards furtifs, empreints de tristesse, qu'il pose sur moi, tout en revenant vers le centre-ville au volant de sa DS. Son vert mousse a pâli. L'automne est en train de glisser dans ses prunelles.

— Ne pas vivre normalement ne soulagera pas Alice dans son épreuve.

Comme il a raison, après tout !

Nous nous décidons pour les moules-frites à volonté que propose, sur un tableau à l'extérieur, un petit bar au bord de l'artère principale. Et comme il fait encore doux, nous nous installons en terrasse après avoir commandé un verre de vézelay bien frais.

Les moules s'avèrent bien cuisinées, les frites se révèlent maison, et le blanc, tout à fait comme nous l'espérions. Finalement, nous avons bien fait de nous accorder une pause. En sa compagnie agréable, mes griefs contre lui s'estompent. Après tout, nous ne vivons pas ensemble et ne le ferons jamais. Pourquoi se prendre la tête ? Nous sommes des équipiers, des collègues de bureau qui doivent travailler côte à côte.

Le serveur s'éloigne avec nos cassolettes vides et nos assiettes bien remplies de coques. Je le détaille. Cette allure ? En me penchant discrètement vers mon voisin de table, je lui explique que j'ai le sentiment d'avoir déjà vu ce type quelque part.

— J'ai la même impression, moi aussi ! me répond-il en remettant sa serviette sur ses genoux. Mais je ne me souviens pas où.

Je fronce les sourcils. Si nous sommes deux à ressentir cela, c'est sans doute parce que nous l'avons rencontrée ensemble.

— On pourrait lui poser la question.

— Oui, du style… bonjour, est-ce que vous nous connaissez ?

— Pourquoi pas ?

Jean classique. Tee-shirt noir. Cheveux châtains attachés en queue-de-cheval.

— Bon sang ! Je sais !

Avec précipitation, je farfouille dans mon sac et en ressors, triomphalement, une carte de visite noire ornée de fioritures dorées.

— Philéas Fix !

— Oui ?

Le jeune homme, de retour vers nous, a réagi à son nom et nous détaille avant de sourire franchement.

— On s'est vus au salon !

— C'est ça !

Nous avons crié en chœur et je m'exclame :

— Je me disais bien aussi !

Sans plus de façons, il se penche vers nous pour nous faire la bise, puis tire à lui la chaise libre et s'assied.

— C'est toi qui as trouvé le corps du vieux ? me demande-t-il sans détour, en usant du tutoiement souvent de mise entre auteurs.

— Oui, malheureusement.

— Fâcheuse histoire ! Il paraît que les flics t'avaient dans le collimateur ? Ils t'ont lâchée ?

— J'avais un alibi. Par contre, mon amie Alice a été arrêtée.

— Oh bordel ! Et…

— Non, elle n'a rien fait, intervient Jules à qui ce silence forcé pèse, mais encore faut-il le prouver.

— Et vous deux, vous enquêtez ?

La logique de ce jeune me fait sourire. Pour lui, faire ce que nous avons décidé d'entreprendre pour Alice coule de source.

— C'est ça !

— C'est sympa pour elle !

Maintenant qu'il est proche de moi, je me souviens de cet auteur qui m'a accostée afin de me parler de son livre : *Machines absurdes*, lorsque j'ai fait le tour du salon. Bien sûr, ses vêtements ne sont pas identiques, mais sa voix, un peu aiguë, me revient à l'esprit.

— On a fait notre maximum, souffle Jules sur un ton monocorde.

— Si je peux vous aider, lâche notre nouvel interlocuteur avec fougue.

Il ne sait sans doute pas pourquoi, mais l'idée lui est instinctivement venue.

— J'ai discuté avec le… enfin le…

— Mort.

— Oui, quoi… le mec qui a été trucidé. Un drôle de type. Pas causant. Pédant. Style vieux prof *monsieur-je-sais-tout*.

Jules tique. Peut-être se reconnaît-il dans ce portrait brossé à grands traits. Sauf que lui est d'un naturel bavard habituellement.

— Il se posait comme une célébrité locale. Le public connaissait ses livres, et il m'a clairement fait comprendre que ses textes n'avaient aucun rapport avec les billevesées que l'on pouvait trouver en vente autour de lui.

— Des billevesées ?

— C'était son mot !

— Le co…

— Jules !

J'interromps mon ami au moment où il va lâcher une injure peu flatteuse pour la victime.

— Mais pour qui se prenait-il, celui-là !

— Il avait le melon ! M'enfin, c'n'était pas une raison pour le zigouiller.

— C'est certain, j'objecte avec sagesse.

Près de nous, des clients s'impatientent, mais Philéas n'y prête pas attention.

— Vous savez ce qui aurait pu pousser le meurtrier à le tuer comme il l'a fait ? Comme on égorge un cochon ?

Jules et moi, nous nous regardons. Oui, comme un porc. Tout à fait ! Avec l'œil, qu'avant, les femmes avaient l'habitude d'arracher aux poules pour les saigner. C'est agraire, tout ça !

— Il avait eu des histoires de mœurs. Tu vois ce qu'on veut dire.

— Un pédophile ?

— Sans doute !

— Purée ! L'a bien mérité son sort, alors !

Je m'éclaircis la voix dans un raclement qui se désire modérateur.

— La vengeance n'est jamais la meilleure solution. La justice est là pour punir.

Le sourcil froncé, il secoue violemment la tête et fait la moue.

— Tu rigoles ! Quand on entend qu'ils recommencent, en sortant de prison. Si c'n'est pas malheureux.

La *vox populi* a parlé et je détaille ce jeune homme vindicatif qui trouve une légitimité à un meurtre abject.

— Moi, je suis d'accord avec lui, confirme une voix qui vient de notre droite.

Une cliente. Je me tourne en direction de cette personne. Assise comme nous en terrasse, elle a suivi notre conversation.

— Je m'excuse, dit-elle seulement, mais j'ai écouté, et moi aussi je pense que ce n'est pas volé !

… et de deux ! Je souris bêtement et plonge le nez dans la carte des desserts que j'ai négligée jusqu'alors. Crème caramel. Mousse au chocolat. Tarte Tatin. Du classique. Je plante mon regard dans les yeux de notre serveur redevenu, pour l'heure, notre collègue.

— Mousse au chocolat. Elle est maison ?

— Pardon ?

Le jeune homme a oublié, le bougre, qu'il doit finir son boulot.

Je reprends doucement, afin qu'il comprenne bien :

— La mousse au chocolat, elle est maison ?

Lui revient, brusquement, à la mémoire la raison de sa présence près de nous, car il ne peut réprimer une grimace contrite.

— Oups ! fait-il en rigolant.

Puis, recouvrant son sérieux :

— Pas la mousse. C'est de la poudre en boîte. Par contre la Tatin, elle est excellente… pour ceux qui aiment les pommes.

— Tatin pour moi, dit sobrement Jules.

Après une courte réflexion, j'opte aussi pour la Tatin, alors que Philéas s'éclipse.

12

Lorsque trois font la paire

Philéas est venu nous rejoindre à la fin de son service. Notre histoire d'enquête le séduit et il nous l'a clairement fait comprendre, lorsque nous avons réglé notre addition.

— Si vous pouviez m'attendre.

Nous avons échangé un regard, Jules et moi, afin de nous concerter.

— Pourquoi pas ?

Après tout, un cerveau de plus ne peut pas être néfaste à nos recherches.

Alors que nous marchons, nous lui expliquons les grandes lignes de l'affaire Alice, comme nous la nommons maintenant. Nos déductions sur les mœurs condamnables de la victime. Le lien probable entre Alice et lui (confirmé par la gendarmerie depuis). Comment, en extrapolant, en sommes-nous arrivés à nous intéresser à une ancienne élève de Jules, Cléo Pertuis, qui est morte à l'âge de 22 ans.

À cette partie du récit, notre nouvel acolyte sursaute :

— Cléo Pertuis ? Une brune toute maigre qui avait des dents de lapin ? Je m'en souviens ! Nous l'appelions *manche à balai* au lycée. Elle en pleurait, et tous, on se marrait.

La révélation nous laisse pantois. Je m'étonne tout en pestant contre les persécutions en milieu scolaire, agressions souvent minimisées par le corps enseignant et les parents, car estimées classiques, et pourtant destructrices pour celles et ceux qui les subissent.

— Tu la connaissais ?

— Hey ! C'est petit, comme bled ! Tu as vite fait de côtoyer tous ceux de ton âge.

— En effet… et Cléo ?

— C'était une dépressive chronique. Elle a épousé cet idiot de Damien qui a un pois chiche à la place du cerveau et pas la lumière à tous les étages.

— Pas la lumière à tous les étages ?

— Oui, me répond-il avec le plus grand sérieux.

Malgré moi, je pouffe.

— En plus, reprend-il, il la trompait avec tout ce qui passait. Je crois même qu'il lui mettait des gnons.

— Tu veux dire…

— Que ce type est un con ! Je ne pouvais pas le supporter !

— Parce que tu le connais, coupe Jules comme s'il se réveillait.

— Ben oui ! J'ai fait du foot avec lui.

Il détaille Philéas comme s'il le voyait pour la première fois.

— Et tu es arrivé au Steampunk et à l'écriture de quelle manière ?

Malgré moi, j'étouffe un rire stupide. Pas sûr que la question puisse être interprétée comme étant méliorative !

— Ah ! T'n'aimes pas le foot, c'est ça ?

En fait, ce gosse a de la repartie. Et j'apprécie vraiment le regard moqueur qu'il vient de poser sur Jules, soudain bourru. Aussi vite qu'il est sorti de sa torpeur, celui-ci y retourne.

— Non, bougonne ce dernier.

— Moi non plus, je t'rassure ! C'était une idée de mon beau-père qui voulait que je sois un champion et que je gagne beaucoup de fric. Tu parles ! Quand j'ai dit que je souhaitais faire une section littéraire, il m'a traité de gonzesse. J'étais dingue de Jules Verne et d'Edgar Alan Poe. Je me suis forgé tout un imaginaire grâce à eux. J'ai amalgamé les deux dans un mélange détonnant. Je me suis cherché un look qui allait dénoter avec mon milieu d'origine. Je suis devenu gothique. Je n't'explique pas la gueule du vieux lorsqu'il m'a vu ! Tout en noir. J'avais demandé à une coiffeuse de me colorer les cheveux pour qu'ils soient plus sombres. Et je me maquillais. Teint blafard. Eye-liner charbon. Fini le foot ! J'ai eu peur qu'il avale son dentier, quand il a découvert ma nouvelle dégaine ! J'en ai mangé la porte !

Il glousse en se souvenant de la tête du mari de sa mère.

— Tu ne parais pas apprécier ton beau-père, dis-moi.

— C'est un con, lui aussi ! Et lui non plus, il n'a pas la lumière à tous les étages ! À croire qu'il doit être de la même famille que Damien. Heureusement, ma daronne l'a jeté. Bon débarras !

Conquise, je ne peux retenir un sourire devant tant de spontanéité.

— J'ai une fille qui a eu une période comme ça.

— Vraiment ? Et tu as fait quoi ?

— Rien. C'était son choix. Maintenant, elle est ingénieure dans une boîte de génie civil à Édimbourg. Elle porte les cheveux courts, est mère de deux enfants et s'habille toujours à la dernière mode. Je ne sais pas si je n'aimais pas autant lorsqu'elle était gothique.

Ma remarque les amuse et Philéas reprend.

— Moi, j'ai fait pareil. J'ai vite lâché l'affaire. Par contre, un jour, un ami m'a parlé d'une convention Steampunk qui se passait en Allemagne. J'ai claqué tout mon fric pour y aller, mais pas pour rien ! Pouah ! La révélation !

— Tu ne t'appelles donc pas Philéas ?

Il tourne vers moi un regard en coin.

— Non. Mais je préfère qu'on oublie mon autre prénom.

— À ce point ?

— Kevin… plus lambda, tu crèves ! On doit être dix par quartier ! En plus, tu sais qu'il existe un aphorisme : *Si tu t'appelles Kevin, t'es un con*[1]. Et dans tous les pays du globe ! Ça fait peur !

Je pouffe.

— Alors, on va oublier !

— Merci m'dame ! Philéas, c'est super classe ! Les filles, elles kiffent à mort ! Entre ma tenue et mon prénom, je pêcho dur ! Mais je n'suis pas là pour parler de moi, hein ? Mais pour vous aider.

Sans nous en rendre compte, nous avons vaincu la grande côte qui monte vers la collégiale et avançons d'un pas rapide.

---

1. Toutes mes excuses, par avance, aux Kevin qui liront ce livre. (*N.d.A.*)

— Pour en revenir à Cléo, elle a fait plusieurs TS durant l'adolescence. C'était une triste.

— TS ?

Plusieurs dizaines d'années à l'étranger m'ont déconnectée des abréviations usuelles françaises.

— Tentative de suicide, me glisse Jules.

— Ah OK ! Elle en a fait plusieurs ?

— Oui ! On a même eu au lycée des intervenants qui ont fait de la prévention suite à son cas. Avant son mariage, elle a fait deux mois d'HP, c'est dire !

À l'entente du nouvel acronyme, Jules a un regard vers moi.

Je le rassure :

— C'est bon ! J'ai compris.

Il hoche sobrement la tête, puis se concentre sur ce que Philéas vient de raconter.

— Pourquoi je ne t'ai pas eu en cours, si tu es d'ici ?

Philéas sourit.

— T'étais prof ?

— Oui, d'histoire. Au collège.

— C'est parce que je suis arrivé à 15 ans dans ce bled. Lorsque ma mère s'est mise avec l'autre buse. Celui qui voulait que je fasse du foot.

— Tu es rentré directement au lycée ?

— Tout juste !

Jules approuve.

— Donc on résume, reprend-il posément, deux mois d'HP et plusieurs TS. Un tel mal-être cache une grande souffrance, non ?

— Viol ? marmonne Philéas.

Je hausse les épaules avant de soupirer :

— À l'évidence, Cléo ne connaissait pas la victime. Et Damien non plus. Alors ?

Un peu soucieuse, je poursuis :

— On fait quoi ?

Le temps passe et nous tournons en rond. Accumuler des preuves contre Alice est simplissime. Par contre, dénicher un coupable potentiel, c'est mission impossible !

Alice serait-elle vraiment la meurtrière de Clément Héliard ?

Jules lève la tête vers moi, et je capte au vol son expression inquiète. Est-il, tout comme moi, en train d'accepter l'inacceptable ?

C'est étrangement Philéas qui nous sort de notre torpeur défaitiste.

— Eh oh les croûtons ! Je vous vois venir… vous allez lâcher l'affaire. Vous vous dites : « Trop de circonstances aggravantes font pencher la balance en défaveur d'Alice. » C'est ça ? Hey ! C'est votre pote ou pas ?

Jules et moi échangeons un nouveau regard, honteux de nos propres pensées.

— T'écris pas des polars, toi ?

L'interpellé sursaute :

— Ben oui, mais c'est moi qui décide de l'intrigue. Alors qu'ici…

— Tu veux qu'on gobe que dans tes bouquins, c'est Alice qui serait la coupable ?

Jules se racle la gorge avant de répondre.

— Finalement, je crois que oui.

Philéas ne lui avoue pas que ce défaitisme ne lui donne pas envie de lire ses livres, mais la mimique qu'il fait en atteste.

— Comme quoi la vie, c'n'est pas du baratin, poursuit-il avec philosophie.

Puis il scrute un instant le ciel avant de laisser tomber sa sentence :

— Alors vous allez vous bouger le popotin, les bribes, parce que là, vous n'êtes pas dans un beau roman à l'eau de rose. Votre amie, elle, elle risque dix ans avec des circonstances atténuantes… sinon ce sera vingt ans au trou !

Sa tirade nous fait l'effet d'un électrochoc.

— Oui, mais dans quel sens avancer ? Nous sommes maintenant certains qu'Alice connaissait la victime et que, surtout, elle avait des raisons de lui en vouloir et de souhaiter sa mort. Tout l'accable. Comment la disculper ?

— Peut-être en lui trouvant un alibi ? glisse Philéas qui n'a pas toutes les cartes de l'affaire à sa disposition.

Le silence qui suit l'inquiète.

— Ben quoi ? Qu'est-ce que j'ai dit de spécial ? Elle faisait quoi, votre Alice, les heures avant l'homicide et au moment de celui-ci ?

Jules enfonce les mains dans les poches de sa veste en velours et soupire :

— Écoute Philéas, tu ne sais pas tout. J'étais avec Alice la nuit avant le meurtre.

Ah les faiblesses du cœur humain ! Alors que je connais maintenant l'emploi du temps de mes amis, cette information me fait toujours aussi mal.. Je tressaille et, sans pouvoir la chasser de mon esprit, la position numéro soixante-douze, page de droite du Kamasutra ouvert dans ma tête, ressurgit sans crier gare. Et mon imagination recompose, *illico*, le tableau des corps nus de Jules et Alice emmêlés, mollets poilus et cuisses glabres émergeant des draps froissés.

Quant à Philéas, le perturber paraît difficile. Il passe sur l'information avec désinvolture, demandant à notre compagnon jusqu'à quelle heure a duré leur partie de jambes en l'air. Puis, il siffle tout de même entre ses dents, avant de lâcher un :

— Vous les vieux, vous m'étonnerez toujours.

… qui nous amène, sans prévenir, à l'état de grabataires infantilisés en Ehpad, seniors avec réduction, qui doivent se cacher dans un placard pour copuler à l'abri de la surveillance tyrannique des soignants.

Afin de casser cette image, peu valorisante, de la sexualité des personnes de plus de cinquante ans, c'est moi qui réponds à la place du fornicateur pris au dépourvu :

— Six heures du matin.

— Ah, parce que tu y étais aussi ? questionne sobrement le jeune homme.

Décidément plus rien ne peut surprendre la nouvelle génération ! De l'Ehpad, nous bifurquons brusquement vers le film X bas de gamme, et nous voilà au sein d'un groupe d'intervenants matures, très occupés à abreuver le penchant voyeuriste de consommateurs de porno gérontologiques.

— Non, je passais dans le couloir lorsque Jules est sorti de la chambre d'Alice.

— Ç'aurait pu. Moi, vos mœurs et coutumes, ce ne sont pas mes oignons. Quand on sait que les baleines copulent en trouple, tout est permis, hein ? Donc, vous vous êtes seulement croisés.

— Seulement, oui.

Et soudain, je me souviens de la question que je brûle de poser à l'amant de mon amie.

— Pourquoi à cette heure matinale ?

Jules en sursaute.

— Quoi ?

— Pourquoi tu t'es tiré si vite du lit d'Alice ?

Un instant, l'interpellé reste silencieux.

— Parce que je voulais rentrer chez moi pour me changer.

— Trois heures avant l'ouverture du salon ?

Jules hausse les épaules et plisse les yeux. Je note que son sourcil gauche se soulève dans un tic nerveux. J'inscris aussitôt, dans un coin de mon cerveau, que c'est chez lui la marque d'une profonde détresse. D'un embarras.

— Je ne sais pas. Pour moi, il était 7 heures.

— Oui, mais même 7 heures, c'est tôt.

— Ben non… je ne dormais plus.

— Et lorsque tu passes la nuit avec une belle femme et que tu te réveilles le matin, la première idée qui te vient, c'est de repartir chez toi ?

Philéas, goguenard, rit sous cape.

— Tu aurais pu remettre le couvert, glousse-t-il. C'est ce que Mary suggère… enfin, il me semble.

Je le regarde d'un air entendu.

— Ce sont des choses qui se font.

— Sauf lorsqu'on a passé ton temps à en faire… des choses !

Oh le prétentieux ! Je me mords le bord des lèvres de jalousie. Quoi ! Ce type de 60 balais insinue qu'avec Alice, il n'a pas fermé l'œil ? Le fourbe !

— T'as un compte chez un dealer de pastilles bleues ? se moque le jeunot qui nous accompagne.

— Non, soupire sobrement notre performeur.

Philéas s'esclaffe, la mine réjouie.

— Mec, tu égayes ma journée ! Donc, je reprends, au lieu de t'endormir, justement, tu t'es dit : « Je me casse ? »

— Oui, c'est ça.

Jules tique, visiblement mal à l'aise.

— Que t'arrive-t-il, d'un coup ? Pourquoi toutes ces questions ?

Histoire de stabiliser ma voix, que l'image des agapes gargantuesques des tourtereaux a tendance à faire dérailler, je toussote :

— Est-ce que c'est toi qui as choisi de t'en aller, ou est-ce Alice qui t'y a poussé ?

J'ai bien articulé chaque syllabe, dans le but d'être très claire, mais surtout de ne pas laisser transparaître mon émotion. Jules se gratte la tête et opine du chef en se souvenant de la scène.

— C'est Alice. Elle m'a expliqué qu'elle avait besoin de dormir, et qu'elle aimait être seule pour ça, dans un lit. Elle s'est trompée bêtement sur l'heure. Sans lunettes, elle aura mal lu l'affichage sur son téléphone.

— Alors si je résume bien, elle te dit de rentrer… et tu pars.

Le ton suspicieux que j'ai employé ne lui échappe pas.

— Tu n'es pas jalouse ? murmure-t-il d'une voix doucereuse.

Je le toise durement et réplique, un peu cinglante :

— Pourquoi le serais-je ? J'ai des raisons de l'être ? Non, moi, ce que je veux savoir, c'est ce qu'il s'est passé vraiment. Rends-toi compte, grand Dieu, que ce que tu es en train de nous raconter, tu vas devoir le révéler sous serment, si Alice est inculpée. Et pour le moment, ça ne sent pas bon du tout pour elle !

Je le vois chanceler comme s'il avait bu. L'émotion doit lui tourner la tête, aussi, je les invite à prendre un café. Ils acceptent tous les deux. Nous entrons dans un bar et choisissons une place au fond de la salle afin d'être loin des regards.

— D'accord. Nous avons refait l'amour. Doucement. Emboîtés l'un dans l'autre. Son dos contre mon torse. C'était…

— Jules ! Au fait !

Oui, je suis jalouse ! Par principe. Et alors ? Le mode *petite cuillère matinale* de mes amis me donne même envie de vomir. Mais je ne vais certainement pas le confesser. Pour retrouver mon aplomb, j'avale une gorgée brûlante de thé et essaie de me souvenir du grand corps nu contre lequel j'ai passé la nuit. Peine perdue. Je n'y arrive pas.

— Elle m'a demandé de rentrer chez moi. Voilà… j'ai dit OK. Que je voulais moi aussi retourner à mon appartement pour me changer ! Je me suis donc levé, je suis allé à la salle de bains et quand je suis revenu vers elle, Alice dormait. Pour ne pas la réveiller, je n'ai pas mis mes chaussures et je suis sorti sur le palier, sans faire de bruit. C'est alors que je t'ai croisée, Mary. J'avais toujours mes chaussures à la main. Souviens-toi. Et toi, tu tenais les tiennes.

— Oui, je confirme. Il était environ 6 heures du matin.

— Et moi, je pensais qu'il en était 7.

— Et tu l'as expliqué aux gendarmes ? s'inquiète Philéas.

— Oui, bien sûr ! Et la version de Mary a certifié mes dires.

Je scrute tour à tour mes deux partenaires assis autour de la table. Le clocher sonne et lorsque le silence revient, notre jeune compagnon murmure :

— En fait, votre Alice a, ni plus ni moins, essayé de se construire un alibi. Tu n'aurais pas croisé Mary sur le palier, tu rentrais chez toi, Jules, *tranquillou*, sans te soucier de l'heure qu'il était.

Il hausse les épaules, fataliste, et poursuit :

— Mais ça, elle ne pouvait pas le prévoir.

Cette interprétation nous anéantit. C'est un peu comme si le nouvel arrivant avait allumé un spot et éclairait la scène d'une manière que nous ne voulions pas accepter jusqu'alors. Nous restons tous les trois muets, accablés par ce que sa déduction laisse entrapercevoir.

— Mon Dieu, soupire simplement Jules en prenant sa tête entre ses mains.

13

Scènes de la vie non conjugale

La conclusion à laquelle nous sommes arrivés nous a tous tellement perturbés que je décide de rentrer à la maison plutôt que de retourner chez Jules. Il doit admettre aussi que je ne supporte plus sa tête de chien battu. Il culpabilise de tout. D'avoir passé la nuit avec Alice. De ne pas avoir regardé l'heure lorsqu'il l'a quittée. De m'avoir laissée à Dijon. Enfin bref ! Sa vie est devenue un véritable chemin de croix, et je ne me sens pas le cœur à le flageller, chaque fois qu'il est devant moi, pour l'accabler plus encore.

Alice mise en examen, avec les preuves qui s'accumulent contre elle, nous ne voyons pas comment l'aider. Il faudrait un miracle pour que son inculpation ne soit pas prononcée.

De plus, nous devons admettre que nous sommes des quiches en matière d'enquête ! À fond dans son nouveau Karma, *expiation de mes péchés*, Jules a même décidé de ne plus écrire de polars, tant il se trouve nul. C'est dire où il en est !

Je songe à mon commandant sans nom qui rigolerait bien s'il avait vent de nos états d'âme.

Tadam.

Arrivée chez moi, je me morfonds devant la télévision, incapable de capter mon attention sur quoi que ce soit. Et alors que les actualités continuent à parler de toutes ces affaires de viols, je pense à mon amie qui n'a pas su adopter la manière douce, et a choisi d'ôter la vie à son bourreau.

Connaîtra-t-elle un jugement indulgent grâce à tout ce tapage médiatique finalement souverain ? Je l'espère de tout cœur. Car en l'état actuel des choses, je ne peux plus rien faire pour Alice sinon désirer une sentence clémente.

Une soupe en guise de repas, avec des croûtons, et Arsène sur mes genoux, je sens venir le sommeil devant une série policière sur France 2. Je somnole déjà, quand un fou, ignorant la sonnette, se met à tambouriner à ma porte. De stupeur, mes poils se hérissent et Arsène fait le gros dos, prêt à bondir… à moins que ce soit le contraire !

J'ose un timide : « Qui est là ? » tout en saisissant le tisonnier posé près de la cheminée. Dans les films, les tisonniers sont toujours d'excellentes armes de dissuasion. Cependant, je ne me vois pas taper avec ça sur la tête d'un intrus. Faire le geste… mais en plus, ce doit être super douloureux pour la victime ! Et puis tout ce sang qui gicle ! Et ces bouts de cervelle qui se répandent… beurk !

Alors que les coups redoublent, je tente un nouveau :

— Qui est là ?

… plus fort que le précédent.

Naïvement, je suppose que si la personne répond, c'est que ce n'est pas un cambrioleur… voire un meurtrier. Toutefois, mon corps tout entier tremble, alors que je me fais la remarque à moi-même que les voleurs frappent rarement aux portes pour s'annoncer.

Peut-être un fou ?

Grand Dieu ! Un dingue qui me sauterait à la gorge pour m'occire ! Je songe rapidement à la trentaine d'années dont j'aurais pu encore profiter (génétiquement, je ne suis pas mauvaise, ma mère et ma tante ayant frôlé les quatre-vingt-dix ans). À ma nouvelle petite fille que je ne verrai pas naître, tout là-bas en Écosse. Au remariage de mon fils aîné, auquel je n'assisterai pas. Aux parties de jambes en l'air que je ne connaîtrai plus. Aux livres que je ne lirai pas, calée dans mon fauteuil préféré. À ceux que je n'écrirai pas. Aux chouettes repas et aux vieilles bouteilles de vin que je raterai. À mon chat qui restera seul et sera envoyé à la SPA. À mes enfants… oui, à mes enfants tout de même… bien loin de moi.

… sans parler du viol éventuel ! Quoique scientifiquement, lorsqu'on est mort, on ne se souvient de rien… mais il y a l'avant !

Le « C'est moi » qui réplique augmente mon appréhension. De *moi*, ici, dans ma campagne, au bord du lac de Pannecière, au fin fond du Morvan, je n'en connais guère ! Le commandant sans nom qui viendrait me faire une petite surprise égrillarde ?

— Ouvre Mary ! C'est urgent !

Tout à fait réveillé et revenu de sa frayeur, mon cerveau accepte l'idée que l'homme qui frappe doit savoir qui je suis pour me tutoyer et m'appeler Mary. Je bondis sur la porte close et fais entrer mon visiteur.

— Jules !

Puisque c'est Jules !

De bonheur, il me saute dans les bras et me serre fort contre lui. Malgré ma panique récente qui me laisse encore toute chamboulée, un chatouillis agréable grimpe le long de ma colonne vertébrale.

— Alice va être relâchée ! Elle n'est pas la meurtrière !

Emportée par cette étreinte inespérée, je n'arrive pas vraiment à assimiler l'information pourtant réjouissante.

— Alice ?

— Oui !

— Vraiment ?

— Oui !

Puis, le premier instant de stupeur dissipé :

— Pourquoi ?

C'est à partir de cette phase-là que Jules choisit de me lâcher. J'en ressens soudain un grand vide. Je chancelle. Comme perdue.

— Tu te rends compte ! m'explique-t-il en jubilant, elle n'est pas coupable ! C'est merveilleux !

— Oui, dis-je mollement.

Attention ! Aucune méprise ! Je suis vraiment heureuse d'apprendre la nouvelle. Mais elle m'interloque au point qu'aucune émotion ne vient.

— Il s'est passé quoi ?

Empli d'enthousiasme, il me secoue par les épaules pour me communiquer sa joie. J'ai l'impression d'être une bouteille de soda avec sa pulpe. Un truc avec un gros ventre et un long cou, qui fait *pchiiii* quand on le décapsule.

— Un autre meurtre a été commis !

Jamais l'annonce de la mort d'un inconnu ne m'a fait autant plaisir. L'être humain est tout de même bizarre, parfois. J'en suis, avec Jules, à trouver fantastique le décès d'un type, du moment que ce dernier sort une amie de la panade.

Comprenant enfin que cette nouvelle information me bouscule au point de me troubler, Jules opte pour la manière douce et m'entraîne vers un des fauteuils du salon afin de m'y faire asseoir.

— Un thé ?

Je n'ai pas le temps de dire oui que déjà il s'affaire dans la cuisine.

— C'est mignon chez toi !

— Petit, je soupire.

— Petit, mais très cosy. Et fonctionnel aussi !

Comparé à son superbe appartement, mon chalet en bois ne fait pas le poids. Mais je l'aime. D'abord, il a une vue imprenable sur le lac. Et une belle terrasse en surplomb. En fait, il me ressemble. Sans fard et sans chichi.

L'endroit est calme. La nature, préservée. Loin de tout, et surtout du bruit de la ville. Je n'ai que quatre pièces plantées sur un sous-sol semi-enterré à flanc de colline, mais ça nous suffit amplement, à Arsène et moi.

— Comment m'as-tu trouvée ?

— J'ai demandé aux orgas du salon qui avaient ton adresse. Le GPS a fait le reste.

Il est vraiment de bonne humeur, et lorsqu'il arrive vers moi avec une grande tasse dans laquelle fume un thé au lait, je soupire d'aise. Quel bonheur d'avoir un homme aux petits soins pour soi !

— Merci Jules ! Tu ne prends rien ?

— Si… si… je récupère le café que je me suis fait et je te raconte.

En parfait maître de maison, il revient avec un mug et une assiette pleine de biscuits, et s'installe dans le fauteuil en face de moi. Sa mine de conspirateur me fait penser à un enfant qui complote dans le dos de ses parents. Je le trouve alors, comme ça, sans y réfléchir, très canon. Pas d'une beauté factice, mais bien d'un éclat qui viendrait de l'intérieur de son être. Enfin, il me semble.

— Tu es heureux pour Alice.

Ce n'est pas une question.

— Oui ! Bien sûr ! me répond-il avec empressement. Pas toi ?

— Si ! Mais j'attends que tu m'expliques !

Le pincement au cœur que je ressens me rappelle que je ne suis qu'une pauvre femme tributaire de ses sentiments. Et là, la fougue que je sens chez mon visiteur me blesse quasiment. Idiote que je suis ! Pourtant, après ma déconvenue à Dijon et mon escapade avec mon commandant sans nom, j'ai promis de prendre du recul. Mais, je n'y arrive pas. Il est tellement craquant, mon petit Jules, avec sa réserve, ses doutes, ses hésitations, son regard de mousse et ses longs cils d'enfant.

— Figure-toi qu'un nouvel auteur a été tué.

De surprise, j'échappe ma tasse qui glisse de mes doigts. Je la rattrape de justesse en serrant les cuisses. Heureusement, elle était déjà vide.

— Qui ? Comment est-il mort ? Il participait au salon ? On le connaît ?

Ma profusion de questions l'amuse.

— Tout doux, me murmure-t-il comme il l'aurait fait avec un cheval. Chaque chose en son temps.

Peut-être que je devrais hennir. Je me renfrogne.

— La gendarmerie a retrouvé le corps d'un homme, dans une ruelle du centre-ville. Affalé sur un escalier en pierre. Même mode opératoire. Le tueur a fait gonfler la carotide en étranglant sa victime par-derrière, puis a planté une plume dedans.

— Et son œil ?

— Pas touché. Les flics supposent que le meurtrier a été dérangé. Il n'a pas pu mettre un point final à son horrible forfait.

— Un imitateur ?

— Tout suggère que non. Ils ont trouvé une espèce de tenaille par terre. Comme une pince à escargots. Sans doute l'instrument avec lequel l'assassin voulait énucléer le mort.

— Une pince à… ? Ce machin qu'on utilise pour tenir la coquille pleine de beurre ?

Malgré moi, je tressaille et retiens une grimace de dégoût. Je me dis alors que je ne verrai plus jamais ce genre d'engin de la même façon. Pas plus que les escargots, d'ailleurs !

— Alice va être relaxée ?

— Oui ! Dès que l'autopsie aura prouvé que le protocole est bien identique. Mais il y a plus fort.

Je me penche en avant, prête à boire ses paroles.

— Quoi donc ?

Cependant, Jules fait durer le plaisir. Le coquin. Je n'aurais rien contre dans d'autres circonstances plus… plus… enfin baste ! Mais pas là.

— Accouche !

Il me regarde de côté et ne peut s'empêcher de rire.

— La victime s'appelle Dimitri Karpoff !

Mystères dans les pyramides.

— Noon !

— Si !

— Clément Héliard est mort sur son stand, c'est ça ?

— Tout à fait, m'dame !

— C'est lui qui m'a aidé à m'asseoir, lorsque je tournais de l'œil ?

— Oui.

— Mince…

— Tu comprends ce que ça signifie ?

Je me laisse aller en arrière et ferme un instant les yeux. Si je suis bien le raisonnement de Jules, Clément Héliard aurait été assassiné sur l'emplacement de Dimitri Karpoff, tout simplement parce que le meurtrier se serait trompé de cible ? L'idée ne me satisfait pas, et je m'insurge aussitôt intérieurement. Comment confondre ces deux hommes ? L'un, d'un âge certain, usé jusque dans ses vêtements. L'autre, grand, la quarantaine à peine. Il fallait être aveugle ou…

— Ou ne pas connaître celui qu'il voulait tuer !

— Plaît-il ?

Je répète, très contente de ma conclusion :

— Je résume : *primo*, Alice avait un lien avec Héliard, mais n'avait que croisé Karpoff, comme nous tous. Donc, de ce fait, elle n'a plus rien en commun avec l'affaire. *Deuzio… Deuzio*, l'assassin n'avait jamais vu sa victime ! C'est évident !

Un silence se fait, seulement interrompu par la télévision qui ronchonne pour rien, ni Jules ni moi n'ayant songé à l'éteindre.

— Tu penses que c'est recevable ?

— Pourquoi pas ? La gendarmerie a demandé à Karpoff, tout comme à moi, de rester à sa disposition. Rappelle-toi. Il a dormi dans sa voiture et était, de ce fait, sur place le matin du meurtre. Le tueur devait avoir l'info. Mais il n'avait pas prévu qu'un autre auteur ferait de même. Il a zigouillé Héliard au lieu de Karpoff !

Dans ma tête, les hypothèses que j'échafaude, au fur et à mesure, en les expliquant à Jules, se bousculent. Confiante, j'imagine des possibles :

— Ce quelqu'un savait, obligatoirement, pour les portes ouvertes.

— Oui, admet mon acolyte.

— Ce quelqu'un en voulait à Karpoff.

— C'est maintenant certain.

— Mais rien contre Héliard.

— Faut croire.

— Donc la thèse de la vengeance contre ce sale type s'envole.

— On le dirait bien.

— On doit tout reprendre à zéro.

— J'en ai bien peur.

— Et découvrir qui en avait contre Karpoff, et pourquoi ?

Un doute, néanmoins, glisse en moi et ébranle le beau château de suppositions que je viens de construire.

— Et si Karpoff n'avait été que le témoin ? Si Héliard était bien la bonne victime ? S'il avait fait chanter le tueur en lui demandant de l'argent ? Si…

— Tu regardes trop de films.

Avec un grand sourire, Jules a interrompu ma tirade tirée par les cheveux, je dois l'admettre. Dans notre élan, nous

nous sommes penchés en avant tous les deux et nos visages sont très proches maintenant. Je sursaute et recule, comme brûlée. Ma réaction l'amuse. Il accentue son sourire dans une mimique absolument délicieuse, avant de continuer :

— Supposons que le mode opératoire, mis en place pour supprimer Héliard, ait eu un sens aux yeux de l'assassin. Qu'il ait voulu dénoncer quelque chose. Pourquoi aurait-il pris des risques inconsidérés afin d'éliminer un témoin gênant ?

— D'autant que cette personne n'a rien raconté au cours de sa première audition.

Je dois accepter que Jules a raison. Toutefois, je lâche :

— Sauf si le témoin faisait chanter le meurtrier et devenait gourmand.

Le bras que tend en avant mon visiteur semble dire stop. Il me le confirme sur un ton plein de sagesse :

— Ne nous perdons pas en conjectures. Alice est libre. C'est l'essentiel, non ?

Je marque un temps de silence, puis hoche la tête :

— Oui… Oui, bien sûr !

Satisfait, il effleure ma joue du bout de ses doigts. Un trouble m'envahit et je me traite aussitôt de gamine tout juste pubère, véritable girouette attirée par tout ce qui bouge et qui a un… pardon, je m'égare.

— Donc, selon toi, Karpoff n'est pas une victime collatérale… mais bien LA victime !

L'intonation de ma voix me plaît. Elle ne laisse rien transparaître de mon émotion, qui pourtant me ravage à l'intérieur. Mon imagination fertile invente une scène torride durant laquelle le beau Jules et moi, nous roulerions sur le tapis que je n'ai pas, dans une étreinte passionnée… et je dois me concentrer pour écouter sa réponse.

— Suis mon raisonnement. Héliard pénètre dans la salle vide. Il se dirige vers sa place quand sa curiosité le pousse à s'arrêter devant le stand de Karpoff. Il se penche. Supposons qu'il feuillette un livre. Ça l'amuse et il commence à lire un extrait. À ce moment-là, le coupable entre à son tour, et prend Héliard pour sa cible. Il l'attaque de dos. Une fois qu'il l'a saigné à blanc, il lui arrache l'œil, et le plante sur la fameuse plume. Puis, il déguerpit sans demander son reste.

Un frisson.

Je ne sais pas si je regarde trop de films, mais mon collègue publie trop de polars. Nos scènes fictives cumulées ne connaissent plus de limites !

Soudain plus de folles agapes érotiques dans ma tête. Je bondis mentalement du tapis sur lequel Jules et moi roulions il y a deux secondes, et émets un sifflement admiratif. Je pose ma tasse de thé vide sur la table basse et me lève.

— Attends, dis-je simplement.

Sans plus d'explications, je file dans la chambre d'amis – mi-bureau, mi-cagibi – et en ressors en traînant à ma suite, sur le parquet, un de ces grands tableaux blancs sur lesquels on écrit avec des feutres effaçables. Je m'en sers parfois pour mettre mes chapitres de livres en place. Il trouvera ainsi une utilisation encore plus intéressante !

Tout en réglant le pied, je lui expose mon idée, lorsque je m'aperçois qu'il rigole.

— On va tout consigner là-dessus.

Je suis très fière de moi, toutefois son regard goguenard me bloque au moment où j'enlève le capuchon du stylo.

— En fait, on est de véritables gamins, tous les deux, constate-t-il avec amusement. Si Alice n'est plus inquiétée, nous n'avons pas de raisons de poursuivre cette enquête.

La sentence tombe :

— En effet.

— Mais ce n'est pas grave !

Et j'éclate de rire à mon tour, en le voyant se précipiter, comme un gosse, sur une poignée de crayons, afin de gribouiller la surface vierge.

— Monsieur est doué.

Il hoche la tête, satisfait de lui, admirant son bonhomme naïf digne d'un enfant de trois ans. Je l'observe faire le clown, apparemment détendu par l'idée qu'Alice sera bientôt libre. Amusée et heureuse, sans vraiment me rendre compte qu'il est dans mon salon. Chez moi. Installé comme s'il y était bien. Arsène l'a bien senti, car il vient de sauter à sa place avec la désinvolture conquérante des chats lorsqu'ils adoptent une personne. Dois-je m'en émouvoir ? Afin de calmer l'agitation intérieure qui me reprend, je me repasse, à grande vitesse, ma nuit précédente avec mon commandant sans nom. Effet douche froide.

Pauvre femelle en pâmoison que je suis !

Pourtant, pourquoi douter de moi ? En sachant que moi, Mary, la cinquantaine entamée depuis bien longtemps, tellement frappée qu'on pourrait presque parler de soixantaine, j'ai emballé un petit jeunot qui pourrait être mon fils ! Je calcule rapidement. Qui a l'âge de mon fils, puisque j'ai eu ce dernier à 19 ans ! J'en ravale ma salive en déglutissant avec bruit.

— Ça va ? s'inquiète mon collègue.

— Oh oui…

Je suis sûre que j'ai rougi ! Il me scrute avec étonnement, puis fait l'impasse sans me poser de questions.

— On fait quoi maintenant ?

— Tu cherches sur Internet la photo d'Héliard et celle de ton… comment déjà ?

— Karpoff.

— Oui, Karpoff.

— L'homme à la plume.

Jules note :

L'homme à la plume.

Très vite, le tableau blanc devient le champ de bataille de flèches colorées, d'annotations et de points d'interrogation. Je réapparais avec mes deux portraits, que j'ai imprimés dans le bureau/cagibi/chambre d'amis, et je les fixe avec des aimants.

— Qu'est-ce que représente une plume ?

Je rigole :

— Oie… canard… OK, je sors.

Jules hausse les épaules.

— Sérieux…

— L'écriture. Karpoff m'a expliqué qu'il écrivait ses manuscrits avec ce machin. Comme les gens avant. Le fou.

— Tu suggères qu'il se servait vraiment de ce truc ?

— Oui ! Promis ! Je n'en suis pas revenue lorsqu'il m'a dit ça.

Mon acolyte grimace et le tic de son sourcil gauche le reprend. Il soulève doucement Arsène de ses deux mains et s'assied à sa place. Précautionneusement, sans le réveiller, il le repose sur ses genoux et paraît réfléchir. Flotte alors dans la maison comme un parfum de quiétude.

— Si Karpoff est vraiment la cible, on a décidé de le tuer avec son outil de travail. Tout un symbole, non ?

Je confirme et comme je veux rester dans la course, je joue ma carte *Wikipédia bonjour* et lance :

— Son dernier titre, *Mystères dans les pyramides*, se passe en Égypte. On pourrait le lire. Tu vois, je ne suis pas une pro de l'Égypte antique, mais lorsqu'on m'en parle, je pense à Isis, Osiris, Seth et Horus. Je sais, pour certains c'est Toutankhamon, mais moi, c'est Osiris dispersé en petits bouts par son frère… Avec Isis qui cherche les morceaux et refait en terre le… le zizi de son homme, qu'elle ne retrouve pas parce qu'un poisson l'a gobé. Et après ça, elle conçoit Horus. C'est ça, non ?

— En gros, oui.

Jules, en bon professeur d'histoire qu'il est, paraît amusé par mon résumé. Et le voilà qui, au risque de réveiller mon Arsène, se penche dangereusement vers le tableau sans se lever. Avec le feutre bleu, il dessine un œil stylisé que je reconnais.

— L'œil d'Horus.

— C'est bien ça ! L'œil *oudjat* qui permet de voir l'invisible. En fait, Seth a arraché l'œil gauche de son neveu en se battant contre lui.

— L'œil gauche ?

On a ôté l'œil gauche à Héliard.

— Bon sang ! Il y aurait un rapport entre l'énucléation et le livre de Dimitri Karpoff.

Je jubile, mais mon exultation est de courte durée. Alors que nous décidons qui se dévoue pour lire *Mystères dans les pyramides*, on frappe à la porte.

— C'est la soirée !

Jules est surpris lui aussi. Il n'imaginait pas que je puisse attendre quelqu'un. Moi non plus d'ailleurs. Beaucoup moins inquiète que la première fois, je me lève et vais ouvrir. Et ce que je découvre sur le seuil me laisse pantoise. Son sourire discret plus expressif qu'à l'accoutumée, à moitié appuyé contre l'encadrement dans une posture dilettante, mon commandant sans nom tient une bouteille de vin qu'il brandit.

— J'ai pensé que ce serait mieux que des fleurs.

En le voyant, là devant moi, je sens mon corps se vider de son sang. À la seule lueur de la lune, je dois être aussi pâle qu'elle.

— Léo ?

— Pour vous servir, madame.

Et il me pose, rapidement, un baiser sur les lèvres. J'envisage de lui demander comment il a su mon adresse. Mais je me souviens qu'il est flic, qu'il connaît tout de moi, et qu'il va me rappeler, à son tour, que les GPS sont devenus monnaie courante, sauf pour les conductrices de vieux vans colorés. J'hésite et je prends une grosse inspiration, afin de stabiliser ma voix, avant de l'inviter à entrer, ce qu'il fait de bon cœur.

Sous l'effet de la surprise, Jules bondit comme un beau diable libéré de sa boîte. Tout comme lui d'ailleurs, il oscille de droite à gauche et paraît avoir le plus grand mal à se rétablir. C'en serait risible si sa mine déconfite ne faisait peine à voir. Moi, pour ma part, je suis dans mes petits souliers. Quant à Arsène, il se secoue, s'étire et file, non sans fusiller le nouveau venu d'un coup d'œil assassin.

— Je ne vous présente pas.

Le *mouvement de tête* de Jules est sans appel. Quant à Léo, ses yeux passent du visage de mon visiteur au mien, cherchant à percer le secret qui nous unit. La main qui porte la bouteille redescend le long de son corps et il demande :

— Je dérange ?

Là, subitement, sans que je comprenne tout à fait pourquoi, la situation se tend et l'air ambiant devient électrique.

— Pas du tout, je m'apprêtais à partir, siffle Jules d'un ton cinglant.

Le regard de Léo glisse sur le tableau et sur le feutre que mon invité tient toujours entre ses doigts et malgré lui, il ne peut retenir une grimace moqueuse.

— Vraiment ?

Le taux de testostérone monte dangereusement dans la pièce. Vais-je assister à un combat de coqs, en règle, dont je serais la cause ?

Doucement, ma fille, n'idéalise pas...

Je fais rapidement le point. Avant-hier, j'étais une presque vieille femme presque seule avec presque la soixantaine, avec son chat presque sénile dans un chalet presque isolé ; et ce soir, je me retrouve avec deux mâles s'affrontant chez moi comme deux cow-boys dans un saloon.

Yeah, mec, si tu bouges, t'es mort ! dit l'un des deux en crachant son mégot par terre.

Lequel tirera le premier et laissera l'autre sur le tapis ?

Non ! Pas dans mon salon ! C'est dégueulasse !

De toute façon, je n'ai pas de tapis (ah oui ! J'ai oublié d'éclaircir ce point : je n'ai *toujours pas* de tapis). Et déjà, Jules se couche… dans le sens figuré du terme bien sûr. Le pleutre ! Il ne se bat même pas pour moi ! Pire, il se replie et empoigne la veste qu'il avait posée sur le canapé en entrant.

Ah ! Les hommes ne sont plus ce qu'ils étaient !

— Je file. Nous en avons fini de nos bêtises.

Il parle de notre enquête.

Léo riposte.

— Vous n'avez pas le droit de conserver des preuves sans les divulguer aux policiers.

Ce à quoi Jules objecte.

— Nous ne retenions rien. Nous jouions à la bataille navale !

Waouh... c'est chaud. Très chaud !

Il passe devant lui, sans le saluer, et me frôle.

— Tu n'as pas honte ? Un type si jeune ! Je comprends mieux d'où te venaient tes informations. Traîtresse.

Le ton est âcre. Il doit avoir sacrément d'acidité dans son estomac pour éructer de la sorte. Après la scène du western spaghetti, nous voilà maintenant transportés dans un film à l'eau de rose de troisième zone, au moment où l'amoureux éconduit quitte le plateau, la queue entre les jambes.

Mais l'improbable ne s'arrête pas là. Ce serait trop simple ! Mon commandant sans nom place la bouteille, qu'il tient encore, sur la table, comme s'il déposait les armes lui aussi, et nous lance :

— Je ne voudrais pas interrompre une si charmante partie de bataille navale !

Puis il fait demi-tour et dans un théâtral :

— Madame, monsieur…

… il sort de la maison dans un hochement de tête hautain.

Jules le suit de près, ne souhaitant pas être à la traîne. Il songe, sans doute, à son honneur bafoué (un vieux truc de mecs, ça, l'honneur bafoué) et franchit, prestement, à son tour le seuil. Au point où en est la situation, Arsène – mâle pourtant castré – les escorte, dans l'élan.

En moins de temps qu'il n'en faut pour le dire, les voilà tous dehors !

Un coup de vent facétieux claque alors la porte sur ce beau bouquet d'outragés, et me laisse plantée là, moi, la femme éplorée, dans le couloir, à l'intérieur.

Soudain, comme il était parti, le calme revient et je regarde autour de moi, interloquée. Qu'est-ce qui a bien pu se jouer si vite, sans que je sois mise au courant ? Une mauvaise pièce de théâtre ?

Les bras ballants, je reste immobile, sans même comprendre ce qui vient de se passer et que je n'ai absolument pas géré.

14

Entre les deux, mon cœur balance…

Ma nuit a été chaotique, entrecoupée de périodes de réveil durant lesquelles je pensais à ma mésaventure de la veille, les yeux rivés au plafond. Comment allais-je faire pour rétablir la situation ?

Je me suis levée avec un gros mal de tête et une humeur de chacal. J'ai houspillé Arsène qui s'était glissé entre mes jambes pour attirer mon attention vers sa gamelle, et râlé contre le soleil bas qui à travers la fenêtre m'éblouissait. Puis j'ai mis un comprimé effervescent dans un verre, avec l'espoir de calmer tout ça.

Je repose ma tasse de thé sur la table et me laisse basculer à l'arrière, contre le dossier du fauteuil, en soupirant. À l'heure qu'il est, Jules a sans doute récupéré Alice à la sortie de sa garde à vue. Ils doivent être chez lui, se réjouissant de sa liberté retrouvée. J'en suis heureuse, moi aussi, en me sentant tout de même seule, devant ma télévision. J'aurais aimé être là-bas, mais je n'ai pas osé. Comment Jules m'aurait-il reçue ?

Je réfléchis. Après tout, il n'a rien à me reprocher. Nous ne nous sommes rien promis et n'avons rien vécu ensemble. Bon, c'est vrai que je ne l'ai pas mis dans la confidence pour ma petite escapade avec mon commandant sans nom ! Mais avais-je des raisons de le faire ? Nous ne sommes pas intimes à ce point. De plus, de son côté, il n'avait pas cru opportun de me parler de son ancienne femme ! Et lorsque je repense à la façon dont il m'a laissée tomber à Dijon, c'est moi qui, légitimement, serais en droit de lui faire la gueule !

Un autre problème se pose. Où vais-je maintenant dormir si je veux continuer notre enquête ? Plus chez Jules qui doit fêter ses retrouvailles avec Alice.

Je regarde le tableau gribouillé sur lequel ce dernier s'est bien amusé. Il est certain que le nouveau meurtre change complètement la donne et nous pousse à en revoir le mobile. La pédophilie ne tient plus. Il ne peut y avoir une vendetta dirigée contre des auteurs malsains, miraculeusement réunis ce jour-là à la même manifestation !

Qu'a bien pu faire Dimitri Karpoff pour être tué à son tour ? Et Héliard, a-t-il vraiment été éliminé pour rien ? Ou les deux morts ont-ils tout de même un rapport entre eux ?

À me poser autant de questions, le mal de tête risque de me reprendre.

Je grimace et empoigne mon téléphone et mon courage à deux mains. Par lequel vais-je commencer ? J'opte pour le plus proche de notre enquête. Jules.

Sa voix est calme, presque endormie. L'ai-je réveillé matinalement après une nuit de folie ? Malgré moi, mon cœur se serre. Heureusement, j'ai une raison. Et elle intervient, comme un intrépide petit secouriste venu me réanimer. Je l'écoute me dire que je ne suis qu'une pauvre fille instable, qui ne sait pas ce qu'elle veut. *Vlan.* Pas sûr que ce soient les bons mots de la part d'un sauveteur. Toutefois, je décide de faire avec.

— Jules ! m'entends-je m'écrier. Comment vas-tu depuis hier ? Tu as vu Alice ?

Un ange passe et, avec lui, mes illusions.

— Elle est là.

C'est laconique à souhait, mais suffisamment explicite pour que je comprenne.

— Ah…

Mon *ah* reste sans écho.

— Elle va bien ?

— Elle dort encore.

Dans mon esprit, de gros cumulonimbus envahissent mes pensées.

— La couchette en cellule, ce n'est pas du trois-étoiles, poursuit-il. Elle a un grand besoin de repos.

— C'est certain. Ils l'ont relâchée quand ?

— Ce matin, très tôt. Aux aurores, pour être précis. Les résultats de l'autopsie ont certifié les hypothèses émises. Même mode opératoire. Même taille pour le tueur. Ce ne pouvait donc pas être elle puisqu'elle était en garde à vue. Je suis allé la chercher à 6 heures. Elle n'avait pas fermé l'œil depuis le début de sa détention. Elle est tombée comme une masse en arrivant chez moi.

— La pauvre !

Ne vous méprenez pas ! Je suis réellement compatissante ! Alice est mon amie. Malgré tous les désordres émotionnels que je connais depuis le week-end, j'ai de l'empathie pour elle.

Toutefois, le sujet pour lequel je l'ai appelé me brûle les lèvres. Je ne sais pas comment l'aborder. J'opte pour la face nord. La plus abrupte, mais aussi la plus directe. En général.

— Laisse-moi t'expliquer… je n'étais pas au courant que Léo passerait hier au soir.

Je note que j'ai dit *Léo* et non le *commandant sans nom*. Ce point n'a pas dû échapper à mon interlocuteur.

— Sinon, je t'aurais prévenu. Tu n'aurais pas été surpris.

Silence à l'autre bout du fil… *bout du fil* : expression restée dans les mœurs, mais qui ne signifie plus rien. Pleine de résolution, je monte à l'assaut, tout en tenant mon bouclier serré contre moi. On ne sait jamais avec les hommes.

— Ce n'est pas sérieux entre nous.

Là, j'enfonce fermement mon casque sur ma tête. *On ne sait jamais avec les...* enfin, vous m'avez compris ! En attendant, c'est bien de l'avoir fait au moins mentalement ! Comme prévu, le brave petit soldat en première ligne que je suis se bouffe une charge non héroïque dans la poire. L'expérience me conforte dans l'idée que toute guerre est absurde et inutile.

— Je m'en tape, de tes coucheries. Tu peux baiser avec qui tu veux ! Le ridicule ne tue plus ! Mais pour le coup, tu as mélangé cul et enquête. Je ne te pensais pas comme ça !

BAM ! Ramasse ça dans les dents !

Je ravale ma salive, puis m'insurge. Pourquoi m'injurie-t-il ainsi ? C'est gratuit !

— Tu n'as pas le droit de me parler comme tu le fais, Jules. Pour qui te prends-tu ? Mon mari ? Et quand bien même si tu l'étais ! Je suis un être humain, libre d'agir comme bon me semble. Et si je t'ai appelé, c'est seulement pour avoir des nouvelles d'Alice et m'excuser de t'avoir mis, hier, dans une situation ambiguë. Maintenant, tu penses ce que tu veux. À toi de voir comment tu souhaites gérer notre relation !

Je n'ai pas haussé le ton. Je suis restée digne. Toutefois, une révolte gronde au fond de moi, contre la gent masculine qui se croit obligée de surveiller et de commenter nos faits et gestes, pauvres gonzesses écervelées que nous sommes. Est-ce que je me suis permis de faire une réflexion sur sa nuit avec Alice ? Non ! Et ce vieux refrain usé du : *je ne t'imaginais pas comme ça…* Ben quoi ? Pour lui, j'étais une nonne qui aurait prononcé des vœux de chasteté ! Maman ou putain. Toujours la même rengaine depuis des siècles. Purement judéo-chrétien, tout ça ! Et parler de différence d'âge, alors que les types ne se gênent pas pour sauter des gamines de vingt piges !

En fait, je me rends compte que je fulmine. Je lui cracherais bien ses quatre vérités, au père Jules, histoire de le remettre dans les clous.

— Écoute, du moment qu'Alice n'est plus à sauver, on peut arrêter l'enquête. Je vais la chouchouter, elle en a besoin. On se recontacte plus tard. D'accord ?

Fin de non-recevoir.

J'en reste bouche bée. Je déglutis un :

— Si tu veux.

… qui paraît le satisfaire.

— Eh bien ! Bonne journée à toi !

— Bonne journée… et bise à Alice.

Il raccroche avant que je puisse rajouter quoi que ce soit. Les fesses sur mon fauteuil, je regarde mon portable, dépitée. Quelle mouche l'a piqué ? Hier, il était à fond dans notre histoire de meurtres et aimait la nouvelle tournure qu'elle prenait. Et maintenant, il m'annonce que poursuivre ne l'intéresse plus.

Je soupire. Bizarre, tout de même…

Alors que je maugrée, je clique sur le contact au nom de Léo. Vais-je subir le même accueil ? Plus rien ne peut m'étonner.

— Léo ?

Il n'a pas raccroché, c'est déjà bon signe.

— Salut. Je ne crois pas que nous ayons encore quelque chose à nous dire.

Les bras m'en tombent. Décidément, ce n'est pas ma journée ! J'ose un :

— Pourquoi ?

— J'n'ai pas le sens du partage.

De mieux en mieux.

— Ben voyons. Alors *primo* mon coco, on n'a pas mélangé nos sangs, tous les deux, en se jurant fidélité. *Secundo*, je fais ce que je veux, quand je veux, avec qui je veux.

Envoyé, c'est plié !

— Ben, quand on découvre ton peu d'entrain à la chose, on peut se poser des questions.

Oh ! C'est vil. C'est bas. C'est…

Le culot !

Là, c'est moi qui lui raccroche au nez. Pas volé !

*

Je reprends, dans mes souvenirs, la scène au moment où, assis de travers dans la voiture, il m'a fait la proposition hallucinante qu'on fasse *tac-tac* tous les deux. J'ai dit oui sans trop savoir pourquoi, lui ouvrant la possibilité de se jeter sur moi, avec l'appétit d'un varan, tirant sa grande langue. Langue qu'il m'a fourrée aussitôt dans la bouche. Puis il a rigolé et a redémarré sans un mot, avant de se garer, une fois à destination, devant la chambre qu'il loue durant l'enquête.

Je l'y ai suivi, tout en songeant à mes longues années de jachère. Comme me l'avait si justement rappelé mon commandant sans nom auparavant, faire l'amour, c'est comme faire de la bicyclette, ça ne s'oublie pas. J'allais très vite pouvoir le vérifier.

Eh bien, je peux en témoigner, ce n'est pas vrai !

Lorsque je me suis retrouvée seule avec lui, je tremblais comme une chaste jeune fille livrée au droit de cuissage du seigneur tout-puissant. Bordel ! La trouille que j'avais !

En plus, devant le fait accompli, mes hormones, sournoises, ont décidé de me jouer des tours. Rien. *Nada*. Sèche et rêche comme une serviette-éponge, lavée sans adoucissant, et trop longtemps abandonnée sur la corde à linge, en plein soleil.

Pour compliquer le tout, il n'y a pas mis les formes, le bougre ! Aucun respect pour les antiquités ! Il m'a montré la salle de bains, dans le couloir de l'entrée, et y a filé en premier. Lorsqu'il en est revenu, il était nu comme un ver, une enveloppe de préservatif à la main. Là, j'ai failli éclater nerveusement de rire. Rien de romantique chez cet homme. Vieil ado engraissé au porno. Et comme je l'avais supposé quand il m'interrogeait, il était rasé de partout.

Gloups.

Devant cette vision biblique, digne d'une photo de magazine gay – plastique parfaite en tout point (tous les points, je peux le certifier maintenant que j'ai vu) –, je n'ai pas senti un désir galopant grimper en moi. Pour tout dire, je n'ai eu, sur l'instant, qu'une seule idée en tête : vérifier si son tatouage se poursuivait dans le dos.

— Tu y vas ? m'a-t-il dit.

Un peu plus, et je lui demandais où !

J'ai regardé mes pieds et doucement, je suis remontée le long de mon torse. Je ne m'imaginais vraiment pas ressortir à mon tour dans la tenue d'Ève. Impensable !

— Je… je ne peux pas.

— Pas quoi ? Prendre une douche ?

— Non… pas… pas, quoi…

Mon coup de menton en direction de son anatomie dévoilée l'a aidé à saisir que la découverte de son intimité n'éveillait pas en moi les pulsions escomptées. Il a haussé les épaules et s'est enroulé dans le plaid qui traînait sur le petit canapé en face du lit.

— Tu veux un verre ?

Je voulais.

J'en voulais même deux, voire trois, afin de débrider ma libido et lui sauter dessus, comme il aurait été séant de le faire dans une telle situation.

— Ça fait longtemps que tu n'as pas…

— … cinq ans.

— Ah ! Je comprends.

Silence.

— C'est surtout que…

— Que quoi ?

— Je ne suis pas aussi parfaite que toi… physiquement. Pas ton âge. Et puis… la ménopause… bordel… ça cause des dégâts. On perd l'envie…

J'ai baissé timidement les yeux pour bafouiller dans ma barbe :

— Tu es canon.

Pour toute réponse, il a rigolé. À croire que c'était devenu un réflexe chez lui : se foutre de moi.

Après les trois verres, nous sommes allés nous coucher en tout bien tout honneur. Et ce n'est qu'à potron-minet, en me réveillant, que mon appétit sexuel, encore dans les limbes, a trouvé agréable d'avoir un homme qui se frottait contre moi, dans mon dos, fier de sa réaction physiologique matinale.

Rien de transcendant – une petite cuillère basique –, mais suffisant pour ne pas me faire jeter dehors comme une malpropre.

Point.

*

Le téléphone sonne à nouveau. Léo qui n'a pas aimé que je raccroche. J'appuie sur le bouton vert et hurle :

— Tu n'avais pas le droit !

Sur mes gardes, je m'attends à une réponse caustique, mais en fait, il me lance un :

— Oui, je sais. Oublie ce que je viens de dire. C'était méchant.

Ah ben ça !

Jusque-là, je pensais que mon expérience me permettait facilement de cerner les gens. Eh bien non ! Jules, le gentil et charmant Jules, me lâche à la première occasion, alors que ce pseudo-gros dur de commandant sans nom, rasé, tatoué, bodybuildé, joue le mec attentionné.

— Je n'ai pas aimé trouver ce type chez toi.

— Mais Léo…

— Oui, je l'admets, tu ne me dois rien. Mais… J'ai agi connement. Eh puis… envisager l'idée que tu enquêtais avec lui m'a fait sortir de mes gonds. J'ai eu l'impression que tu… enfin, que tu avais accepté de venir avec moi pour me tirer les vers du nez. Et que c'était pour ça que tu n'avais pas envie…

Son manque de confiance en lui me trouble. Je ne m'attendais pas à une telle réaction de sa part.

— Tu sais, j'ai trompé mon mari deux ou trois fois, au début de notre vie conjugale. Sans grand désir. Par curiosité. Pour découvrir comment ce serait avec un autre. Parce que, vois-tu, il avait été le premier… j'avais 17 ans lorsque je l'ai rencontré. Ces incartades étaient quasiment excusables. Mais après ces tocades sans lendemain, plus rien. Fidélité absolue. Il a été le seul homme qui ait compté pour moi. Aussi je… je n'arrive pas à imaginer que quelqu'un puisse prendre sa place. Je parle physiquement. Poser ses mains sur moi. Et moi… tu vois. Faire les trucs que l'on fait, quoi… Avec toi, c'était un peu comme la première fois. Mais, une première fois sans l'enthousiasme de la jeunesse, et sans la libido, brandissant son drapeau comme la *Liberté* d'Eugène Delacroix. Mes hormones me jouent des tours et mon désir est la plupart du temps en vacances au bord de la mer… mais sans moi… Tu comprends. En plus, je ne sais pas pourquoi je t'intéresse. Tu as l'âge de mon fils aîné.

Il rigole.

— J'aurai 40 ans en mars prochain.

C'est à mon tour de m'esclaffer :

— Putain ! Tu vois ! Mon fils aura 41 ans en avril ! Sans dire que je ne suis même pas une bombasse bien conservée, botoxée, liposucée.

Nouveau silence, qu'il rompt avec une voix posée.

— Et si je n'aime pas les bombasses bien conservées ? Et si je n'aime pas les gamines ?

Une idée sournoise se faufile en moi comme un ver qui se nourrit du fruit. Et comme le fruit gâté, je perds la fraîcheur du moment et deviens suspicieuse.

Et si j'avais affaire à un pervers ?

J'en tressaille. Un mec lubrique qui ne se tape que les vieilles. Un gérontophile, quoi.

— C'est gentil.

Soudain, je ne trouve rien de plus à ajouter et je nous maudis, moi et mon imagination débordante.

— On se revoit bientôt ?

— Oui. Je reste chez moi aujourd'hui. J'ai très mal à la tête. Mais on se recontacte très vite.

Ma froideur subite le déstabilise. Il faut dire qu'après mon laïus précédent, elle est pour le moins inattendue.

— Repose-toi bien alors. Bises.

J'émets un bruit de succion censé symboliser un baiser et raccroche. Puis je me laisse tomber contre le dossier et ferme un instant les yeux. D'un côté, un mec de mon âge qui m'intéresse, que je suppose gentil, mais qui se révèle parfois désagréable. De l'autre, un drôle de flic qui joue les machos, à qui je plais, dont je me méfie et qui est une crème.

Que penser de tout ça ?

Samedi matin, j'avais l'esprit libre et une très belle joie de vivre. Aujourd'hui, je suis perdue. De plus, deux meurtres m'obsèdent. Pourquoi me suis-je rendue à ce salon ?

Dans quel pétrin me suis-je fourrée ?

Je me relève et regarde autour de moi. Je sais, là, à l'intérieur de mon petit cœur, que plus jamais rien ne sera comme avant. La voilà bel et bien terminée, cette charmante existence tranquille de retraitée paisible ! Même l'aménagement cosy de mon chez-moi ne me provoque plus le bonheur simple que je ressentais encore la semaine dernière, lorsqu'avachie dans mon vieux voltaire, je contemplais mes hortensias à travers la fenêtre.

Instinctivement, sans bien y prendre garde, je m'approche du tableau et suis, tant bien que mal, les flèches rouges qui partent dans tous les sens. Du bout du doigt, je frôle l'œil *oudjat* qui s'estompe peu à peu. Je frotte mon index contre mon pouce afin d'enlever l'encre qui s'y est déposée. Ce geste machinal retient mon attention et je réfléchis.

Seth arrache l'œil gauche d'Horus. Le criminel arrache l'œil gauche d'Héliard, puis tente de le faire à Karpoff.

Karpoff écrit un bouquin sur l'Égypte ancienne.

Héliard est assassiné sur l'emplacement qu'occupe Karpoff.

— Je résume. Héliard dort dans sa voiture pour faire des économies. Karpoff aussi. Le meurtrier le sait. Comment ? Cela reste à déterminer. Mais il ne connaît pas Karpoff. Il ne l'a jamais vu. Par erreur, il tue le premier qui se présente là où sont les livres de l'auteur… Ça se tient. Cependant, mécontent de son erreur, il récidive. Résolu à mener jusqu'au bout ce qu'il a décidé. Que d'opiniâtreté ! Que de hargne ! Mais qu'est-ce qui peut pousser un tel individu ? La vengeance ?

Alors que je parle toute seule, je regarde Arsène qui hausserait bien les épaules s'il en avait la capacité morphologique. Pour enfoncer le clou, je poursuis, ce qui le fait fuir à la cuisine :

— Mais oui, la vengeance, mon Arsène ! De qui ? Un père ? Un mari ?

Je m'aperçois que je n'ai pas pensé à une femme. Pourquoi ? La gendarmerie a pourtant bien suspecté Alice. Qu'est-ce qui bloque dans mon esprit ? La force pour tuer la victime ? Le garrot puis le sang qui gicle ? Bon nombre de femmes sont plus athlétiques que pas mal d'hommes. Alors ?

Bizarre.

Un instinct ?

Soudain, inattendu et explosif, un point me revient à la mémoire. Une phrase de Jules lorsqu'il m'a parlé de Cléo, la jeune fille qui avait mis fin à ses jours. Il a dit : « Elle rêvait de devenir archéologue. L'Égypte la fascinait, mais comme de nombreux gosses. »

L'Égypte. Coïncidence ? Ou lien ?

Je pense aussitôt à son mari, comment s'appelle-t-il déjà, celui-là ? Damien Lessage… c'est ça ! Et avec lui, Philéas réapparaît sur le devant de la scène. Je saisis mon téléphone, et pour la troisième fois, essaie de joindre une de mes connaissances. Espérons que ma nouvelle rencontre du week-end sera plus enjouée que mes deux premiers correspondants !

15

Les mystères de l'Égypte

À peine le temps d'arriver sur place, que j'attrape Philéas au vol, à la sortie de son service de midi.

— Pas mal, le van ! Mieux que celui de Scoubidou.

Je ne suis pas peu fière de mon Combi, même s'il est passablement pourri. J'accepte son compliment avec plaisir.

— Ah ! Ce vert salade. Et ces petits rideaux orange vintage ! Je kiffe à fond ! Et la rehausse ? Elle est d'époque ?

— Oui. Elle s'ouvre et abrite un lit. Il s'appelle Didou, et il n'est pas vert salade. Il est vert pomme.

Il rit de la précision.

— Quelle année ?

— 1975.

— Bon Dieu, j'étais encore dans les couilles de mon père en ce temps-là !

Je louche vers lui.

— Tu es vraiment certain qu'il n'était pas dans les couilles du sien, ton père, en 75 ?

Il rigole à nouveau, amusé par mon parler franc, bien moins édulcoré que lorsque je suis avec Jules.

— Tu l'étais plus, toi ?

— Ben non. J'étais déjà grande.

— Déjà grande ? Ah tout de même !

Il s'octroie un temps pour réfléchir, puis reprend sur un ton posé, comme si ce qu'il s'apprêtait à dire était le résultat d'une mûre pensée philosophique :

— C'est fou, les vieux, comme à un moment de votre vie, il devient difficile de vous donner un âge. En fait, vous passez d'acceptables à grabataires, sans intermédiaire.

Je ne peux me retenir de hausser les épaules en souriant. Il est marrant, ce gosse.

— Donc je suis encore *acceptable* ?

— Ouais, ça va.

— Enchantée de l'apprendre.

— Ben, pas de quoi. Ça sort du cœur.

J'hésite à poursuivre sur le sujet.

— Tu sais, j'ai tout de même une petite-fille de 16 ans. Soit, j'ai eu son père très jeune, mais voilà, quoi.

De surprise, il siffle entre ses dents.

— Hein ? Tu veux dire que je pourrais la draguer ?

— Pas tout à fait. C'est une enfant ! Et puis de toute façon, elle habite en Écosse, aussi, peu de chances que tu la croises.

Philéas s'agite sur son siège, visiblement émoustillé par mes révélations.

— L'Écosse ? Le jour où elle vient te rendre visite, fais-moi signe ! Une Écossaise ! Mon rêve ! C'est quoi son prénom ?

— Ruby.

— Ruby ? Trop ! Une rousse, comme la binouze ?

— Philéas…

Tout en gigotant de plus belle, il glousse :

— Tu n'aimerais pas que je sois ton petit-fils ? J't'appellerais *mamie*. Mamie Mary. C'est classe ! C'est comme ça qu'elle t'appelle, Ruby ? Ah non ! Je suis bête.

Tout en hochant la tête, il soupire et reprend :

— Elle doit dire *granny*. Granny Mary !

Je ne lâche pas le volant, mais l'observe en coin.

— Explique-moi plutôt par où je dois passer, maintenant, pour me rendre chez la mère de Cléo. Je me souviens où est sa maison, mais je ne connais pas la route pour y aller depuis ici.

Comme je le lui ai raconté au téléphone, j'ai décidé d'exploiter à nouveau la piste de la jeune femme décédée en retournant dans sa famille. Je ne sais pas si ça aboutira, mais je compte sur le regard neuf de mon compagnon pour avoir une vision nouvelle de l'affaire. En deux mots, je le mets au courant des déductions de Jules et moi sur l'œil *oudjat*, mais aussi du goût prononcé de Cléo pour l'Égypte.

Mais ce dernier est beaucoup plus prosaïque que je le pensais. Il semble même freiner des deux fers.

— J'arrivais un peu à faire le lien avec Cléo et un pédophile, mais avec l'Égypte ancienne, reconnais que c'est tordu.

Il n'a pas tort, mais je dois admettre que sa réflexion objective me scotche sur place. Je m'attendais à plus d'enthousiasme. Je glisse :

— Je ne sais pas. La coïncidence est surprenante, non ?

— Surprenante ? Excuse-moi, mais des gens qui aiment l'Égypte des pharaons, je t'en trouve à la pelle. Surtout chez tous les post-ados qui ont adoré le *Astérix* de Chabat. « Viens me le dire de profil si t'es un homme. Et juste là, un petit géranium ! Ouais, ça va être bien. Ça va être très bien même. »

Je l'écoute me lancer ses répliques.

— Tu as décidé de m'en sortir encore beaucoup ?

— Des tonnes. Je kiffe à mort ! « Cours Assterisssm, couuuuuurs ! » Tu n'connais pas ?

Je tranche :

— J'étais en Écosse.

— Ah ? Et les Écossais, ils n'ont pas vu le film ?

Devant mon absence de réponse, il ferme son Panthéon de phrases cultes.

— Tourne ici !

Mon van grimpe gaillardement, en seconde, la route derrière le lycée. Je reconnais le secteur. La famille de Cléo habite une jolie petite maison isolée sur le coteau au-dessus de l'Yonne. J'y suis allée seule la première fois, Jules ayant des problèmes de robinet et de baignoire, ce jour-là.

Nous sonnons et c'est un grand adolescent dégingandé qui vient nous ouvrir. Il a la voix qui déraille pour nous annoncer, hargneusement, que sa mère est dans le salon. D'un geste, il nous indique le chemin à prendre pour la rejoindre par l'escalier. Je le remercie d'un salut militaire, ce qui ne le fait pas rire.

Pas d'humour le gamin ! Je le détaille. Dix-sept ans, boutonneux, il est méchamment en train de muer. J'entends une femme à l'étage, qui demande :

— C'est qui, George ?

— Une vieille bobo et un jeune chelou.

Ben au moins, c'est dit ! Il me paraît super bien élevé ce… George. Un nom de roi anglais et une éducation à coups de pelle. Un père et une sœur morts ne sont pas des excuses !

— Madame Pertuis… je me suis permis de venir, à nouveau, vous rendre visite.

Notre hôtesse nous accueille avec politesse, mais en même temps bien peu d'entrain. Parler de sa fille ne doit pas être facile, aussi, je comprends son absence d'enthousiasme. Auprès d'elle, son second fils a pris place. Je ne le connaissais pas et je suis heureuse de découvrir que sa famille l'entoure. Ce qui est rassurant. Celui-ci paraît moins mal bouché que son cadet, question d'âge. Il se lève à notre entrée et nous serre la main en se présentant. Puis il part à la cuisine préparer du café, et un thé pour sa mère et moi.

Malgré les biscuits et les tasses remplies, notre passage est de courte durée. Élise Pertuis ne peut guère nous apporter des informations. Ce qu'elle nous divulgue, nous le savons déjà. Cléo, en effet, aimait l'Égypte ancienne, mais comme beaucoup de jeunes de son époque. Là-dessus, elle est de l'avis de Philéas, qui sourit. Soit, elle désirait être archéologue, mais d'après elle, c'était comme les garçons qui veulent devenir pompiers, et les fillettes infirmières ou maîtresses d'école.

Pour confirmer ses dires, George, qui est venu nous retrouver, nous affirme qu'à 12 ans il souhaitait être pédiatre, alors que maintenant l'idée de faire de longues études lui donne des boutons.

— Vous n'avez jamais entendu parler d'un auteur qui s'appelait Dimitri Karpoff ?

— S'appelait ?

— Oui, c'est une des victimes du salon du livre de ce week-end.

Tous les trois tiquent et le visage d'Élise se durcit.

— Vous suggérez quoi ? Que l'un de nous aurait assassiné ces deux hommes ?

— Non !

Et en plus, je suis de bonne foi. Nous ne sommes pas là pour les accuser de quoi que ce soit, mais pour seulement glaner quelques renseignements. Dieu ! Que le métier d'enquêteur est difficile ! On doit constamment marcher sur des œufs.

— D'ailleurs, vous n'êtes pas de la police !

La phrase qui tue vient d'être prononcée. Elle sonne le glas de notre visite.

Nous nous levons dans le même élan et redescendons dans l'entrée. Personne ne nous raccompagne. Une fois sur le pas de la porte, nous nous regardons comme deux idiots.

— On a peut-être manqué de déontologie.

Philéas ne paraît pas d'accord. Il me le dit tout en grimpant sur le siège passager du Combi.

— Tu as entendu comment s'appelle l'aîné ?

— George ?

— Non, ça, c'est le plus jeune. L'autre, c'est Howard.

J'acquiesce.

— Prénoms originaux. Mes propres enfants ne sont pas en reste dans ce genre-là. C'est un choix.

Mais Philéas, qui sait ce que c'est que de porter un prénom très commun, s'obstine.

— Cléo, George et Howard… non… ça n'éveille rien chez toi ?

Alors que je tourne la clé dans le démarreur, je fronce les sourcils et ose doucement, pas très sûre de moi.

— Howard Carter ?

— Ben oui ! Howard Carter ! Celui qui a découvert la tombe de Toutankhamon grâce au financement de Lord Carnarvon… George Carnarvon.

Je siffle entre mes dents.

— Tu es un puits de science, mon gars.

— Oui. Ou je suis suffisamment jeune pour me souvenir de certains cours.

Je m'éloigne de chez les Pertuis avant de proposer.

— Et Cléo pour Cléopâtre ?

— Tout permet de le croire.

— Waouh ! Des fans ! Une fille de plus, et on était partis pour une Isis !

Tant de passion m'émeut. Idolâtrer quoi que ce soit m'est étranger. Je m'en retrouve donc aussi dubitative que conquise.

— Toutefois les groupies, ce ne sont pas les enfants ! reprend mon nouvel acolyte.

— Mais les parents !

— Exact.

Je murmure, songeuse :

— Et ça, elle s'est bien gardée de nous le dire ! Tu penses au père ?

— Peut-être. Celui qui est mort d'un accident de voiture.

Nous continuons la route en silence, comme si nous avions le sentiment d'avoir mis le doigt sur un indice crucial.

Quelques minutes après, je me gare au pied de l'immeuble de Jules, de l'autre côté de la ville. J'ai emprunté, sans en avoir conscience, la même route que lors de ma première visite à la famille de Cléo. Peu importe, cela nous donnera l'occasion de faire un petit coucou à Alice !

— Tu viens ?

Philéas, surpris, hoche la tête :

— Chez Jules ?

Je ne lui réponds pas et sonne à l'interphone.

Notre ami nous accueille avec une trop grande chaleur, et je m'en étonne. Notre dernier échange, au téléphone, ne m'avait pas laissée présager autant d'empathie.

Alors que Philéas se dirige vers la pièce à vivre, notre hôte ne peut s'empêcher toutefois de se pencher à mon oreille pour me souffler :

— Tu les prends de plus en plus minots[1]. Te voilà escortée par notre Kevin national.

Je le regarde. En fait, il plaisante, aussi, je hausse les épaules.

— Tu peux très bien faire pareil.

Ce que je lis dans ses yeux est étrange. Un mélange de grivoiserie et de tristesse. J'entre à mon tour. Je dois me faire des idées.

Alice est allongée sur le canapé. En nous voyant pénétrer dans le salon, elle se lève doucement et m'embrasse. Puis elle attend qu'on lui présente Philéas et, identique à elle-même, le remet tout de suite.

— Vous étiez habillé en Steampunk et aviez un très beau chapeau.

Avec la fatigue, elle accuse son âge, mais garde cet œil bleu et vif qui fait tout son charme.

1. Jeune.

— Philéas nous a aidés lorsque nous voulions te sortir des griffes de la police, explique Jules.

— Merci.

— Je vous aide toujours, rectifie notre collègue.

Jules m'interroge du regard, puis se tourne vers le jeune homme.

— Mais Alice est maintenant parmi nous.

— Oui. Toutefois, nous continuons d'enquêter.

Il acquiesce.

— Si l'idée vous chante…

La réplique est un peu cinglante. Jalousie ou désintérêt ?

— Tu ne souhaites plus poursuivre ?

Je sens poindre l'hésitation.

— Je ne sais pas. Je me rends compte que sur le papier, les énigmes, ça va. Mais dans la réalité de tous les jours, j'ai du mal à faire le point. Je n'aimerais pas être un boulet.

— Tu plaisantes !

Il remercie Philéas pour son intervention spontanée, d'un sourire que je ne trouve pas très réjoui pour autant. Presque de circonstance. Pour faire plaisir.

L'air ambiant fleure bon le parfum cher de notre amie commune. Comme toujours, elle monopolise l'attention sans même le vouloir. Ou tout le contraire ? Difficile à dire.

Je les observe tour à tour, et ne ressens plus la belle camaraderie de ce week-end. Mais je me fais certainement des idées. La garde à vue a dû être très pénible pour Alice qui n'a plus 20 ans. Retard de sommeil, angoisse du lendemain, honte d'avoir été arrêtée comme une criminelle ; tout ce cumul la mine, engendrant un étrange trouble palpable. Une espèce d'électricité dont les ondes seraient plutôt négatives. Un regard circulaire dans la pièce. Sur la table basse, le même bouquet que Jules avait acheté pour moi après l'incident de Dijon. Il doit avoir des actions chez le fleuriste du coin. Et surtout des ristournes sur les roses rouges !

Je décide de faire l'impasse sur mes impressions et me jette gaillardement à l'assaut de leur indifférence.

— Nous venons de chez la mère de Cléo.

L'expression que Jules me lance est un véritable point d'interrogation.

— Pourquoi, puisqu'il n'est plus question de pédophilie ? Cléo est un cul-de-sac.

Philéas s'affale sur le beau canapé blanc qu'Alice a quitté, et croise ses longues jambes de manière désinvolte, puis ses deux bras derrière sa tête avant d'annoncer, très satisfait :

— Y sont *chelous* dans cette famille. Tu connais le nom de tous les enfants ?

Jules avoue que non. Il n'a pas eu les deux frères en cours.

— Howard et George ! Incroyable, tu ne trouves pas ? Howard et George.

— Howard, comme…

— Tout juste, mon n'veu !

En entendant la réplique du jeune homme, Alice lance un regard interrogatif à notre hôte. Ce n'est sûrement pas le fait qu'un gosse s'appelle Howard qui la chipote, mais bien la façon dont parle notre nouvel acolyte. Je le comprends à sa mine renfrognée. Je m'en amuse. Je ne sais pas pourquoi, mais au lieu de compatir, depuis mon arrivée, j'ai envie de provoquer mon amie. C'est sans doute en lien avec ces foutues ondes négatives qui polluent mon atmosphère. Ou est-ce l'odeur des roses ? Il règne dans la maison une pression malsaine. Identique à celle qu'il est possible de ressentir lorsque vous rencontrez une personne qui a dit du mal de vous dans votre dos, et que vous ne parvenez pas à croire en son sourire.

C'est un peu ça.

Ma réflexion me pousse à être bêtement sur mes gardes. Au lieu de me réjouir de la remise en liberté d'Alice, voilà que je l'observe du coin de l'œil, comme si son langage corporel allait me renseigner sur ses pensées.

Posément, elle se rassied, et choisit le fauteuil plutôt que la promiscuité avec Philéas sur le canapé. Premier point. Puis elle croise les chevilles. Torse raide. Tête fréquemment baissée, même lorsqu'elle parle.

— Qu'est-ce que ça peut faire que cette famille ait appelé ses garçons Howard et George ?

Aïe ! Je ris sous cape. Elle vient de hausser le ton, confirmant mon raisonnement. Alice est sur la défensive et j'aimerais comprendre pourquoi.

— C'est un lien avec l'Égypte, lui explique calmement Jules… et Dimitri Karpoff a écrit un livre sur l'Égypte. Tu suis ?

— OK. Mais je ne vois pas le rapport. Pourquoi des gens qui apprécient l'histoire ancienne pourraient-ils tuer un auteur ? C'est absurde !

Je dois admettre qu'elle n'a pas tort. Notre hypothèse est tout de même bien tirée par les cheveux.

— Les parents de Cléo semblaient très branchés, niveau Égypte. Peut-être y a-t-il un truc avec Karpoff ? propose Philéas en s'étirant.

— Oui, pourquoi pas ?

Étonnée, je lance un coup d'œil à Jules qui revient de la cuisine.

— Tu reprends du service ?

Celui-ci rigole.

— Dur de ne pas vous suivre. Vous êtes du genre persuasif ! Mais je continue à penser qu'il vaudrait mieux, maintenant, laisser la police faire son boulot.

La vanne est proche.

— Ton… commandant sans nom, par exemple.

Toutefois, alors qu'il pose des tasses sur la table basse, il poursuit :

— Le père de Cléo est mort dans un accident de voiture, non ?

— Oui, c'est ce que tu nous as expliqué.

Tout en versant le café et le thé, il fronce les sourcils puis ouvre un paquet de biscuits qu'il dispose dans une soucoupe.

— Imaginons… je dis bien imaginons, hein ? Parce que là, on est dans de la fiction pure… donc, imaginons que celui-ci ait été tué par quelqu'un. Pour diverses raisons. Peut-être pour lui voler quelque chose. Une trouvaille… un objet… une idée de bouquin… ou même un manuscrit. Facile de cacher un meurtre derrière un accident, non ?

Philéas et moi échangeons un long regard, contents de ne pas être venus pour rien. Jules nous sert sur un plateau une piste sacrément intéressante.

— Yeah ! lâche le jeune homme.

— Je vous ai bien mis en garde : j'extrapole ! se défend notre hôte.

Toutefois, je souffle, scotchée :

— Ta réflexion est pleine de logique ! Le livre de Karpoff serait celui de Pertuis, le père de Cléo. Alors la famille se venge.

Tout en laissant tomber deux sucres dans son café, Jules interroge :

— Vous ne m'avez pas dit qu'ils avaient deux fils ? Quel âge ?

— Entre 16 et 20 ans.

— Grands ?

— Oui… enfin classiques. Moins que Philéas. Comme Alice sur talons.

Je plaisante avec un des arguments avancés pour inculper cette dernière.

— Comme moi, quoi ? poursuit-il en clignant de l'œil.

— Oui.

Il n'est pas ce qu'on peut appeler un géant.

— Grattons du côté des fils !

L'idée insufflée fait son chemin dans nos esprits jusque-là en déroute. Et toute l'affaire en devient soudain plus lumineuse. Nous félicitons notre ami qui sourit humblement.

— Avoir collé mon cerveau au repos m'a sans doute permis de faire le point de manière objective, je pense. En écoutant votre retour, les pièces du puzzle se sont emboîtées toutes seules dans ma tête.

— C'est génial !

Philéas exulte alors que je détaille Alice qui n'a toujours rien dit.

— Pas mal comme histoire, du moment que cela me disculpe.

— C'est certain ! Jules si tu veux rester ici pour t'occuper d'Alice, pas de souci. Philéas et moi, on file se renseigner sur le père de Cléo et essayer de savoir ce que faisaient ses fils à l'heure des meurtres.

— D'accord. Mais vous me tenez au courant. Maintenant que j'ai eu cette idée, il me tarde de découvrir où elle mène.

Dans le même élan, nous prenons congé, mon jeune acolyte et moi. Même si la suite de la discussion a détendu l'atmosphère, l'ambiance n'est pas à son comble. Gênons-nous ? Une fois dans l'ascenseur, nous ne pouvons nous empêcher d'émettre cette supposition. En leur rendant visite, nous avons brisé un tête-à-tête intime. C'est ce qui devait rendre Alice nerveuse.

— J'ai l'impression que nous avons interrompu un plan Q ? lance Philéas qui rigole tout seul. On a débarqué comme un cheveu sur la soupe et on nous l'a bien fait sentir !

Un peu agacée, je ne peux, toutefois, éviter de sourire. Je n'avais, il est vrai, jamais vu mon amie tant sur la défensive. Elle devait craindre que nous entraînions son précieux amant dans notre sillage.

— Pour quelqu'un qui jette les mecs comme des Kleenex, elle s'accroche avec celui-là ! se moque le jeune homme en ouvrant la porte d'entrée de la copropriété cossue. Rhaaa… il doit valoir le coup, notre compère.

— Il paraît.

Bien entendu, ma réponse n'est fondée que sur le retour qu'Alice m'en a fait, le jour du meurtre d'Héliard.

Mal à l'aise tout de même, je poursuis :

— Bon, on fait quoi ? On essaie de savoir quel était le boulot du père de Cléo ?

— OK, maîtresse. Je te suis !

Philéas, au mieux de sa forme, éclate de rire en grimpant dans mon vieux Combi garé devant l'immeuble.

— Go pour l'enquête de voisinage !

Nous démarrons. Du haut de la terrasse de son appartement, Jules nous fait signe. Alice le rejoint, le prend par les épaules et pose sa tête contre lui. Par bravade, je claironne :

— Tu as cinq sur cinq pour l'ambiance grivoise, mon gars !

Content de lui, mon jeune collègue s'autocongratule tout en saluant, à la manière de feu la reine d'Angleterre, le couple d'amoureux qui nous sourit. Pour ma part, sans un dernier regard, je roule, pour la seconde fois de la journée, en direction de la villa de la famille Pertuis.

Ces images idylliques me foutent la gerbe. Je préfère les ignorer et me consacrer à l'enquête.

16

Retour à la case départ !

Trouver des voisins proches n'avait pas été chose facile, la maison de Pertuis étant très isolée. En descendant, par une toute petite route, vers le village d'Armes, nous avons heureusement pu discuter avec un vieil homme, prêt à nous donner des informations.

— Le père, c'était un spécialiste de l'Égypte ancienne. Il écrivait des livres sur le sujet et faisait des conférences. Le nom ne vous dit rien ? Loïc Pertuis ? Il était pourtant connu. Il passait même à la télévision.

De nature bavarde, notre interlocuteur nous a expliqué qu'il était mort sur le chemin que nous venions de prendre, à flanc de colline.

— Arrêt cardiaque, qu'il paraît. Ça n'a pas pardonné. Il est parti dans le ravin. Tout juste 50 ans. Si c'n'est pas malheureux !

Avec nos précieuses informations, nous nous sommes rendus à la librairie la plus proche. J'en avais repéré une, pas très loin de la collégiale – Le Millefeuille, il me semble – lorsque nous étions entrés dans un bar, tous les trois, la veille. Là-bas, nous avons demandé si nous pouvions voir les livres de Loïc Pertuis, ainsi que celui de Dimitri Karpoff : *Mystères dans les pyramides*. Par respect pour le budget serré de mon acolyte, j'ai mis la main à la poche. Puis nous nous sommes partagé les lectures.

— Déjà, nous avons fait un pas en avant. Nous savons maintenant que le père était branché Égypte, détail important que la famille a fort obligeamment oublié de nous révéler, lors de notre visite.

J'ai admis qu'il avait raison. Puis, nous nous sommes séparés, Philéas devait réintégrer le restaurant où il travaille. Quant à moi, je suis rentrée chez moi, dans mon Morvan natal.

La soirée y a été des plus studieuses. Et des plus agréables aussi. Après une bonne soupe de légumes et un yaourt maison, je l'ai passée à bouquiner, enveloppée dans un plaid moelleux, les pieds sur la table basse, un coussin derrière la nuque. Une sorte de vie rêvée, quoi.

… et c'est d'ailleurs ainsi que je me suis réveillée ce matin, Arsène endormi sur mes genoux, la tête posée sur l'ouvrage de Karpoff.

Il n'a pas aimé que je le bouscule en m'étirant, et de mauvaise grâce, il est allé à la caisse pendant que je me rendais aux toilettes. Puis je me suis fait un thé et j'ai mis à toaster une tartine, alors qu'il se rassasiait de quelques croquettes.

Mais là s'arrête la similitude de nos existences ! Il demande à sortir alors que je reprends ma place au creux de mon fauteuil préféré.

Ma lecture n'a pas été concluante. Rien d'analogue entre les travaux de Pertuis et ceux de Karpoff. Peut-être que du côté de Philéas les résultats seront meilleurs ?

Je saisis mon téléphone et le contacte. Mais bien qu'il ait passé la nuit sur les livres qu'il ait choisis, et que ce matin il n'ait pas les idées très claires, il n'a rien remarqué d'intéressant. Nous avons fait chou blanc et je raccroche. Il doit se rendre au boulot et me dit avoir la tête dans le seau.

Bien décidée à trouver une issue à cette affaire, je me lève et efface le tableau. Puis je note les nouvelles informations en ma possession, qui font suite à nos découvertes de la veille. Toutefois, ce que je lis ne me convient pas. J'ai l'étrange sentiment que nous sommes partis sur une voie de garage.

Arsène revient, nonchalant, et je l'invective avec humeur :

— Nous avons Alice, ayant sans doute un lien avec Héliard, mais disculpée par le second meurtre. Et d'un ! Nous avons Cléo, qui s'est suicidée, fille d'un égyptologue reconnu, ce que la famille nous a caché. Et de deux ! Puis… Nous avons Karpoff, la seconde victime, auteur d'un livre sur l'Égypte, n'ayant aucun rapport avec le travail du père de Cléo. Et de trois ! Pour finir, nous avons Howard et George qui n'ont rien dit au sujet du père… bon, il y a la mère aussi, mais elle, je ne l'imagine pas énucléer quelqu'un. Donc, et de quatre !

Je pousse un soupir de désespoir, avant de continuer, à voix haute, toujours à l'intention de mon chat :

— Égypte… Égypte… Ah ! Tout de même ! Récurrent, ce sujet ! Les frères de Cléo ? Impossible de leur tirer les vers du nez. Ce sont des gamins. Nous n'avons certainement pas le droit de les importuner sans risquer des poursuites. La mère ? Elle est dépressive et anémiée. Hors jeu ! Karpoff ? Pourquoi l'avoir tué, celui-là ? Cléo ?

Quelqu'un voudrait la venger ? Son mari Damien ? Oui, mais de quoi ? Quant à Alice, je peux la barrer.

Tout en fronçant les sourcils, je fais la grimace, ne parvenant pas à me souvenir comment nous en sommes arrivés à interroger Damien… qui n'a pas fait l'ouverture ce jour-là, rappelons-le. Ah oui ! Jules le connaissait. Mais pourquoi être passés d'éventuels actes de pédophilie envers cette gamine à la passion de l'Égypte ? Parce qu'elle souhaitait devenir égyptologue ? Que Dimitri Karpoff écrivait sur ce thème et qu'en plus, maintenant, vient se rajouter le père, spécialiste en la matière.

— Tu ne trouves pas que c'est un peu tiré par les cheveux, tout ça ?

Arsène ne trouve pas. D'ailleurs, il n'a pas de cheveux et *s'en bat les steaks*, de mes états d'âme de pseudo-enquêtrice à la petite semaine. Et alors que je résume à voix haute, il se pose au beau milieu du couloir et se lèche la patte. J'admire. La nonchalance de ces animaux devrait être prise en exemple. Plus de stress. Plus de *burn-out*. On s'installe à même le carrelage et on se lave tranquillement le pied.

Mais je n'en suis pas encore là, aussi, je poursuis :

— Je pourrais aller rendre une petite visite à Damien. Peut-être que si Jules n'est pas avec moi, il sera plus bavard ? Non ? Tu en penses quoi, Arsène ? Toujours rien ?

Dépitée devant tant de mépris de la part d'un chat que je porte en estime, je grimace et ronchonne :

— Sauf que ce type n'a pas de mobile, sinon celui d'être désespéré. Mais, dans la vie de tous les jours, on ne zigouille pas un auteur qui écrit sur l'Égypte parce qu'on est malheureux, et que sa défunte épouse aimait cette partie de l'histoire. Absurde ! D'autant plus que l'étude des bouquins commis par le père de Cléo et par Karpoff ne fait ressortir aucune analogie. Loïc Pertuis était un conférencier pur et dur. Karpoff relatait des fariboles romancées, assez abracadabrantes, alimentées par les faux mystères qui courent encore sur cette période, et sur les hypothétiques malédictions qui s'y rattachent.

Voilà que mon mal de tête réapparaît, et il y a de quoi ! Je vais chercher de l'huile essentielle de menthe poivrée dans le placard de la salle de bains, et me masse les tempes doucement. L'odeur et le geste me font du bien, mais déplaisent à mon chat. Soudain, la douche m'appelle. Je me glisse dessous et la vapeur parfumée par la menthe m'envahit. Me rassérène.

Lorsque je suis sèche, je m'habille confortablement et repars à la chasse aux indices. Même si je suis seule, cette quête est devenue obsessionnelle. Savoir se transforme en priorité, avant même mes chères plantes. Alimenterais-je, avec cette nouvelle lubie, un instinct de fouine enfoui ?

Un autre thé. Et une idée insensée surgit. Et si je reprenais tout à zéro ? J'entends d'ici Jules hurler que c'est de la folie, et Philéas me demander si je n'ai rien à faire de mes journées.

Mais le projet poursuit son chemin dans ma tête. Je saisis un feutre bleu et écris :

Clément Héliard – né à Saulieu – ancien professeur de français – a été proche d'Alice – suspecté de pédophilie – peut avoir été tué par erreur... ou pas.

Je rajoute que ces soupçons sont confirmés.

Dimitri Karpoff.

Je n'ai pas trop d'informations sur lui. Je lance des recherches rapidement sur mon ordinateur. Réseaux sociaux. Wikipédia. Fiche auteur chez son éditeur. En quelques minutes, j'en sais autant sur lui que si je le connaissais depuis toujours. Vive Internet et son respect de la vie privée. Je note :

Dimitri Karpoff – 42 ans – né à Orléans – ancien professeur de français (décidément !) – ancien éditeur, créateur de la maison « Bleus des mots » – fascination pour l'Égypte et ses mystères – n'a jamais rencontré Alice, sinon en vitesse au cours du salon – était-il en lien avec un membre de la famille de Cléo ? Est-ce réellement lui le premier visé ?

Si je suis le raisonnement de tous – y compris celui de la gendarmerie –, le décès de Karpoff confirmerait le fait qu'Héliard ait été une victime tuée par erreur. Un PNJ[1], quoi. Il est mort à l'emplacement du premier… et donc à la place du premier.

Normal.

Ce n'est qu'ensuite que l'assassin, comprenant son erreur, a terminé sa terrible tâche en s'en prenant à celui qu'il visait.

Ce qui implique, toujours pour tout le monde, de lâcher la piste Héliard, pour se concentrer sur le cas Karpoff.

Cohérent.

En effet, si Héliard avait été la cible dès le départ, le meurtrier n'aurait pas commis un second crime.

---

1. Personnage non joueur.

Aucune logique, à part celle d'avoir l'esprit bigrement tordu.

De ce fait, en se focalisant sur Karpoff, on creuse automatiquement sur son lien à l'Égypte. Mais pourquoi ? Peut-être avait-on d'autres raisons de le faire disparaître ? Oui, mais lesquelles ?

Je songe : *Léo... Léo, où en es-tu, toi ?*

Mes pensées s'égarent un instant vers mon beau Tattooed Man, dont je n'ai pas encore su tirer tous les profits par manque de confiance en moi. Lorsque j'y réfléchis, je n'en reviens pas d'avoir pu lui plaire. Moi ? Mary Simple !

Je m'assieds lourdement. Que cache-t-il, celui-là, derrière ce goût immodéré pour les vieux pots ? Parce qu'objectivement, je ne vois pas ce qu'il me trouve.

Nouveau problème.

Et je me retrouve en train de maugréer, comme une ancêtre qui marmonne toute seule et qui cherche son animal de compagnie des yeux, pour parler à quelqu'un.

— Qu'est-ce qu'ils ont tous, à dissimuler des trucs ?

Alice, violée adolescente. Jules, qui n'aborde pas le sujet de sa femme. Léo, potentiel gérontophile... Heureusement, ce brave Philéas est toujours là !

Soudain, j'ai besoin de prendre l'air. Tout m'étouffe dans cette affaire, à commencer par ces impasses. Sans plus réfléchir, j'enfile mes bottes et passe un manteau. Mon sac en bandoulière. Mes clés. Je claque la porte et me voilà déjà dans mon Combi qui m'attend sagement dans la cour.

Nouvel objectif : cuisiner Damien !

Une fois sur place, j'ouvre mon Smartphone, et cherche, sur l'application que j'ai téléchargée récemment, comment me rendre aux services techniques de la ville. Lorsque j'ai localisé l'endroit, je me gare, et patiente pour voir si quelque chose bouge. Je profite de l'arrivée d'un camion-benne pour me précipiter vers le chauffeur. Celui-ci me regarde approcher avec un sourire moqueur et m'apostrophe d'un :

— Et vous voulez quoi, ma p'tite dame ?

… que je lui ferais bien ravaler illico !

Plantée le plus droit possible pour forcer le respect, je lui demande s'il connaît Damien Lessage. Il s'esclaffe avec un :

— La p'tite dame aime la chair fraîche.

Là, j'opte pour une mimique entendue. Inutile de me battre. Peine perdue. L'idée a l'air de lui faire plaisir, allons dans son sens, comme on le ferait avec un gamin qui n'a pas encore toute sa jugeote ! S'il savait ce que je pense de lui… mais non ! Il croit, le bougre, que je prise son humour graveleux et m'indique, d'un hochement de tête, un type qui traverse justement la cour.

— Le voilà, votre Damien. Mais pas de folies ! Je vous surveille ! Et s'il n'veut pas, eh ben moi, je suis démarqué !

J'accueille sa remarque gouailleuse avec un clin d'œil qu'il me rend, puis entre dans l'enclos avec son fourgon, tout en me faisant un signe sans équivoque.

Petites chroniques de la vie ordinaire d'une femme. De quoi en faire un livre. En fait non, car les anecdotes seraient trop redondantes et finiraient par lasser.

Profitant de la barrière ouverte, je le suis, mais à pied, et me dirige vers le jeune homme, qui maintenant fume une cigarette, le dos appuyé contre le mur d'un bâtiment. Lorsqu'il m'aperçoit, il me reconnaît aussitôt et refrène un mouvement pour partir. Je le retiens d'un geste de la main que je souhaite pacifique.

— Vous ? aboie-t-il toutefois.

— Oui. J'ai une question à vous poser.

— Pour me faire inculper ?

— Pas du tout !

Je me défends.

— J'ai bien compris que vous étiez à Nevers. Pas de souci.

Cette précision le soulage.

— Alors, vous voulez quoi ?

— Juste un point à éclaircir. Votre épouse, elle aimait l'Égypte ?

Outré, il me dévisage comme s'il ne m'avait jamais vue.

— Vous n'avez pas bientôt fini de tout ramener à Cléo ? Laissez-la tranquille ! Nom de Dieu !

Sournoisement, je songe à ce qu'a dit Philéas sur lui. Il ne le portait pas en estime et racontait qu'il trompait sa femme et même la frappait. Je jette un :

— Vous ne lui avez pas mené la vie facile, à ce qu'on m'a expliqué.

Ses yeux lancent soudain des flammes. Il me foudroie et me crache au visage :

— Qui a bavé des conneries pareilles ? Cléo a été heureuse avec moi. Si elle n'allait pas, c'est parce qu'elle était anorexique. J'ai tout tenté pour l'aider, mais la dépression a pris le dessus… surtout après la mort de son père.

Je ne sais pas pourquoi, mais je pense qu'il dit la vérité. Il paraît sincère. Son regard se brouille. Il est prêt à pleurer.

Dérangeant, un soupçon s'immisce en moi. Pourquoi Philéas aurait-il raconté des bêtises sur lui ? Pour faire le fanfaron ?

— Vous connaissez Philéas… enfin, Kevin Fix ?

Les yeux de Damien se lèvent sur moi, et je remarque une larme qui coule sur sa joue. Il l'écrase dans un pardon, comme si son émotion était interdite à un homme.

— Oui. Un sale type.

— Quoi ?

Abasourdie, je n'en crois pas mes oreilles ! Voilà qu'il me chante la même chanson que Philéas nous a fredonnée la veille. Je rêve !

— Comment ça, un sale type ?

Damien hausse les épaules.

— Il courait après Cléo. Depuis le lycée. Il aurait fait n'importe quoi pour l'avoir. Il lui a raconté des conneries sur moi. Il la harcelait.

De mieux en mieux ! Philéas, celui qui selon moi ne cachait rien, nous a balancé un beau bobard ! Enfin, si les allégations de Damien sont réelles… mais ça, je ne vais pas tarder à en avoir le cœur net, en cueillant mon très cher acolyte à la sortie de son boulot.

— Harcelait ?

— Oui, elle a été sa meuf. Oh, pas longtemps ! C'était pendant une fête. J'n'avais pas pu venir. Elle avait bu. Il en a profité. Juste un coup d'un soir. Limite un viol. Parce que ma Cléo, elle n'aimait que moi. Pas lui. Mais lui, y voulait pas lâcher l'affaire. Vous voyez ?

J'essaie d'imaginer Philéas dans ce rôle. Le mec lourd qui en remet une couche chaque fois qu'il te croise. Franchement, j'ai de la peine à l'admettre ! Un soupir, et je décide de passer à un autre sujet.

— Bien. Si vous le permettez, je repose ma question. Votre femme avait un goût certain pour l'Égypte ancienne ?

Il dit oui de la tête.

— Son père était un égyptologue reconnu.

— Je suis au courant.

— Il lui avait collé le virus. Elle écrivait même un livre là-dessus, en se servant des idées que son vieux avait eues avant son décès. Elle l'avait présenté à un éditeur du coin… et puis je ne sais plus ce que c'est devenu… elle est morte avant et je n'ai pas eu le cœur de me renseigner.

Il s'accorde une courte pause, puis souffle :

— Moi, ces choses-là…

Touchée par la sincérité de mon interlocuteur, je souris. S'il feint, le bonhomme doit envisager sérieusement une reconversion dans le théâtre. Il est doué, le bougre !

— Une dernière question et je vous laisse tranquille. Vous vous souvenez du nom de la maison d'édition, celle à qui elle avait proposé son manuscrit ?

Damien réfléchit tout en écrasant son mégot sous son pied. Je pense à la pollution que ça occasionne, mais me tais. Ce n'est pas le moment de braquer ce pauvre type !

— Je ne sais plus. Un truc avec une couleur. Bleu, il me semble. Oui, bleu. Cléo disait que c'était un signe, parce que le bleu, c'était sa couleur préférée.

— Bleu ?

— Oui, bleu. L'ange bleu… non… comme la vieille chanson : les mots bleus !

Je hasarde un :

— Ce ne serait pas plutôt : « Bleus des mots » ?

— Oui ! C'est ça !

Je frémis.

L'ancienne maison d'édition de Dimitri Karpoff !

De désespoir, je m'affaisse sur moi-même, cherchant du regard un hypothétique endroit pour m'asseoir.

Très troublée, je prends congé. Je l'entends m'interpeller :

— Au fait, comme je n'étais pas là samedi soir, mais avec ma tante, je n'ai pas pu aller au salon. Donc personne ne l'a rouvert le dimanche. Comme je n'ai pas prévenu la mairie, je risque d'avoir des soucis avec mon boulot.

Sans me retourner, je lui crie un :

— Je sais…

… plein de désillusions.

Le pas lourd, je rejoins ma voiture avec plaisir, car elle me permet de m'affaler sur le siège en soufflant. Puis je saisis une bouteille d'eau et en bois une bonne quantité avant de fermer les yeux.

Je viens de trouver le lien entre Cléo et Dimitri.

17

Une vieille amie de ma mère

Ce que j'ai découvert m'a profondément affectée. Tout devient compliqué. Et si j'abandonnais l'enquête à Léo ? Après tout, c'est son boulot ! Trouverais-je normal qu'il vienne me donner des conseils sur mes plantes ? Je ne pense pas. Je le renverrais vertement en lui disant de s'occuper de sa soupe !

Quelle mouche m'a piquée pour que j'en arrive à fourrer mon nez dans cette histoire ? Sauver Alice… Je ronchonne. Pour ce qu'elle en a eu à faire, Alice, de mon implication pour la tirer de cette mésaventure. Même pas un remerciement ! Et maintenant, elle file le parfait amour avec Jules qui m'a laissée tomber comme une vieille chaussette sale dépareillée.

J'en suis à grommeler, lorsque je vois sortir Philéas du restaurant où il travaille. Je le cueille au vol. Il semble ravi.

— Tu es Miss Marple et je suis Nestor Burma. On continue ! lance-t-il avec enthousiasme en grimpant dans mon véhicule. Où allons-nous ?

Je l'observe à la dérobée. Il paraît si franc avec son visage calme et son regard sympathique. Quelques mèches échappées de sa queue-de-cheval dansent au vent. Il les rabat avec bonne humeur. Lequel des deux hommes est le menteur ? Je décide de ne pas perdre de temps et j'attaque :

— Tu n'as pas oublié de nous raconter un tout petit truc, toi ?

Il tique et chancelle sur son siège, soudain mal à l'aise.

— Vois pas quoi !

Obstinée, je ne lâche pas l'affaire.

— Tu es sûr ? Cléo n'était rien d'autre pour toi qu'une copine de classe ?

Alors que son sourire, jusqu'alors jovial, se fige dans une grimace abêtie, il murmure :

— Qui t'a rapporté cette histoire ?

Malgré sa gêne, il reste tranquille. J'ai eu peur un instant qu'il opte pour l'agressivité. Mais non. Une grande respiration. Je le sens prêt à se confier. Ce qu'il fait.

— Oui, je ne vous ai pas raconté toute la vérité.

Je tourne doucement la tête vers lui et le dévisage. Heureusement, je n'ai pas encore démarré !

— Mais ce Damien est vraiment un sale type ! renchérit-il vivement.

— Tu me permets d'en douter ?

Le regard qu'il me lance est triste. Il n'est pas fier de lui. C'est déjà ça.

— Dès que je l'ai vue, je suis tombé amoureux d'elle. On avait 16 ans. Elle était tellement fragile. J'avais envie de la protéger. De lui insuffler un peu de mon énergie. Mais non. Elle n'avait d'yeux que pour ce cassos. Oui, on a ken[1]. C'était pendant une fête. On avait trop bu. C'était notre première fois à tous les deux… Damien l'a su. Il a tout de suite mis la main sur elle. Comme si c'était sa chose. Et elle… elle… elle en a été tout heureuse. Alors elle s'est collée avec cette brêle qui se foutait de sa gueule en se tapant d'autres meufs. Mais elle l'avait dans la peau !

Il soupire et reprend :

— La vie est souvent mal faite. Moi, j'étais prêt à la soutenir… et lui il l'a laissée crever…

Pour le comprendre, je branche mon décodeur. À dire vrai, je trouve ces paroles réductrices, mais on ne peut blâmer quelqu'un qui a été amoureux. Et ce dont je suis certaine, c'est que lui aussi aimait Cléo.

— Tu faisais quoi ?

Ma phrase reste en suspens, alors que me revient à l'esprit que Philéas avait rencontré Dimitri, puisqu'ils étaient voisins au salon. Je surprends son sourire.

— Je deviens un de tes suspects ? C'est ça ? Hey, meuf ! Je ne pouvais pas tuer Héliard à la place de Karpoff, pour la bonne raison que je les connaissais tous les deux.

— Oui, c'est ce que je suis en train de me dire.

— Donc, je ne peux pas être coupable… même si je le suis de ne pas vous avoir tout raconté, et surtout de ne pas avoir insisté avec Cléo. Elle serait encore parmi nous, va savoir…

Un bougonnement sourd m'échappe. Dans cette histoire, qui a tort, qui a raison ? Difficile de trancher, car chacun des deux garçons est sûr d'être celui qui aurait pu rendre Cléo heureuse.

1. Fait l'amour.

Un voile passe devant mes yeux. Quel dommage de mourir si jeune, alors que deux hommes vous aiment autant !

— On fait quoi maintenant ?

J'ai envie de lui dire qu'il aurait tout de même pu nous expliquer pour Cléo, et puis je me retiens. Après tout, c'est du ressort de sa vie privée. Il n'avait pas d'obligations, du moment qu'il n'avait rien à voir avec cette affaire, de nous ouvrir son cœur, à Jules et moi, des inconnus.

— J'ai appris que Cléo écrivait un livre en reprenant des notes de son père. Elle l'aurait envoyé à une petite maison d'édition.

— Et ?

— Tu ne devineras jamais à qui la boîte appartenait.

— Karpoff ?

— Oui.

Il hoche de la tête.

— Imagine qu'il lui ait piqué son bouquin ?

— C'est ce que je me suis dit. J'ai fouillé dans sa bibliographie, et *Mystères dans les pyramides* est le premier ouvrage de Karpoff. Avant, il se contentait de publier le travail des autres.

— Comment peut-on vérifier ça ?

— On ne peut pas. Lessage ne sait pas du tout où est passé le manuscrit. Il avait l'esprit ailleurs, au moment du décès de sa femme.

— Sa mère, peut-être ?

Je hausse les épaules.

— Tu veux te faire tirer à vue ? Et plonger dans la gueule du loup, si c'est un membre de la famille qui a fait le coup, comme le suggère Jules ? Quelqu'un qui a tué deux fois peut très bien le faire une troisième, non ? Ça devient trop lourd pour nous. La seule solution, c'est de raconter toute l'histoire à Léo… enfin au commandant Mallet.

— Léo ? Tu l'appelles Léo ?

— Ben oui, pourquoi ? J'ai discuté avec lui. C'est un brave type.

Il s'étire en rigolant :

— Mais bien sûr !

Avant de compléter dans un soupir :

— Ah ces vieux ! Y z'ont le feu au cul, pire que les jeunes.

Avec indifférence, je passe sur son persiflage, démarre et me concentre sur ma route.

— On va où ?

— À la gendarmerie, je t'ai dit. On lui a filé un bureau ici, le temps de l'enquête. Il a été détaché de Dijon.

— Ah ! Tu sais ça aussi.

Il éclate à nouveau de rire et s'enfonce dans son siège tout en posant les pieds sur le tableau de bord.

Tattooed Man, Léo pour les intimes, nous reçoit très vite. Le découvrir sur son lieu de travail me crée un sentiment bizarre. Et de le revoir tout court, d'ailleurs. Je n'ai plus eu le plaisir de le croiser depuis la courte scène *western spaghetti*, qu'il m'a interprétée avec Jules, l'autre soir. Je ne l'ai eu qu'au téléphone.

Il nous accueille en compagnie d'un de ses lieutenants, un gars sur le retour qui attend la retraite. De ce fait, son regard glisse sur moi comme s'il ne me connaissait pas. Philéas s'en moque en douce, et je lui décroche un coup de coude dans la hanche – puisque c'est ce que j'ai à ma hauteur – pour lui faire comprendre qu'il exagère.

En deux mots, je raconte aux deux enquêteurs nos trouvailles. Le lien entre Karpoff et Cléo Pertuis, enfin Lessage puisqu'elle portait le nom de son mari. Les frères de cette dernière qui ne paraissent pas faciles. Le manuscrit disparu.

Ces nouvelles révélations intéressent Léo, mais, sans doute pour faire son kéké devant son collègue, il persifle :

— Tu as lâché ton vieux barbon ?

Il parle bien sûr de Jules. Philéas note le tutoiement.

— Oui. J'aime la chair fraîche.

Regard en coin. Il n'y a que les aveugles qui peuvent encore, à ce moment-là, voir qu'il ne se passe rien entre nous. Ne serait-ce qu'une rivalité ?

— C'est bien en tout cas ! J'apprécie que vous me teniez au courant de vos… petites équipées pseudo-policières. J'ai eu peur que ce ne soit pas le cas. Ce qui m'aurait… grandement fâché.

Ben carrément ! À ce moment précis, mon commandant sans nom ressemble à bon-papa qui ferait des remontrances à ses petits. Du style : *Je reste cool, mais n'allez pas trop loin.*

Je souffle :

— Je te l'ai promis.

Il admet de la tête, non sans rajouter :

— Mais je ne t'ai pas crue.

C'est dit.

— Votre idée de manuscrit volé est une excellente piste. Si Karpoff l'a sorti après la mort de Cléo Pertuis, je comprends que son entourage ait mal réagi. Surtout si les recherches venaient du père, lui aussi décédé.

— C'est ce qu'on a pensé. Si l'assassin ne connaissait pas Karpoff, ça explique, de ce fait, qu'il ait pris Héliard pour lui.

Il opine du chef et paraît aimer ma déduction.

— Je vais enquêter du côté des frères, lâche-t-il sobrement.

Puis, il plonge son nez dans ses notes, avant de relever la tête tout en adoptant un air sévère.

— Mais vous, que je ne vous retrouve pas dans mes pattes ! Pas le droit de tourner autour de ces gens. *Primo* parce que vous n'avez pas l'autorisation de le faire. *Secundo*, vous pourriez récolter un mauvais coup. Je ne veux pas avoir de soucis avec des civils qui décideraient de fouiner là où ils n'ont pas à le faire. Compris ?

— Compris ! répète Philéas.

Mais cette seule réponse ne lui suffit pas. Il me fixe. Je perçois l'intensité de ses yeux sur moi et je rougis. Soudain gênée, je ne peux m'empêcher de songer à l'épisode intime que nous avons partagé. Et j'ai comme le sentiment qu'il y pense aussi.

— Et *tertio* ? dis-je pour le provoquer.

Il déglutit bruyamment.

— *Tertio*, j'exige que tu me le promettes, Mary. Pas envie de te retrouver à la morgue.

Je veux et j'exige... je veux et j'exige... je...

Un soupir à fendre le cœur d'un insensible, et je murmure, vaincue, mais surtout ébranlée par sa dernière phrase :

— Si tu y tiens... je m'y engage. Tu désires que je crache par terre ?

Sans un mot, il me foudroie du regard, mais je sens qu'au fond de lui, je l'amuse. Lorsque nous passons la porte pour prendre congé, j'écoute son adjoint qui lui demande :

— C'est qui, ces fouille-merde ?

Ce à quoi Léo Mallet répond :

— Oh rien… des auteurs qui s'ennuient.

— Mais tu parais bien la connaître, la birbe ? À moi, elle me dit quelque chose.

— C'est elle qui a découvert le premier corps. Oui, c'est une vieille amie de ma mère.

Un coup d'œil rapide vers Philéas qui avance dans le couloir. Il n'a pas entendu et j'en suis bien aise. Une vieille amie de sa mère ! Je lui en foutrais, moi, des vieilles amies de sa mère !

Soudain dégoûtée et désœuvrée, à la suite de l'injonction qui nous a été faite de ne pas *fourrer notre nez là où on n'a pas à le mettre*, je décide une nouvelle fois de rentrer chez moi.

Au moment de m'arrêter devant le restaurant, puisque sa pause se termine, Philéas me glisse en se penchant pour me faire la bise :

— Merci de ne pas avoir cafté pour Cléo et moi à ton… Léo.

Je souris en coin.

— Pas de quoi ! De toute façon, ce n'est pas toi qui as tué ?

Il saute de son siège sur le trottoir et me crie, tout en réalisant un entrechat :

— Va savoir !

Cela me rappelle Arsène. Pas mon chat. L'autre. Lupin.

Une pensée attendrie.

— Au fait, pour Miss Marple, je ne te remercie pas ! Quant à Burma, comment tu connais ?

— Ma darone[1]. C'est ma darone qui regardait la série avec Guy Marchand. En plus, Burma/Mallet. Tu vois la coïncidence.

Un clin d'œil.

— Elle adorait l'acteur. C'est pour ça que je joue du saxo !

Puis il éclate de rire et s'élance vers son lieu de travail.

Philéas joue du saxophone ? De mieux en mieux ! En fait, je l'aime bien ce gosse. On dirait moi, lorsque j'étais jeune.

Séquence émotion.

Je me reprends.

OK ! Je l'admets une bonne fois pour toutes, mes enfants et mes petits-enfants me manquent.

1. Mère

18

Cette brave pomme de Mary

La fin de journée et la matinée du lendemain ont été tristes et mornes. Sans compter que je me suis fait traiter de vieille, je suis dans une impasse pour l'enquête, puisque je n'ai pas le droit d'aller plus loin, avec l'unique piste sérieuse que je possède. Elle est aux mains de la gendarmerie, ce qui n'est pas un mal. Mais bon…

Je songe à Jules et Alice, ensemble maintenant.

Pour me distraire, je décide de me rendre au supermarché faire des courses de femme seule, avec un chat.

Des croquettes pour Arsène. Des légumes pour mes soupes. Du thé – j'en bois beaucoup trop ces temps-ci – et du lait. Des pâtes. Je croise une dame très âgée qui pousse son chariot. Dos voûté. Bas de contention. Petits pas peu assurés. Vais-je devenir comme elle ? Une personne abandonnée qui attend la fin. Je regarde ses achats. Ils ressemblent étrangement au mien.

Pourquoi tant de vague à l'âme, soudain ? Avec dépit, je découvre que les changements ne sont pas toujours le signe du bonheur. Qu'ai-je gagné à me lancer dans cette enquête, sinon des illusions, qui se sont éteintes aussi vite qu'elles ont pris corps ?

Mes deux sacs chargés de provisions dans chaque main, je passe la porte de mon chalet, et la referme d'un coup de pied. Arsène vient à ma rencontre et, âprement, je le remercie d'être là pour moi. En gratification – c'est ce que je veux bien me raconter –, il se frotte contre mes jambes et ronronne.

— Es-tu mon seul ami ?

Je crois qu'il me répond *oui*.

Tout en traînant mes achats à la cuisine, je souffle comme un bœuf. Puis je range mes courses dans les placards, avant d'allumer la bouilloire électrique.

Comme la vieille dame que j'ai vue au supermarché, je décide de faire plaisir à mon chat, et au lieu des croquettes quotidiennes, j'ouvre une barquette de bouchées. Il adore ça ! Et tout de suite, il rapplique à grand renfort de signes de contentement. Il paraît que les chats ne miaulent qu'avec les humains. Ce serait un langage qu'ils auraient mis au point pour communiquer avec nous. La mère l'apprendrait à ses petits dès la naissance.

Je pose l'écuelle à terre et je reçois ce que je traduis comme un merci.

— Ah ! S'il suffisait d'ôter le couvercle d'une boîte pour garder les amis auprès de soi !

Là, je vais très mal. Je m'en rends compte, en m'entendant maugréer à haute voix. Je me sens déjà prête pour l'asile et m'en afflige quand soudain, sans prévenir, me prend une irrésistible envie de rigoler. Comme ça. Brusquement. Je m'imagine servir de tendres bouchées en gelée à cet épicurien de Jules… ou à cette fine bouche d'Alice !

Et hop ! Dans une gamelle !

L'image envahit mon esprit et je visualise la scène, alors que mon fou rire devient nerveux.

— Mon Dieu ! Quelle gourde, je fais !

Pour me calmer, je plonge le nez dans le frigo, en espérant qu'une recherche attentive de ce que je peux manger me distraira. Peine perdue. Je glousse, la moitié du corps au froid !

On dirait une grosse autruche, cachant sa tête dans le sable.

C'est à ce moment-là qu'un visiteur choisit de frapper à ma porte. Je reprends mon sérieux, ferme mon réfrigérateur, et les cheveux encore frais, cours ouvrir.

À mon grand étonnement, Jules, *le Jules* (oui, celui à qui je voulais faire bouffer de la pâtée pour chat, afin de le garder comme ami) se tient sur la terrasse. Je le sens un peu gêné. Est-ce l'odeur appétissante des fines boulettes de bœuf en gelée (c'est ce que raconte l'étiquette) qui l'a attiré ici ? Je retiens une nouvelle irrépressible envie de glousser, et pour me donner une contenance, je le toise des pieds à la tête, froidement je dois admettre, puis je lance :

— Toi ? Je te supposais au chevet d'Alice.

Je me reprends toutefois, et me souffle, à moi-même, que ce n'est pas de cette manière que l'on entretient une franche camaraderie. Et avant que me revienne l'image de Jules et Alice en train de se délecter d'une boîte pour chat, je m'empresse – avec le sourire s'il vous plaît – de l'inviter à entrer dans ma modeste demeure. Ce qu'il fait sans hésiter.

— Je ne te dérange pas ?

Si, je pleurais sur le fait que j'étais seule.

Mais je me tais et il enchaîne :

— Personne avec toi ?

Là, je ne peux m'empêcher de répondre :

— Quelle perspicacité !

Il salue mon exclamation d'un hochement de tête.

— Je craignais que ton commandant soit ici.

Dans un haussement d'épaules, je l'incite à s'asseoir. Vais-je lui confier que je me suis fait traiter de *vieille amie de sa mère* par ce grand escogriffe déplumé ? Sûrement pas ! Il jubilerait.

— Que me vaut l'honneur de ta visite ?

— J'avais envie de savoir où tu en étais de l'enquête.

Je siffle entre mes dents :

— Plus d'une heure et demie de route, tout de même ! Tu aurais pu me téléphoner.

Soudain conciliant, il ne relève pas et tout en prenant place dans le canapé, il me fixe dans les yeux. Je le trouve fatigué. Le teint blafard. Les traits tirés. Il articule avec peine.

— Je ne te dérange pas ?

Je note, dans mon calepin mental, que c'est la seconde fois qu'il pose la même question.

— Non… non…

À mon grand dam, j'ai répondu avec beaucoup trop d'empressement dans la voix. Voilà que le bonhomme risque de croire que je suis en pâmoison à sa vue.

— Je suis très occupée en ce moment… beaucoup de monde à qui je rends visite. Je suis née dans le secteur. Je renoue des contacts avec d'anciens potes. Tu comprends ce que je veux dire. Ça prend un temps fou ! Alors, aujourd'hui, je me suis débrouillée pour être à la maison. Histoire de passer la soirée tranquille.

— Et je peux me permettre de la partager avec toi… ta soirée tranquille ?

Tel un stratège, je fais semblant d'hésiter :

— Si tu le souhaites. J'allais sortir du congel des boulettes végé aux orties que je prépare à l'avance, avec du basmati et de la sauce tomate. Est-ce que le programme te convient ?

— Parfait ! Du moment que je mange avec toi.

Ouh ! C'est quoi, ce plan qu'il me fait, là ? Je rêve ou il est en train de me draguer ? De surprise, les bras me tombent. Notre chère et tendre Alice se serait-elle carapatée ?

Je susurre du bout des lèvres :

— Alice n'est plus chez toi ?

Un sourire. Un truc discret qui vous prend aux tripes. Et ses yeux de mousse qui en rajoutent une couche. Bon Dieu, que les femmes sont faibles !

— Tu connais Alice…

Le ton est flegmatique. Il ne paraît pas perturbé pour deux sous par son départ. Au contraire, le voilà qui s'en félicite.

— Son séjour en garde à vue l'a vraiment bouleversée, aussi, elle n'était pas des plus enjouées. Je l'ennuyais. Elle a préféré rentrer chez elle.

Là, dans ma petite tête, l'information gambade vite. Une méchante pensée du style : *Tu t'es retrouvé seul, alors tu t'es dit que cette brave pomme de Mary pouvait jouer les roues de secours.* Mais au lieu de ça, je lui souris. Bêtement. Oui, bêtement !

— Elle devait avoir besoin de se recentrer sur elle-même.

— Sans doute.

Je le trouve très distant avec celle qui le tenait de près sur la terrasse, lorsque nous les avons quittés la veille.

— Un verre de vin ?

— Avec plaisir.

Je le sers obligeamment, trinque et retourne en cuisine préparer les pâtes promises. Il me rejoint. Beaucoup trop assidu. Beaucoup trop collant. J'en ressens une gêne. Pas uniquement à cause de sa présence, trop proche. Par ce qui se dégage de lui, aussi ! Je le bouscule afin d'ouvrir le grand tiroir à casseroles. Il saisit avant moi un faitout et me le tend. Puis, il sourit, bizarrement, et avance encore. À me toucher.

Soudain, je n'en peux plus.

— Tu veux quoi ?

Sa grimace lubrique en dit long, mais je n'ai pas envie de traduire.

— Toi.

J'hallucine.

— Du calme !

Il rigole. Mais moi, la proposition ne me fait pas rire du tout ! Loin de là ! Je ne suis pas une chose que l'on prend et que l'on jette à volonté. Et je te fais la gueule. Et je te fais du rentre-dedans. Et je te saute. Il rêve ! Même si son *toi* est désarmant et terriblement érotique, il ne faut pas exagérer !

— Nous sommes des grandes personnes.

— Ah ! C'est certain ! Mais aujourd'hui, tu vois, c'est non.

Il me fixe sans comprendre et ses yeux dessinent un énorme pourquoi.

Laconique, je lâche :

— Pas envie.

— Même pas un peu ? minaude-t-il en se dandinant grossièrement.

— Non.

— C'est pourtant en forgeant qu'on devient forgeron.

Je louche vers lui tout en remplissant ma casserole d'eau chaude. C'est quoi, ces phrases toutes faites, à deux balles ?

— Tu es lourd, Jules.

Pourquoi s'approche-t-il encore ? Ce que je viens de lui dire n'est pas clair ?

Non.

— Non, c'est non, tu sais. C'n'est pas peut-être.

Il se cale contre moi, alors que je suis devant l'évier. Je sens son parfum discret qui m'enveloppe. Mais il n'y a pas que son parfum discret que je sens. J'en suis embarrassée. Très vite, son visage est dans mes cheveux. Son souffle chaud dans mon cou.

Là, si je le voulais, je pourrais me retourner vers lui et l'embrasser. Je pourrais même avoir du désir. En cherchant bien, au fond de moi. Ce pincement au bas de la colonne. Ces vibratos au creux de mon ventre.

Mes lèvres sur les siennes.

Bordel ! Qu'est-ce que j'en ai envie en fait !

Je baptise l'eau du riz d'une poignée de gros sel et y balance un peu de sauce soja dans l'élan. Le *piezzo* fait son office et enflamme le brûleur à gaz, sous ma casserole.

Nos langues qui...

Mais non. Pas comme ça ! J'ai dit NON ! En plus, je ne comprends pas pourquoi il agit de la sorte. Il me déstabilise. Est-ce parce qu'Alice l'a jeté et qu'il veut se venger ? Mais pourquoi cette attitude ?

— Non !

Je me retourne et le repousse. Il revient. La situation devient angoissante. Et alors qu'il m'enlace, je me demande jusqu'où il peut aller.

Ce genre d'incident m'est inconnu, et je ne pensais certainement pas avoir à le vivre à mon âge. J'ai toujours eu le sentiment d'avoir su me faire respecter. Mon œil !

Une question surgit. Brutale. Que fait-on dans ce cas ? Comment doit-on agir ? Lorsque nous sommes jeunes, personne ne nous donne le manuel de la femme en situation d'agression. Histoire de l'apprendre par cœur. Dois-je rire ? Balancer mon genou en haut de ses jambes ? Me défendre en tapant ? Négocier ?

Il murmure près de ma tempe :

— Mary… Mary… tu verras, ce sera sympa… on va s'éclater.

La promesse d'ébats flamboyants me laisse soudain de marbre. Je suis tétanisée autant par son insistance déplacée que par la peur. Tous mes signaux sont brusquement en alerte. Si j'étais une alarme, je clignoterais de partout. En une seconde, je viens de passer de l'envie possible à l'angoisse sourde.

— Mary… ma douce…

Sa bouche happe mon oreille, en lèche le lobe, l'aspire, le mordille. Sa main gauche grimpe sur le haut de ma tête et défait mon chignon, et alors que mes cheveux retombent en cascade sur mes épaules, il noie son visage dedans.

Je ne veux pas !

Ce qui aurait pu être une aventure rêvée tourne au cauchemar.

Je songe à la casserole d'eau bouillante sur le gaz. Si je tends le bras et que je la saisis…

Inspiration. Expiration. Inspiration. Expiration.

C'est fou comme prendre conscience que l'on respire aide à se recentrer. Ne pas toucher à la casserole, mais me cambrer pour prendre de l'élan.

Je ne souhaite pas lui faire mal. Seulement le surprendre.

Ni une. Ni deux. Je relève mon genou et vise pour l'envoyer dans son estomac. Pas ailleurs. Un coup bien placé qui le fait reculer de deux pas. Stupéfait, il hoquette et vacille. Je le vois se balancer dangereusement d'un pied sur l'autre et je dois le soutenir, bien malgré moi, pour qu'il ne se casse pas la figure. Je comprends alors qu'il est complètement soûl, d'où ma victoire facile et sa façon grossière d'insister.

— Sors de chez moi, Jules ! Sors de chez moi !

Son sourcil gauche tressaille. Il paraît déconcerté et maugrée un : « Pourquoi ? » qui me sidère.

— Tu es tout de même une sacrée salope ! Tu me charmes, puis tu me rejettes. Je croyais que nous deux, on pouvait…

— Tu croyais mal !

Les bras ballants le long de son corps, il ressemble à un gamin dépité dont le jouet viendrait de lui péter à la gueule.

— Tu préfères te taper le grand flic intelligent comme une paire de godasses ? Ça t'excite, hein, les gros muscles et les tatouages de taulard ?

— Jules… ne fous pas tout en l'air. Tu n'es pas dans ton état normal.

Soudain, une vague de déception monte en moi et remplace la crainte. Elle me submerge. Pour ne pas risquer le tsunami, je dois ouvrir les vannes. Sans brusquerie – je ne veux pas le braquer inutilement –, je m'approche de lui et le saisis par les bras. Encore sous l'effet de la surprise, il ne me résiste pas. Au contraire, je le sens tanguer de plus belle. Je ne perds pas la chance qui s'offre à moi. Je me dirige vers l'entrée, et le pousse doucement, mais fermement, dehors.

L'air frais paraît lui remettre les idées en place. Il se tourne vers moi, attristé :

— Je t'aime Mary. Depuis que je t'ai vue, je t'aime. Il n'y a que toi… Pardonne-moi.

Puis il s'éloigne sans plus un mot, traverse la terrasse, le pas incertain, avant de descendre l'escalier.

Ai-je le droit de le laisser prendre sa voiture ?

— J'appelle un taxi. Tu ne dois pas conduire.

Un dernier signe de main pour acquiescer. Je le suis des yeux, entre contrariété et inquiétude. Puis je ferme la porte à clé et j'éclate en sanglots.

19

Tous les hommes ne sont pas comparables

Le reflet que me renvoie le miroir me fait bondir à l'arrière. Est-ce moi, cette vieille femme au visage bouffi et aux yeux boursouflés ? Et ses rides, là, autour des lèvres, je ne les avais pas hier ! Au diapason de ma déconvenue, même mes cheveux sont en berne et tombent lamentablement de chaque côté de mes joues, raides comme des baguettes de tambour.

Il faut dire que ma nuit a été des plus agitées. Je crois que j'ai hurlé, prise au piège, en face d'un monstre qui me poussait contre un mur. Une bête énorme et poilue, noire comme de l'encre, aux babines retroussées et au regard avide.

J'ai la bouche sèche. Mes mains tremblent alors que je me prépare un thé.

Jules.

Le prénom à lui seul me fait tressaillir.

Que s'est-il passé ? L'alcool est-il une excuse suffisante ? L'ai-je provoqué ? Ai-je été l'initiatrice d'une telle conduite ?

Mais je me ressaisis aussitôt. Non, je n'ai pas le droit de me dire ça !

Pour combattre mon accablement, je me jette sous une douche brûlante et je reste là, de longues minutes, à sentir l'eau couler sur ma peau.

Pourquoi ?

Pourquoi celui que je considérais comme un ami, avec qui j'aurais pu avoir une aventure, a-t-il fait ça ? Pourquoi cette attitude prédatrice ? Pourquoi a-t-il voulu se servir, comme si je n'étais qu'une chose mise à sa disposition, dont il pouvait user à sa convenance ?

Je ne comprends pas.

Même sous l'emprise de l'alcool, je ne peux admettre un tel comportement.

Je tressaille malgré la vapeur humide qui m'enveloppe, et mes larmes de dépit se mélangent à l'eau qui glisse sur ses joues. En équilibre sur le fil de l'instant, je ne bouge plus.

Au bout de longues minutes, je sors enfin. Toutefois, je ne suis pas encore tout à fait stable dans ma tête. Mon portable sonne. Je ne réponds pas. Arsène me réclame à manger. Je l'ignore.

Le souvenir de cette bouche qui mordille le lobe de mon oreille est là, présent. Comment a-t-il fait pour transformer un rapprochement intime que j'espérais tant en un épisode choquant ?

Des coups à ma porte me rappellent à l'ordre par l'angoisse que cela éveille en moi. Je ne souhaite pourtant pas ouvrir. Mais la personne insiste.

Est-ce Jules qui tient à s'excuser ?

Toujours enveloppée dans mon peignoir, je risque, cette fois-ci, un regard dans l'oculus. À mon grand soulagement,

Léo est sur le perron. Même si je ressens une appréhension, je soupire d'aise, et entrebâille à peine la porte.

— Tu dormais ?

Je secoue la tête sans parler.

— Ça va ?

L'inquiétude supplante l'étonnement, et il entre, sans me brusquer, pour me prendre dans ses bras.

— Que t'arrive-t-il ?

Rapidement, je lui raconte l'incident de la veille au soir. Je le sens trembler. Un des muscles de son torse tressaute contre mon visage. Cela le touche et il ne s'en cache pas. Avec des gestes tendres, il m'entraîne vers le salon, m'assied contre lui sur le canapé et me berce doucement.

Au contact de son corps, je me détends. Il s'en aperçoit et se met à me parler. D'abord des mots qui apaisent, puis des phrases plus complètes. Je ne perçois pas tout. Je comprends cependant qu'il m'explique que je peux porter plainte pour agression. Que Jules n'avait pas le droit d'insister. Que je ne suis pas un objet consommable !

Je soupire. Je suis bien. Et lorsque je réussis à penser à nouveau, je me dis que non, tous les hommes ne sont pas comparables…

20

Fin de l'enquête

Léo est en fait venu me chercher pour fêter, au restaurant, la résolution de l'affaire.

Fin de l'enquête !

La résolution de l'affaire ? Je n'ai même pas réagi à ces mots. Mécaniquement, je me suis habillée simplement, pantalon et pull à col roulé – histoire de passer inaperçue – et nous sommes partis tous les deux manger.

L'air, dehors, m'a rassérénée. Et puis, mon commandant sans nom est tellement content que son bonheur en est contagieux.

Nous avons choisi une petite auberge de campagne, très discrète, au bord du lac, et depuis une bonne heure, nous nous faisons face. Il a essayé d'enlacer mes doigts sur la table, mais j'ai refusé. Je ne suis pas prête à affronter les regards narquois des gens autour de nous. De plus, l'émoi confus que j'ai ressenti pendant la visite de Jules a laissé de terribles traces. Je m'en veux d'avoir eu, sur l'instant, du désir pour lui malgré ses gestes déplacés, tout comme je lui en veux d'avoir agi comme il l'a fait, alors que j'éprouvais de l'intérêt à son égard. Ces sentiments contradictoires me troublent et me déstabilisent. Ils me poussent à me poser des questions sur ce que je souhaite vraiment.

— Ils doivent penser que je suis ta mère.

— Ne t'occupe pas des autres !

— Ou une vieille amie de ta mère ?

Il hausse les épaules, amusé.

— Ah ! Tu as entendu ?

— Oui.

— C'était pour ne pas avoir à répondre au lieutenant qui était là. Notre histoire ne le regarde pas.

Je me renfrogne. Facile pour lui qui a le beau rôle… mais moi ?

Le plat principal arrive : bœuf bourguignon pour lui, couilles d'âne[1] pour moi, lorsqu'il se décide enfin à m'expliquer ce qui s'est passé depuis la veille.

— En fait, nous n'avions pas réussi à établir un lien entre Cléo Lessage, née Pertuis, et Dimitri Karpoff. Grâce à toi…

Je coupe :

— Grâce à Philéas et moi.

— Oui, si tu veux.

Je perçois une forme d'impatience. Mais non. Il me sourit.

— Grâce à Philéas et toi, nous avons pu suivre cette piste. Tu savais que le mari de Cléo était chargé d'ouvrir la salle des fêtes où se déroulait le salon ?

— Bien entendu.

Surprise, je m'empresse de compléter :

1. Œufs meurette à la bourguignonne.

— Mais il n'était pas présent. La porte n'a pas été fermée ce soir-là.

— Je suis au courant. Il est hors de cause. Sa présence à l'hôpital a été confirmée par le personnel. Par contre, le frère aîné de Cléo, Howard, lui, n'en a pas, d'alibi. En plus, il a eu Damien au téléphone. Ce dernier lui a expliqué qu'il était retenu à Nevers.

— Howard ?

— Oui. Le livre de Karpoff était bien celui que la jeune Cléo avait écrit avant de mourir. Elle le lui a proposé lorsqu'il était éditeur. Il a profité de sa disparition pour le publier sous son nom. Howard, passionné, lui aussi, d'Égypte – une véritable tare familiale, ce truc –, a acheté, par hasard, l'ouvrage de Karpoff et là, il s'est vite rendu compte que c'était le manuscrit de sa sœur. Manuscrit annoté qu'il a retrouvé dans une grosse enveloppe, et que Cléo s'était envoyé à elle-même, par la poste, peu avant son décès. Par sûreté.

— Je confirme. Beaucoup d'auteurs font ça. C'est une preuve que l'histoire est d'eux.

— OK. Ben, c'est ce que Cléo a fait. De ce fait, son frère connaissait son texte.

Je poursuis sur l'idée de Léo :

— Et il aura voulu venger sa frangine. Mais il n'avait jamais rencontré Karpoff.

— C'est ça. On a vérifié, pas de photo de lui sur la couverture. Howard a su qu'il serait présent au salon du livre seulement par les journaux locaux, qui ont publié la liste des invités. Très discret aussi sur les réseaux sociaux.

— Donc Howard, dans la précipitation due à son jeune âge et à sa peur, je suppose, est allé vers le stand de sa victime, mais s'est trompé de personne.

— C'est ça. Héliard est mort pour rien. Il a cru que c'était l'homme qu'il recherchait.

L'histoire se tient.

— Félicitations ! Vous avez bouclé l'affaire rondement.

— C'était facile avec tes infos. Howard a la taille voulue pour étrangler Héliard. Il fait du karaté. De plus, il nous a affirmé être resté chez lui, toutefois sa mère ne peut pas confirmer qu'aux heures des homicides, il était à la maison. Elle ne l'a pas vu. En plus, lorsqu'il parle, très vite, tu découvres la haine qu'il avait contre Karpoff.

Je hoche la tête afin de lui partager ma satisfaction. Néanmoins, les particularités du double meurtre ne correspondent pas vraiment, à mon sens, à des agissements logiques d'un gamin de 20 ans.

— D'accord. Et tu as compris pourquoi l'œil ?

Il sourit bizarrement, comme s'il prévoyait que ses conclusions ne me conviendraient pas.

— L'œil est hautement symbolique dans la civilisation de l'Égypte ancienne. L'œil noir d'Horus, ou la victoire du bien sur le mal.

— En effet ! L'œil gauche crevé par Seth.

— Tout à fait.

— Je n'avais pas pensé qu'il pouvait aussi représenter la victoire du bien contre le mal. Ça colle parfaitement. Félicitations, en attendant.

Je suis sincère. Que toute cette histoire se termine me soulage, même si ça signifie pour moi que je vais reprendre mon train-train coutumier, avec moins d'enthousiasme peut-être.

— Oui… mais ce n'est pas tout ! jubile-t-il. J'ai gardé la bonne nouvelle pour la fin.

J'éclate le blanc de mes œufs et j'observe, admirative, le jaune se répandre dans la sauce et sur les croûtons. La coulée me fascine et je suis son mouvement entre les ingrédients qui composent mon plat.

Tattooed Man s'étonne :

— Tu n'as pas faim ?

— Si… si… je plaignais seulement ce pauvre gosse poussé à commettre l'irréparable.

Il me regarde et tourne la tête sur le côté, comme un brave toutou qui ne comprend pas tout ce que son maître veut lui dire.

— On peut toujours freiner ses instincts et ne pas passer à l'acte.

— Oui, bien sûr…

C'est le gendarme qui parle. Mais l'homme ?

Est-ce que Jules aurait pu freiner ses instincts ?

— Tu sais, lorsque Jules a tenté de me forcer… à faire ce que je ne souhaitais pas… je me suis demandé comment j'allais agir s'il devenait vraiment violent. J'avais une casserole d'eau en train de chauffer sur le gaz. J'ai envisagé de la lui fracasser sur le crâne.

— Légitime défense. De plus, tu ne l'as pas fait.

— Parce que les circonstances ont été autres. J'ai repris le dessus et j'ai profité d'un moment propice pour le sortir de chez moi. Mais imagine… il serait mort ?

Les mots que je prononce me touchent. Et si j'avais fait le geste qui bousille deux destinées ? Celle de celui qui est tué, et celle de celui qui tue.

— Où veux-tu en venir ?

Je tressaille.

— Nulle part. Je me dis que l'existence ne tient pas à grand-chose et que très vite on peut plonger dans le malheur. Jules aurait pu devenir un violeur – ce qu'il n'est pas fondamentalement, j'en suis sûre – et moi, une meurtrière. Réfléchis, même si la légitime défense avait été plaidée, je n'en serais pas moins restée celle qui aurait commis le forfait et ôté la vie.

Un moment de silence, presque solennel, glisse entre nous.

— C'est certain ! Si tu savais le nombre d'homicides que je gère, et que je trouve absurdes. Dans ce que j'appelle le *petit crime de la vie ordinaire*, il suffirait souvent de presque rien pour que les gens ne se transforment pas en victimes ou en bourreaux. Une parole. Un mouvement. Une expression. Une seule seconde parfois.

— Des existences gâchées.

Un soupir m'échappe. L'enquête finie, c'est aussi mon commandant sans nom qui part.

— Finalement, c'était quoi, ta bonne nouvelle ?

Il sourit.

— Plus aucune charge contre ton amie Alice. Elle est libre comme l'air.

Malgré moi, je ne peux réprimer une grimace facétieuse. Pour qu'il ne m'en demande pas la raison, je préfère enchaîner :

— Tu rentres à Dijon.

Ce n'est pas une question, puisque j'en ai la certitude.

— Oui. Je retourne chez moi.

Un hochement de tête et je me dis que ma vie tranquille d'autrice va reprendre son cours. Sans Jules… et sans doute sans Alice. Un vague à l'âme. Passager. Car me voilà presque rassurée. Plus d'épreuves. Plus d'inquiétude. Plus de remises en question.

Plus de plans Q, avec un jeunot de l'âge de mon...

— Je file dès demain à la SR, au quartier Deflandre.

— Tu vis là-bas ?

— Non, j'ai un appart' dans le centre-ville ! Rue Monge.

Je le regarde sélectionner, tout en parlant, les carottes et les pousser vers le haut de l'assiette. Je ris sous cape.

— Tu n'aimes pas ?

— Vivre seul ? Si... tu sais, je suis rarement chez moi. Je travaille trop. Mais c'est top, tout de même, d'avoir un logement indépendant de la caserne. Je peux souffler et y recevoir mon fils.

— Je parlais des carottes.

Son sourire timide devient soudain lumineux.

— Oh... oui, je n'aime pas les carottes ! Tu viendras ?

— Manger des carottes ?

— C'est ça...

Puis il tourne un morceau de viande dans la sauce, hésite à le porter à sa bouche et finit par l'abandonner.

— Non, sérieusement. Tu viendras ?

Pour la première fois, il a abordé le sujet de son gamin, et cette intimité qu'il me dévoile me touche. J'en oublie que je me suis fait traiter de *vieille amie de sa mère* !

— Oui.

— C'est vrai ?

Son bonheur fait plaisir à voir. Je ne pensais pas pouvoir, à moi toute seule, déclencher un tel contentement.

— Mais toi, tu peux aussi te ressourcer à la campagne. Un bol d'air pur dans le Morvan, au bord de l'eau. C'est une adresse idéale pour un citadin. Surtout un citadin avec enfant.

Je lui envoie un clin d'œil et il en est ému.

— Je suis sûr qu'il adorerait.

— Quel âge a-t-il ?

— Tu souhaites vraiment le savoir ?

— Bien sûr ! Pourquoi ne le voudrais-je pas ?

Il hésite.

— Parce que tu vas encore me dire que ça ne te rajeunit pas.

— T'es bête ! Alors ? Deux ans… trois ans ? Imagine un peu, j'ai une petite-fille qui a 16 ans ?

— Non !

Il pouffe comme un gosse :

— Ah ! Tout de même !

— Oui. Bon, j'ai eu son père tôt. Je me suis retrouvée enceinte, je n'avais pas 17 ans. J'ai fugué avec mon futur mari en Écosse.

— Et tu n'es jamais revenue ?

— À part pour enterrer mes parents et mon frère, non.

La bouche pincée, il émet un sifflement silencieux. Ne souhaitant pas qu'il s'attarde sur mon passé, je reprends :

— Donc, ton fils ?

— Il a 3 ans et il s'appelle Tim.

— Tim ? C'est simple et sympa.

— J'aime bien. Même si en vérité, c'est Timothée.

Je souris et il poursuit :

— C'est sa mère qui a voulu. Tout comme la mienne a choisi Léopold.

— Léopold ? Ton nom, c'est vraiment Léopold ?

— Oui. C'est ridicule, tu ne trouves pas ?

— Non ! Au contraire, j'adore !

Il marmonne :

— Ce doit être un truc de femmes.

Je secoue la tête, amusée.

— Et la maman ?

— Partie avant l'accouchement. Nous n'avons jamais vécu ensemble. Elle désirait un enfant, mais pas le père. Ça m'arrangeait. Je ne suis pas assez disponible pour une vie de couple. Constamment en déplacement. Par contre, je souhaitais, moi aussi, avoir un gosse. On est tombés d'accord. Je l'ai deux week-ends par mois, plus quatre semaines de vacances à répartir dans l'année. Ça roule super bien comme ça ! En fait, un flic ne devrait pas fonder une famille… je veux dire… d'une manière classique.

Il toussote :

— Et puis tu connais mon penchant paraphilique[1] de type foncièrement chronophile[2].

— Idiot !

La fin approche. Je le sens. Alors que nous commandons nos desserts, j'essaie de me convaincre que toute cette histoire autour de ces meurtres était agréable, mais que c'est bien que cela se termine.

Autopersuasion.

— On reste amis ?

— Pas plus ?

— On verra.

Sourire en coin qui en dit long.

1. Comportement sexuel atypique.
2. Excitation sexuelle due à une grande différence d'âge.

— Ne te prends pas la tête. Je ne te demanderai pas qu'on fasse des folies de nos corps aujourd'hui. Pas après l'agression de Jules.

Je soupire un *merci*. Et là, ce que je repousse depuis le début arrive. Il pose sa paume sur mon poignet, et j'ai soudain l'impression que des centaines d'yeux se rivent, dans la seconde, sur ce geste pourtant anodin.

— T'inquiète… personne n'y prête attention.

Furtivement, j'ose un regard circulaire. En effet, pas un client ne nous observe. Je fabule.

— Tu vois ?

J'admets qu'il a raison et je laisse, petit à petit, mes doigts se faire emprisonner par les siens. C'est doux. C'est agréable. Lorsque la serveuse revient avec une mousse au chocolat pour lui et des crapiaux[1] aux pommes surmontés de chantilly pour moi, je retire mon bras et cache ma main sur ma cuisse. Quand elle repart, je hausse les épaules.

— Je n'assume pas.

— C'est bien bête.

— Je sais.

Lorsque nous quittons notre table, l'addition payée, nous nous retrouvons, un peu idiots, dehors. Un vent humide, venant du lac, s'est levé et nous transperce méchamment. Je tremble en fermant ma doudoune. Puis je rajuste mon écharpe avant d'enfiler des gants. Empaquetée comme un cadeau de Noël, je suis méconnaissable. Léo est devant moi. Je le vois enfoncer un bonnet sur son crâne aux cheveux courts et ça me fait sourire.

1. Sorte de crêpe épaisse morvandelle pouvant se manger salée (avec du lard) ou sucrée.

— On se casse, sans rien dire à personne, pour une expédition au pôle Nord ?

— Chiche ! me lance-t-il.

Un flot de gratitude m'envahit et je murmure, sans pouvoir me retenir :

— Merci d'exister.

Se prêtant au jeu, il riposte :

— Pas de quoi. Sortir la vieille amie de ma mère m'a fait plaisir. J'ai fait ma BA !

Puis il part dans un fou rire communicatif.

Je soupire.

Comme c'est bon d'avoir des personnes sur lesquelles on peut compter !

21

Comme un vieux film Super 8 projeté à l'envers

Le premier meurtre a eu lieu il y a quinze jours. Une éternité.

Léo est reparti à Dijon où l'attendaient de nouvelles enquêtes. Souvent, il m'envoie un SMS pour me dire qu'il sait que je vis quelque part. Pas loin. Et qu'il ne m'oublie pas. C'est mignon.

Nous ne nous sommes rien promis. Je n'ai pas mon existence à lui consacrer. Il me reste moins de temps à vivre que j'en ai vécu. De son côté, à son âge, il ne peut espérer patiemment que je me décide à assumer une histoire de fesses entre une cougar et un jeunot.

Pourtant, j'aime ce que nous échangeons.

Je n'ai plus eu de nouvelles d'Alice et de Jules. Pas plus que de Philéas, d'ailleurs. Il m'a demandé d'être son amie sur les réseaux sociaux, mais il n'y va pas beaucoup. Entre son service au restaurant, les salons et ses livres, ses journées ne doivent pas avoir assez de vingt-quatre heures !

En parlant de salons, j'ai annulé tous les miens. Je n'ai pas la tête à ça. L'hiver approche, les plantes sont entrées en dormance. Tout est calme. Je m'apprête à envisager sérieusement de partir à la conquête d'un éditeur. Un vrai. Pourquoi pas, après tout ? Plus d'événements souvent mal organisés. Plus de grosses valises pleines à craquer, à traîner derrière moi. Plus de relations fourbes avec de fausses copines. Mes ouvrages faciles à trouver. Plus de ventes. Des libraires aux petits soins.

Je vais y réfléchir.

Déjà, excellente nouvelle, mon ordinateur m'appelle. Mais ce n'est plus pour mon sujet habituel. L'idée d'écrire un polar me plaît bien ! Une histoire où un jeune homme venge sa grande sœur qui s'est suicidée, parce qu'un auteur peu scrupuleux lui a fauché son manuscrit.

Soudain, une pensée étrange surgit dans ma tête. J'attrape mon portable et cherche un contact.

— Je ne te dérange pas ?

Léo a l'air surpris.

— Non, bien sûr ! Que se passe-t-il ?

J'hésite. J'ai peur qu'il me prenne pour une folle. Toutefois, j'ai envie d'obtenir une réponse.

— Dis-moi… juste une question… elle vient de me traverser l'esprit.

— Je suis à toi !

L'élan de son cœur réchauffe le mien.

— Par quel moyen la petite Cléo Lessage a-t-elle mis fin à ses jours ? J'ai toujours imaginé qu'elle s'était tranché les veines dans sa baignoire. Mais maintenant que cette enquête est terminée, j'aimerais vraiment savoir.

Un silence fait suite à ma demande. A-t-il raccroché l'affaire au point de ne plus pouvoir m'éclairer ? Ou trouve-t-il que je ressasse ces meurtres pourtant résolus ?

Je l'entends bougonner. Aussitôt, je m'excuse :

— Je te dérange, c'est ça… tu es au boulot.

— Oui, mais ce n'est pas ça le problème.

— D'accord. Alors ?

Quelqu'un parle au loin et le bruit de papier que l'on tourne arrive à mes oreilles.

— Ton ami Philéas m'a posé la même question ce matin.

L'étonnement qui m'envahit me coupe la parole. Je reste la bouche ouverte, prête à gober la première mouche venue. Lorsque je reprends mes esprits, je murmure :

— Et la réponse est ?

Nouveau silence.

— Je ne sais pas qui vous a raconté ça.

— Quoi, ça ?

Il toussote pour s'éclaircir la voix.

— Que Cléo s'est suicidée… En fait, elle est morte du Covid, au tout début de l'épidémie. L'anorexie avait affaibli son organisme. Elle n'a pas tenu le coup. Il y a eu des complications pulmonaires.

J'éructe un :

— Quoi ? Tu déconnes !

C'est sorti du cœur. Je l'entends rire dans son téléphone.

— Euh… non ! Je ne vois pas pourquoi je te cacherais la vérité au sujet de son décès.

— Mince alors… j'avais cru comprendre…

L'information inattendue me surprend et me fait raccrocher sans lui dire au revoir. Je tombe lourdement dans mon fauteuil préféré.

Qu'est-ce que c'est que cette histoire ? J'essaie de me souvenir d'une conversation entre Philéas, Jules et moi. Ils expliquaient, tous les deux, que Cléo avait fait plusieurs TS au lycée. Je constatais que ce n'était donc pas la première. Personne ne démentait.

Tous les deux ? Mais dans ce cas, pourquoi Philéas aurait-il appelé Léo ce matin ?

En fait, depuis le début, c'est Jules qui laisse entendre que la jeune femme a mis fin à ses jours !

Je saisis à nouveau mon téléphone et écris un message rapide à Léo :

Excuse-moi d'avoir coupé si vite, mais ton info m'a mise sur le cul. C'est Jules qui a parlé de suicide. Merci pour ta réponse, même si je pense que ça ne change rien aux résultats de l'enquête. Bises.

Puis j'envoie.

Ensuite, je me relève et reviens à mon tableau blanc. Et si je reprenais les éléments dans un ordre différent ?

L'idée m'enthousiasme, même si je sais que Léo va m'assurer que je suis têtue comme une mule.

En gros, je griffonne :

Et si nous nous étions trompés depuis le départ ?

Une fois inscrits, les mots m'agressent. Ils me sautent à la gorge et m'étranglent.

Comment sommes-nous arrivés à Cléo ? Et surtout, pourquoi y sommes-nous restés ?

Tout nous ramenait toujours vers elle, comme si nous avions été orientés.

Dans ma tête, l'histoire se déroule à l'envers. Comme les vieux films Super 8 de mon enfance, lorsque je demandais à mon père de les rembobiner en laissant la lampe du projecteur allumée. C'était super drôle ! Nous reculions au lieu d'avancer.

Grotesque. Hilarant. Je ne m'en lassais jamais.

Mais là, je ris jaune. Et je ressens comme un malaise. Avec la sensation désagréable de m'être fait rouler dans la farine. Eh bien oui, quoi ! Tout était simple ! Pourquoi me serais-je méfiée ?

Damien servi sur un plateau. Avec sa timide Cléo à sa suite. Héliard aurait pu l'agresser ? Non ? Peu importe ! La voilà reine de l'Égypte ancienne, comme son homologue, dont elle porte en partie le prénom ! Toujours elle. L'unique piste offerte.

Cléo.

Décédée bêtement du Covid, et pas d'un suicide.

Cléo. Le seul chemin indiqué à l'apprentie enquêtrice que je suis.

Pourquoi m'avoir orientée vers une mort violente ? Pour entretenir ma curiosité ? La poser en victime ? Détourner mon attention de la forêt, en ne me montrant qu'un arbre à voir ?

En m'intéressant à elle, j'oubliais de regarder ailleurs.

Et la manœuvre a fonctionné, puisque Philéas m'a suivie, et que j'ai même réussi à guider Léo vers cette voie.

N'était-ce pas ce que l'on attendait de moi ?

Boostée comme après un bon bain de jouvence, je décide de reprendre l'histoire à son début.

Alice. Puisque c'était elle la première inculpée.

Jules. Puisque c'est lui qui m'a poussée vers Cléo.

Jules qui m'héberge et qui me propose d'enquêter avec lui pour sauver Alice.

Par amour pour Alice, Jules aurait-il pu monter, de toutes pièces, un scénario de dingue, rien que pour la disculper ? Après tout, il écrit des polars !

Serait-ce le dépit d'avoir été largué par Alice qui l'aurait entraîné à boire et à venir m'agresser ?

Le dépit et non pas son amour pour moi, comme il le prétendait.

Oui, mais Jules ne connaissait pas Alice avant ce foutu salon. J'ai été témoin de leur rencontre !

Peu importe pour le moment ! Je dois éclaircir d'autres points.

Je m'installe, une nouvelle fois, derrière mon ordinateur, et je tape le nom complet d'Alice dans le moteur de recherche. Quelque chose me chiffonne. Le fait, sans doute, qu'elle ait été une victime de l'ancien professeur ? Et qu'ils se soient retrouvés sur le même salon, justement le jour de sa mort ?

Cette coïncidence est particulière, il faut bien l'admettre ! Le souvenir de mon amie qui ne lâchait pas notre voisin des yeux me hante.

Réelle coïncidence ?

Toutefois, Alice était en garde à vue, au moment du second meurtre, donc innocente.

Je soupire, mais m'obstine tout de même.

Jusqu'où peut-on aller par amour ?

La première page qui s'affiche est nulle. J'y apprends seulement que Bonaparte a dormi à l'hôtel du Grand-Monarque de Nevers, lorsqu'il est rentré de sa campagne d'Égypte, et qu'un ancêtre d'Alice était présent.

Noblesse d'Empire. Moins flatteur.

— Mouais…

Plus intéressant. M'apparaît ensuite un vieil article sorti des archives du journal régional. De très jeunes adolescents rassemblés autour d'un homme plus âgé. Je tressaille. N'est-ce pas Héliard au centre de ce groupe ? Je lis les noms énoncés : Jérôme Ménard, Marie-Alice Durant du Pontel, Julien Durol, Sylvie Pommier, Michaud, Gérard Malaval et Rosalie Chassagne. Très facilement, je reconnais Alice en cette charmante gamine aux cheveux longs, jupe courte à carreaux et chaussettes blanches. La chronique, des années 1970, annonce qu'elle a gagné, avec ses six compères, un concours de nouvelles organisé par Héliard, alors professeur de français.

Si j'avais ressenti le besoin d'être sûre qu'Alice connaissait Héliard, cette coupure de journal aurait été là pour me le confirmer !

Je fais une capture d'écran, imprime et poursuis obstinément mes recherches. Cette fois-ci, je tape un à un les noms des enfants de la photographie.

Deux Jérôme Ménard, dont un qui est devenu psychanalyste et travaille à Los Angeles. Il a la soixantaine. Ce doit être lui. Toutefois, il est un peu loin pour que j'aille lui poser des questions.

Julien Durtol existe en six exemplaires dans le monde, mais aucun n'a l'âge requis pour être cité dans un article des années 1970. J'en conclus que celui qui m'intéresse n'a sans doute rien fait pour figurer sur la Toile ! Il n'est même pas décédé, puisqu'il apparaîtrait, dans ce cas, dans les nécrologies.

Je retrouve Sylvie Pommier en prison. Connue dans le milieu interlope de Marseille sous le pseudo de Vivi la

Pomme – euh… –, elle a pris quinze ans ferme, il y a huit ans, pour avoir tué son souteneur. Barrée aussi sec de la liste.

Quant à Claire Michaud, son Facebook m'apprend qu'elle est devenue Claire Dupin par mariage, née à Nevers (top !), elle exerce le métier d'éduc spé du côté de Lille dans un foyer pour enfants maltraités. Si je ne trouve rien d'intéressant avec les autres, je pourrai lui envoyer un message.

Je mets son profil de côté. En train, Lille n'est pas si loin de Nevers. Les deux anciennes copines se seraient-elles revues ?

Au suivant !

Gérard Malaval.

Gérard Malaval n'est plus. Il est mort d'une overdose à l'âge de 32 ans, dit un entrefilet de l'époque. Il était SDF.

Aurais-je plus de chance avec ma dernière candidate, Rosalie Chassagne ? Vu le destin tragique de bon nombre des participants à ce concours, je n'ose l'espérer. Quelques clics. C'est fou comme Internet est bavard !

À ma grande joie, à ma grande surprise aussi, Rosalie Chassagne habite toujours Nevers. Elle est présidente d'une association qui prend en charge des femmes en difficulté et les aide à se réinsérer. Son bureau se trouve place du Palais-Ducal, pas très loin de l'endroit où vit Alice.

L'information récoltée fait monter en moi une bouffée d'excitation. Et si je tenais quelque chose ?

J'ai besoin d'en avoir le cœur net.

Ni une ni deux ! J'enfile ma veste, enroule une écharpe autour de mon cou – l'hiver pointe le bout de son nez – et saute dans mon van sans plus réfléchir. L'adresse obtenue entrée dans mon nouveau GPS, me voilà qui file vers l'inconnu, avec enthousiasme et ferveur. Je suis certaine qu'une surprise m'attend. Mon instinct me le murmure.

Je souris en pensant à Léo. Ne va-t-il pas me prendre pour une folle lorsqu'il découvrira que je m'entête, comme la vieille bourrique que je suis ?

Après tout, je m'en fous. Là, tout de suite, je songe à Howard, ce gamin de 20 ans, qui n'a pas d'alibi et qui a été transféré au parquet.

Ne serais-je pas un peu la cause de sa détention ?

22

Rencontre cauchemardesque

L'entrevue avec la personne qui m'a reçue a été bancale, et finalement, je n'ai rien obtenu de probant. Impossible d'apprendre quoi que ce soit sur l'association sinon que Rosalie Chassagne, sa présidente, est en vacances pour quinze jours. Toute discussion, toute information, toute intervention sont écrasées sous une chape de confidentialité. C'est sécurisant pour celles qui en ont besoin. Mais pour moi, ma venue est une perte de temps.

Je réfléchis à me rendre chez Alice. Mais que vais-je lui raconter ?

Bonjour Alice, je passais par là et j'ai vu de la lumière ?

Incongru !

Bonjour Alice, je veux que tu m'expliques quel est ton rôle dans ce groupe et si tu es toujours amie avec Rosalie Chassagne ?

Avec le caractère qu'elle a, une réponse m'étonnerait de sa part ! Alors, lui rendre visite par simple courtoisie et improviser suivant la situation ? Pas trop envie. Quelque chose me bloque. Je ne sais pas quoi. Un mauvais pressentiment ?

Je me dirige toutefois vers le quartier où elle habite. Les ruelles y sont très étroites. Par commodité, j'ai garé mon véhicule au parking de l'esplanade du Château. Je fais un tour dans le jardin où le hashtag Nevers, en grosses lettres bleues et blanches, attire l'œil et les touristes en mal de photos. Avec le palais ducal en fond, il faut reconnaître que ça a de la gueule. Bien plus que dans mes souvenirs !

Charmée, malgré le crachin qui rend la balade peu agréable, je reviens sur mes pas et descends vers la vieille ville, à la recherche de la maison d'Alice. Une venelle à pic, un virage serré et un croisement étroit me confortent dans l'idée que j'ai bien fait de me déplacer à pied et pas en voiture.

Quand je déniche enfin l'endroit où je suppose que mon amie réside, je me trouve idiote à rester plantée devant la haute porte cochère de l'hôtel particulier. Pourquoi suis-je venue ici ? Et que vais-je faire maintenant ? Dans un soupir dépité, je ne peux que constater que je suis une piètre détective, incapable d'avoir des solutions lumineuses comme dans les séries télévisées ou les bouquins que je lis. À l'évidence, les plantes sont un domaine plus adapté à mes compétences que la recherche de criminels !

J'aurais presque envie de rire, si je ne me sentais pas piteuse.

L'arrivée d'Alice sur le trottoir clarifie brusquement la situation bourbeuse dans laquelle je m'englue. Le destin a choisi pour moi. Elle vient de surgir, tirée à quatre épingles, comme à son habitude, enveloppée dans un adorable manteau, beige rosé, au large col en fausse fourrure duveteuse.

— Oh ! Mais c'est ma bonne vieille copine Mary !

L'intonation de sa voix est curieuse. Bien sûr, je la connais. Elle a toujours eu ce petit côté corrosif qui fait son charme. Mais là, le corrosif ressemble plus à de l'acide. Il me tombe dessus, et je sens déjà les bulles mousseuses de la réaction chimique creuser un trou énorme dans ma carapace.

— Alice !

Je feins la surprise et complète, comme si la situation était crédible :

— Je me promenais !

La grimace qu'elle me rend exprime parfaitement son scepticisme.

— Vraiment ? Et tu passes fréquemment devant chez moi… en te baladant ?

Sarcastique. Le terme est juste. Sarcastique. Elle se moque de moi, c'est flagrant.

— Oui. Je suis d'ailleurs venue un nombre incalculable de fois dans le secteur, sans me douter que tu habitais ici. J'aime beaucoup l'esplanade. Et la cathédrale, aussi.

Ben voyons.

— Oh… je ne te savais pas… croyante.

— Pas besoin d'être croyante pour apprécier les édifices religieux.

— Au point de les visiter… souvent ?

Sans ambages, elle me dévisage et je rougis. Je n'ai jamais été une bonne menteuse et l'âge n'arrange rien à l'affaire. Il m'arrive même de larmoyer, lorsque j'essaie d'enjoliver les choses.

— Non, décidément, tu forcis.

Sous l'invective, je chancelle.

— Fous-moi la paix avec tes conneries, Alice ! Si tu ne veux plus être mon amie, tu me le dis. Mais arrête tes pointes et tes insinuations. J'ai autre chose à faire dans ma vie qu'écouter tes méchancetés !

— Ah oui ? Et quoi donc ? Draguer Jules qui ne sait pas comment se débarrasser de toi ?

Nous voilà dans le feu de l'action. Vais-je me laisser insulter de la sorte, en pleine rue ? Je hoquette une injure et dans l'élan, si je ne risquais pas qu'elle porte plainte, je lui enverrais bien mon poing dans la figure.

— Ton Jules parfait, c'est lui qui m'a agressée ! Il me court après comme un animal en rut. Tu aurais dû le voir, l'autre soir ! Il a fallu que je le jette dehors pour avoir la paix !

— Comment oses-tu ?

— Oh Alice… ma pauvre Alice…

— Tais-toi !

Doucement, je tends la main qui, auparavant, désirait la frapper, et je la pose sur sa joue. Elle frémit et recule. Ses yeux lancent des éclairs.

— Tu as tout fait pour l'avoir, me crache-t-elle au visage. Il me l'a expliqué. Tu es même allée jusqu'à t'incruster chez lui pendant ma détention. Oh ! Comme il a ri à l'idée que tu imaginais prendre ma place toute chaude, alors que je me morfondais dans une cellule ! Comme il t'a snobée en repoussant tes avances !

— C'est lui qui t'a dit ça ?

Pas de violence. Je dois avoir sur l'épaule un ange protecteur qui me souffle de garder mon calme, malgré ce que j'entends. Il le faut !

— Bien sûr ! À ma libération. Il est venu me chercher avec des fleurs. On a fait l'amour, et il m'a murmuré les choses adorables.

Sa froideur, lors de notre visite avec Philéas, s'explique. Je questionne d'une voix neutre :

— Tu as fini ? Alice… Alice… il s'est joué de toi.

Son regard devient fixe.

— Impossible !

Elle bondit brusquement et j'esquive l'attaque. Je ne me savais pas douée en escrime. Sans doute l'influence de la botte de Nevers[1] ! L'estocade lui est d'ailleurs fatale. Chaussée de talons aiguilles, elle perd l'équilibre sur le goudron glissant et se tord la cheville. Beau joueur – je me fais, à ce propos, la réflexion qu'on ne dit pas *belle joueuse* –, je la rattrape au vol et la rétablis en l'appuyant contre la façade sale de la maison en face de la sienne. Intérieurement, je plains son manteau beige rosé, mais c'était ça ou les urgences de l'hôpital !

Plaquée contre le crépi, elle tarde à reprendre ses esprits. J'en profite pour l'immobiliser en lui tendant les bras.

— Alice, je ne suis pas venue en rivale. Je suis là pour t'aider. Je sais que tu interviens dans une association de défense des femmes maltraitées au côté de ton amie d'enfance Rosalie. C'est génial ! Mais avec Jules, tu es en train de te faire avoir par une personne qui ne te mérite pas.

— Tais-toi ! Tu crèves de jalousie !

— Mais non…

Un passant survient derrière nous.

— Ça va, madame ?

Il s'adresse à Alice, toujours collée contre le mur. Je réplique à sa place.

---

1. Botte, en escrime, sans doute irréalisable, qui laisse une étoile sanglante entre les deux yeux de la victime. Elle a été inventée par Paul Féval dans son roman *Le Bossu*.

— Elle a fait un petit malaise. Presque rien. Je gère.

Heureusement pour moi, le promeneur s'en fout. Ce n'est pas son affaire et ce n'est que par politesse qu'il a posé sa question. La réponse lui convient, aussi, il continue son chemin.

Pour la première fois de ma vie, je salue l'indifférence des humains les uns envers les autres. Quant à Alice, trop surprise par ma réaction, elle ne se rebiffe pas. Elle me fixe comme si elle ne m'avait jamais vue.

Je la plains. Elle me touche. Je m'apitoie. Et bien sûr, je baisse la garde.

— Je ne suis pas ton amie ! Jules m'aime. Casse-toi ! Laisse-nous en paix ! Va ruminer ta rancœur ailleurs.

Elle se redresse et je recule.

— Et je ne connais pas de Rosalie !

Son sac vole au bout de sa chaînette et j'imagine les décorations servir de pointes à cette étrange masse d'armes. La scène est ubuesque et elle serait risible si la situation n'était pas pathétique.

— Alice…

— Je ne veux plus te voir !

Je sens des larmes monter à mes yeux. Mais le froid les fige et me permet de garder un regard impartial sur ce que je découvre. Alice, pleine de violence, qui m'insulte.

Soudain, je prends conscience de ce que je suis en train de vivre et fais demi-tour. Je fuis. L'abandonnant afin de ne plus l'entendre. Jamais.

Je viens de perdre une amie.

23
Rosalie Chassagne

Je rejoins la place, où j'ai garé mon véhicule, en proie à un sentiment désagréable. Entre désillusion et contrariété. Mon pas est rapide. Je souffle comme un bœuf. Rien de glamour dans cet être plié en deux, transi de froid autant que de stupéfaction, qui maugrée tout seul en grimpant la ruelle pentue. Le vieux Nevers est traître pour les jambes fatiguées !

Un vent violent m'accueille lorsque je débouche sur l'esplanade, et me fouette le visage, ce qui n'arrange en rien ma respiration. Toutefois, je fais fi de cet obstacle, trop perturbée par ce que je viens de vivre.

Tout en marchant, je sors mon téléphone pour appeler Philéas. Il n'aura qu'une demi-heure à me consacrer – il me parle entre deux clients –, mais il m'assure que lui aussi a voulu savoir comment Cléo s'était suicidée. Tout comme il me confirme son étonnement, quand il a appris les tristes circonstances de son décès. Sans pouvoir expliquer pourquoi, il a toujours pensé qu'elle s'était entaillé les veines dans sa baignoire. Une belle mare de sang dans laquelle

Damien l'avait retrouvée. Mais non… le Covid. Comme tout le monde, a-t-il maugréé !

Après lui avoir avoué que nous avions les mêmes idées glauques tous les deux, ce qui le fait rigoler, je lui propose de nous voir aujourd'hui.

— Je t'attends à la sortie de ton boulot ?

Il est OK. Ce laps de temps m'accorde une courte pause pour manger, mais ai-je vraiment faim ? Mon estomac a l'air de dire oui.

Lorsque j'arrive à ma place de parking, je distingue une femme qui s'agite tout près de son véhicule, juste à côté de mon Combi. Au lieu de grimper par la portière côté volant, je fais le tour pour découvrir ce qui se passe.

En fait, bien malgré moi, je me suis garée trop près d'elle. Elle ne peut donc pas pénétrer dans l'habitacle, même en se glissant entre les deux carrosseries.

Je la questionne du regard. La rencontre avec Alice m'a troublée, aussi, je crains de voir l'inconnue se mettre en colère. Contre toute attente, elle éclate de rire :

— Je me suis trop collée contre l'autre voiture pour entrer par la droite. Et là, comme vous pouvez le remarquer, vous vous êtes vachement serrée !

En réponse, je fais oui de la tête et m'excuse.

— Les places sont étroites pour mon engin spatiotemporel.

Elle couve mon Combi d'un coup d'œil approbateur avec concupiscence.

— J'adore !

— Les places trop justes ?

Nouvel éclat de rire.

— Non… j'adore votre engin spatiotemporel ! Il a bien dû traverser quatre décennies.

— Vous y êtes ! Il est de 1975. Il va entamer sa cinquième.

— Waouh !

Je crois entendre Philéas. De son côté, elle oublie le souci qui la préoccupait auparavant et se lâche, allant même jusqu'à lui tapoter l'aile, comme on le ferait avec un animal. Si elle continue, mon van risque de se pâmer ! Son comportement m'amuse tellement que j'imagine, sans peine, ma voiture hennissant de plaisir.

— Vous l'avez depuis quand ? poursuit-elle en lorgnant à travers les fenêtres.

— Il était à mon père.

— Il semble aménagé.

— Succinctement.

— Oh ! Quelle aubaine ! Parce que ça vaut une petite fortune maintenant !

— Il paraît…

Nouvelle pensée pour Philéas qui va m'attendre, si mon interlocutrice n'arrête pas de tripoter mon Combi. Je me dis alors que c'est bien ma chance de tomber sur une pipelette amatrice de vieux fourgons !

— Bel héritage. J'aurais bien voulu moi aussi, mais mon paternel n'aime que les machins bling-bling.

— Je vois.

Est-ce que je vois vraiment ? Je dois avouer que depuis mon retour en France, je n'y connais plus rien en véhicules. Le mien, de père, fort heureusement, avant de rendre l'âme, avait abandonné son WW au garage.

— Eh bien, écoutez… contente d'avoir pu discuter avec vous ! Et toutes mes excuses pour cette incivilité.

Je désigne d'un coup de menton l'espace restreint entre nos deux portières, prête à m'éclipser. Mais mon interlocutrice n'a pas dit son dernier mot. J'en suis à ressortir les clés de ma poche et à contourner mon fourgon pour rejoindre le côté conducteur, lorsque je l'entends s'exclamer :

— Eh ! Je vous reconnais !

Bang !

Philéas m'attendra devant le restaurant où il travaille, et mon estomac continuera à produire des borborygmes en criant famine.

Telle une danseuse aérienne, j'amorce une délicieuse marche arrière, politesse oblige, et incline la tête pardessus l'aile, comme on joue à cache-cache.

— Vous croyez ?

Je passe en revue ce que je découvre. Deux nattes d'écolière d'un brun strié de fils blancs sur un physique de cinquantenaire. Des vêtements larges, type sarouel et pull tricoté maison. Une parka matelassée de couleur paprika... ou jaune moutarde (c'est selon l'imagination), brodée de... je me penche pour distinguer tout à mon aise... de paons. C'est bien ça... de paons. En fait, c'est elle qui devrait conduire mon Combi, car à la voir affublée de cette manière, on la jaugerait fervente partisane de l'Inde des années 1970. Je mettrais ma main à couper qu'elle est prof de yoga !

— Oui... votre tête ! Elle est sur la quatrième de votre livre, *Manger sauvage*. Je l'ai littéralement dévoré.

Elle pouffe en réagissant à ce qu'elle vient de dire et explique avec de larges gestes, comme si elle parlait en LSF[1] :

1. Langue des signes française.

— Manger… dévoré…

Je ris par politesse. Mais je suis sûre qu'en fait, je suis en train de rougir comme une gamine. Voilà qu'on me reconnaît dans la rue !

— Oh ! C'est gentil !

Donc je résume. Je cherche Rosalie Chassagne qui est absente. Me fais insulter par Alice. Et alors que j'ai rendez-vous avec Philéas à une grosse heure d'ici, je papote avec une fan capable de savoir qui je suis pour de vrai, dingue de mon Combi et de mon dernier bouquin, et tout ça dans le froid glacial d'une bise nivernaise qui cingle méchamment.

— C'est sincère. Sans compter que vous écrivez super bien, mais en plus vos conseils sont judicieux et parfaitement adaptés à notre société au bord du gouffre.

Puis elle se mordille la lèvre inférieure, consciente de me retarder en bavassant.

— Bien, je ne veux pas vous monopoliser plus. Nous avons toutes les deux mille choses à faire. Un train m'attend et je vais le louper si ça continue !

Un court silence.

Pourquoi cette inconnue m'est-elle soudain sympathique ? Sa manière vive et enthousiaste de s'exprimer ? Son allure décalée ? Le fait qu'elle encense ce que je publie ?

Oui, ça fait toujours plaisir d'être reconnue pour ce que l'on fait.

L'attitude décevante d'Alice, peut-être bien, aussi.

En plus, son visage me dit quelque chose.

— J'aimerais bien te revoir. Qu'on discute.

C'est parti tout seul ! Hors de contrôle. Une impulsion.

De son côté, un peu surprise, elle hésite.

— Ah ! Je file pour une semaine. Vacances bien méritées ! Mais je suis d'accord avec toi. Ça me plairait bien qu'on fasse plus ample connaissance. J'adore tes idées et je rêve de vivre à la campagne.

Une courte pause qu'elle agrémente d'une grimace mutine :

— Et puis si on devient potes, je pourrai te piquer ton Combi !

Elle fait suivre sa remarque d'un rire joyeux tout en plongeant la main dans l'énorme besace à fleurs qui lui sert de sac. Elle farfouille à l'intérieur, concentrée comme en pleines recherches archéologiques. Au bout d'une longue minute, elle ressort, triomphante, de derrière un tibia de mammouth – du moins, c'est que j'imagine – une carte de visite aussi colorée que ses vêtements.

Assistante sociale. Ça colle bien au look !

Toutefois, au lieu de la remercier, je la regarde fixement.

— Quelque chose ne va pas ? Tu n'aimes pas mon job ?

Je la détaille avec étonnement. Ma tête doit être bizarre, car la voilà qui rigole.

— Rosalie Chassagne ?

— En personne ! me répond-elle, amusée.

Elle esquisse un petit pas de danse, style claquettes, et termine son show, bras tendus, jambes écartées. Digne de Broadway !

— On se connaît ? Enfin, je veux dire… vraiment ?

— Oui et non. Nous avons une amie en commun : Marie-Alice Durant du Pontel.

Cette nouvelle information la fige. Ses traits se durcissent alors qu'elle se rembrunit.

— Là, je suis vraiment en retard. Mais on va se revoir, c'est certain.

Elle attrape les clés de sa voiture au fond de sa poche et hésite :

— Appelle-moi la semaine prochaine. Désolée, mais mon train ne va pas m'attendre. Et comme je prends un avion à Roissy dans la soirée, ce n'est pas le moment de jouer avec le feu.

— OK. Juste une petite question : tu la croises souvent ?

D'un mouvement de tête, elle me répond par la négative.

— Plus ces derniers temps. Elle ne vient plus donner un coup de main à l'assos que j'ai créée. Euh… C'est quoi, ton nom ?

— Mary… Mary Simple. La femme au Combi vert pomme.

Recouvrant sa bonne humeur, elle glousse :

— Salade.

— Non, pomme. Je te jure ! Granny Smith.

Je pense à Philéas qui m'a fait la même remarque. C'est un signe.

Une lueur d'amusement naît sur son visage, alors qu'elle se penche résolument vers moi pour me faire la bise

— Enchantée d'avoir fait ta connaissance, Mary.

— Moi aussi… je suis ravie.

Je louche sur sa carte que je tiens toujours, comme un trophée :

— Bonnes vacances, Rosalie.

Puis, je grimpe dans mon véhicule, et pour débloquer la situation, je quitte la première la place de parking.

Un dernier signe et je redescends vers l'autre partie de la ville et les bords de Loire. Je regrette de ne pas avoir eu plus de temps pour discuter avec cette femme. Je me demande où cette rencontre va bien pouvoir me mener.

Et si je venais de laisser filer, à l'étranger, la complice d'Alice ?

24

Tisser la vérité

— Pourquoi avons-nous compris de travers tous les deux ?

De retour à Clamecy, j'ai rejoint Philéas. Assis à l'intérieur d'un bar, au fond de la salle, nous en sommes à nous poser, la même question. Qui nous a insufflé l'idée que Cléo s'était suicidée ?

— Il me semble que c'est toi, me lâche-t-il le plus sérieusement du monde en touillant son café.

Je soupire :

— Moi, pareil !

— Ben, pas possible. Je ne pouvais pas savoir. Je n'étais plus dans le secteur quand Cléo est morte. Je ne suis pas venu à son enterrement. Personne ne m'a prévenu. De toute façon, notre histoire a été super courte. Elle a choisi Damien. Je n'avais plus rien à voir dans l'affaire. Je suis parti étudier à Lyon. J'étais encore là-bas, il y a trois ans.

— OK ! Mais souviens-toi. C'est toi qui as abordé le sujet de ses nombreuses tentatives de suicide.

— Oui, parce que c'était le cas. Mais je n'ai pas dit qu'elle avait mis fin à ses jours. Je n'en savais rien. C'est…

Il suspend sa phrase.

— C'est Jules qui a raconté ça !

Le trouble m'envahit.

Jules qui nous oriente vers une mort brutale. Jules qui parle de vengeance derrière le meurtre de Karpoff.

Jules, toujours Jules !

Ce n'est possible...

Philéas prend soudain un air offensé.

— Tu n'insinues pas, tout de même, que notre ami commun, celui avec qui nous enquêtons, pourrait avoir un truc à voir avec ce crime dégueulasse ?

En deux mots, je lui explique ma mésaventure avec Jules et pourquoi, depuis, notre relation bat de l'aile.

— Tu es sûre de toi ?

Brave gosse...

— Philéas, je sais encore lorsqu'un homme tente de me forcer à faire ce que je ne veux pas.

— Oui… oui ! Bien sûr ! Mais c'est tellement…

Sa surprise est réelle et il ne peut contenir ses émotions.

— Pour moi, Jules est un mec bien. Le lâcher de cette manière…

Je l'appuie.

— Pour moi aussi, c'est dur. Sauf que maintenant, c'est devenu un type qui a eu une attitude que je ne comprends pas. Il est même allé jusqu'à dire beaucoup de mal de moi à Alice, lui racontant que je lui courais après ! Tu te rends compte ?

Tout en tournant sa cuillère dans une tasse pourtant vide, il hoche la tête et reprend le cours de sa réflexion. Autour de nous, les bruits de la vie se bousculent. Toutefois, l'espace d'un instant, je nous sens comme dans une bulle.

— D'accord. Et tu proposes quoi ?

Ce que je propose ? Là, tout de suite, je n'en ai aucune idée. Mon tableau blanc me manque. J'aimerais l'avoir, pour poser à grands traits les pensées qui me viennent à l'esprit, mais qui se diluent trop vite pour que je puisse les exprimer à voix haute.

Je lui relate, en trois mots, ma rencontre avec Rosalie Chassagne.

— Elle est sur une photo, gamine, avec Alice, au côté d'Héliard.

Ces nouvelles révélations l'emballent.

— Je la suppose plus complice que Jules dans cette histoire. Jules te kiffe. Ça se voit comme le nez au milieu de la figure. Il crushe pour toi. Et puis l'Alice, là, il ne la connaissait pas avant le salon. Tu l'as dit toi-même. Souviens-toi. C'est parce qu'ils ont passé la nuit ensemble qu'ils se sont rapprochés. Alors que ta Rosalie, si elle a eu le vieux pervers comme prof, ça change tout !

Il n'a pas tort. Je l'admets. Ma rancœur contre Jules m'aveugle et m'enlève mon libre arbitre, surtout depuis que je sais ce qu'il a raconté sur moi à Alice. Il ne faut pas que je laisse mes sentiments prendre le dessus sur le rationnel.

Tisser la vérité.

Pour bien comprendre, je répète à haute voix :

— Tisser la vérité.

Mais comme je suis arrivée très en retard, Philéas regarde sa montre. Il doit retourner au travail. Je sens bien que je risque de la tisser toute seule, la vérité. Il me fait toutefois promettre de ne pas agir sans lui, de le tenir au courant de toutes mes découvertes et de les transmettre à Léo, s'il y a lieu, pour plus de sécurité.

Je jure.

Ça ne coûte rien, ça le rassure et moi, sur le coup, je suis même sérieuse.

Quand il me fait la bise, je lui affirme que je vais gratter du côté de Rosalie afin de mettre à jour une éventuelle complicité. Deux femmes abusées dans leur enfance qui se retrouvent… ça pourrait faire un bon mobile pour tuer leur agresseur d'antan ! Philéas a raison. Alice se serait chargée d'Héliard, alors que Rosalie assaillait Karpoff dans les rues de la ville, pour disculper son amie de galère.

Je ne quitte pas le bar après son départ, et sors un calepin. Je commande un autre thé, et me plonge dans cette trame censée me conduire à la lumière. Par-dessus mon épaule, la serveuse murmure :

— C'est un jeu ?

Je lui annonce que j'écris un livre et après qu'elle m'a félicitée, elle me fiche la paix et retourne à ses clients.

Le crayon en l'air, je reste toutefois en suspens.

Jules. Rosalie.

Rosalie. Jules.

Je bois une gorgée de thé et griffonne leurs prénoms.

Rosalie m'est sympathique. Jules a tenté de m'agresser.

Le souvenir du moment où Jules est avec moi ressurgit. Celui en qui j'avais toute confiance me bloque contre le meuble de la cuisine et me mordille l'oreille.

Dégoût.

Je soupire en posant mon stylo.

Rosalie a toutes les raisons d'avoir aidé Alice.

Pas Jules.

Jules n'avait jamais croisé Héliard et Karpoff avant le jour du salon.

Pourtant, beaucoup trop de situations difficiles entre lui et moi ! Mais est-ce qu'il en devient pour autant coupable ? Impossible ! Le concierge l'a vu rentrer chez lui à l'heure dite. De plus, je maintiens : il n'a pas de motif.

Mon amertume a la dent dure !

Pas de motif ? Son amour pour Alice peut-il ne pas être suffisant ? Oui, mais dans ce cas-là, cela signifierait qu'ils se connaissaient avant ? Ce qui n'est pas le cas, puisque j'ai assisté à leur rencontre.

Je regarde l'heure à la grosse horloge accrochée au mur, en face de moi. Si je calcule bien, Rosalie doit être dans le train. Ou du moins, encore sur le territoire français à l'aéroport !

Sa carte est dans la poche de mon anorak. Je la sors et compose le numéro indiqué.

La voix qui me répond signale que mon interlocutrice est surprise. En même temps, j'ai peu de raisons d'appeler si rapidement Rosalie ! Je rigole en silence, tout en imaginant qu'elle peut se méprendre et penser que j'ai eu un coup de foudre pour elle. Aussi, je vais droit au but et l'interroge sur ce qu'elle faisait au moment des deux meurtres. Je prends un gros risque. Si ma demande lui paraît trop saugrenue, elle peut me raccrocher au nez et ne plus jamais me donner de nouvelles. Tout comme elle peut me mentir…

Contre toute attente, une fois l'étonnement dissipé, elle éclate de rire.

— J'étais certaine que tu allais me joindre avant que mon avion décolle. J'ai vu ta tête lorsque tu as découvert mon nom. Tu savais que je connaissais Marie-Alice. Et je ne suis pas sotte. J'ai appris par les journaux ce qui lui était arrivé et son inculpation. J'ai une question moi aussi. Comment as-tu fait le lien entre nous deux ?

Je lui parle de la photo sur le Net.

— Mon Dieu ! Héliard ! me répond-elle. Comment un truc de cet âge peut-il apparaître dans un moteur de recherche ? C'est inouï.

En deux mots, elle m'explique qu'elle est bien une ancienne victime de ce monstre, et que sa disparition lui a fait plus de plaisir que de peine. Mais que passés ces sentiments logiques, elle n'a toutefois pas aidé Alice.

— J'étais à un colloque à Strasbourg, sur la maltraitance faite aux femmes, cette semaine-là, week-end compris. C'est facilement vérifiable.

Ses éclaircissements me rassurent. Je la remercie et prends congé, tout en lui souhaitant à nouveau un bon voyage.

— Je décolle pour la Crète, me précise-t-elle. On ne sait jamais, si la police veut me joindre.

Elle plaisante, me le dit, et raccroche, tout en me certifiant qu'elle me contactera à son retour, maintenant qu'elle a, elle aussi, mon numéro !

Dans l'élan, j'envoie un texto à Léo, avec en lien la photo des enfants autour d'Héliard. Je lui parle de Rosalie. Il me répond, du tac au tac, qu'il connaît l'existence du cliché et de l'article, et par conséquent de Rosalie. Que la piste n'a rien donné, car elle était absente au moment des meurtres. Que l'enquête n'est plus de son ressort, puisque Howard a été déféré devant le juge d'instruction. Qu'ils attendent les résultats des analyses. Que je suis une tête de pioche qui devrait se mettre au tricot ou à la pêche ! Et qu'il embrasse tendrement la fouine que je suis.

Ce sont ses mots !

Je sens que la prochaine fois que je le croiserai, je vais me faire engueuler !

Je souris. En attendant, j'ai agi comme je l'avais promis à Philéas : tenir Léo au courant. Maintenant, je peux me concentrer à nouveau sur Jules qui, obstinément, me revient à l'esprit, à la manière d'une vieille rengaine qu'on ne parvient pas à oublier et qui des jours durant vous hante la tête.

Jules qui n'est pas très clair.

Je me gratte le cuir chevelu, absorbée. Et si Alice n'avait vraiment rien à voir avec l'histoire depuis le début ? Et si Jules m'avait manipulée ? Et si c'était lui, le coupable ? Le seul ? L'unique !

Voilà que je recommence...

Un gros POURQUOI apparaît devant mes yeux.

Voyons. Qu'est-ce qui aide à ne pas dévoiler à ses amis un pan de son passé ?

Un souvenir douloureux.

Quel est le souvenir le plus douloureux de Jules ?

Soudain, l'idée jaillit.

Sa femme.

Et si sa femme était la clé ?

Impossible encore une fois ! Il a un alibi pour Héliard. Oui, mais un alibi, ça se fabrique.

Je tourne en rond ! De dépit, je tape sur la table du plat de la main, ce qui fait se retourner mon voisin. Nous voilà revenus à Héliard !

Brusquement, je me lève sans finir ma tasse, vais régler ma note au bar et sors comme si le diable m'était apparu.

Même dehors, le vent en plein visage, cette pensée m'obsède. L'épouse de Jules. Que lui est-il arrivé ? Pourquoi annonce-t-il qu'il est célibataire ? Que cache-t-il en n'en parlant pas ? Bon, en toute logique, personne n'interdit d'avoir un jardin secret. Surtout si le souvenir qu'on y cultive est douloureux. Toutefois…

Ma réflexion fait le yo-yo entre incertitude et évidence.

Je dois tenir le cap. Je sens bien que mon ressentiment m'égare. Je ne suis plus objective.

Léo a peut-être raison. Je devrais me mettre au tricot ou à la pêche et foutre la paix aux gens.

Enfin, surtout à Jules.

Pliée en deux sous les bourrasques de plus en plus fortes, je rejoins mon véhicule tant bien que mal. D'où vient cette tempête qui bouscule tout ? Même moi. Au propre comme au figuré.

Dans mon cas, je crois que l'on peut parler d'intime conviction.

Jules... Jules... que me caches-tu depuis le début ?

25

Ma chère amie Carine

La nuit tombe rapidement en cette saison où les jours raccourcissent aussi vite que mes illusions. L'obscurité est déjà bien présente quand j'arrive à hauteur de l'immeuble de Jules.

Mon véhicule ne passant pas inaperçu, même dans le noir, je joue la carte de la prudence et le gare à l'écart, pour ne pas éveiller l'attention. S'il venait à l'idée de Jules de regarder par la fenêtre, il pourrait repérer facilement ma voiture !

Donc discrétion. Je fouine incognito, tout en prenant mon rôle très au sérieux.

La tête de Léo s'il me surprenait à glaner encore des indices !

Ce que je vais faire ? Dénicher l'information là où elle se trouve. C'est-à-dire dans l'entourage immédiat de Jules. On appelle ça une enquête de voisinage, dans le jargon Tattooed Man.

D'un coup d'œil circulaire, j'embrasse l'environnement de ma cible. Comme je n'ai, légitimement, aucun droit de fureter ici, j'ai conscience que je risque de me faire jeter vertement par mes interlocuteurs potentiels. Mais peu importe ! Je me sens l'âme d'un *Sherlock Holmes*, à qui il ne manquerait plus que la pipe et la drôle de casquette.

Acte premier : j'entre en scène !

Armée de tout mon courage et d'un Kleenex humide, je me présente chez le concierge de la copropriété, celui-là même qui a fourni à mon collègue – vous noterez que je ne prononce plus le mot *ami* – un parfait alibi pour le meurtre d'Héliard. J'y vais de ma larme. Tente d'expliquer que le *monsieur du dernier étage* ne m'a pas confié qu'il était marié. En fais trop… et me retrouve à la porte de l'immeuble *manu militari*, sans avoir eu le temps de dire ouf !

L'imbécile !

Pas d'autre qualificatif en rayon pour définir cet olibrius, pseudo-garant de l'intimité des occupants des lieux, plus tueur à gages que passeur de lavette dans l'escalier. Je t'en donnerais, moi, de la *vieille connasse* !

J'enquête pour le bien public, moi, môôsieur !

C'est donc en ruminant contre ce macho bodybuilder, sorti tout droit d'une histoire de gangsters, que je m'éloigne, sous l'invective finale : « Et que je ne te voie plus traîner par ici, espèce de poufiasse. »

Enfin, m'éloigner est un doux euphémisme qui ne sied guère à la déroute me poussant à fuir, jambes à mon cou, afin d'établir, au plus vite, une distance respectable entre moi et ce dangereux personnage. À découvrir l'énergumène, je suis sûre qu'il a fourni un faux alibi à Jules ! J'en mettrais ma main au feu !

Complètement essoufflée (je dois sérieusement envisager d'arrêter les gâteaux dans le thé), je trouve refuge sous un lampadaire, contre l'angle d'une maison. Le dingue qui vient de me chasser sans ménagement ne peut plus m'apercevoir. C'est déjà un bon point !

Un instant, le doute s'immisce en moi, et je me demande si je ne devrais pas retourner à mes plantes médicinales et à mon chat. Tranquille. Mais je pense à Howard et me dis que je n'aimerais pas que la justice accuse à tort un de mes fils.

À la vérité, je me sens surtout un tout petit peu responsable de son inculpation. Et une petite voix sournoise me souffle que ce n'est pas lui le coupable.

L'espoir revient à l'approche d'un passant. La cinquantaine. Mains dans les poches de son blouson. Il marche comme une personne qui sait où elle va. J'en conclus que le type habite dans le coin et qu'il pourra me renseigner. Je lui fais ostensiblement signe de la tête. J'y adjoins un clin d'œil sympathique, pour être certaine de l'interpeller, sans que le fou de l'immeuble d'en face me remarque.

L'homme approche, le sourire aux lèvres. Avenant. Je me dis que c'est génial de tomber sur des gens encore capables de répondre avec autant de gentillesse. Rien à voir avec le concierge ! Bien sûr, il me détaille drôlement, en insistant sur les parties charnues de mon anatomie. Mais je n'y prends pas garde.

C'est seulement quand il se trouve en face de moi que je comprends sa méprise. Surtout au moment où il s'informe, l'œil guilleret :

— C'est combien pour une pipe vite fait dans l'impasse ?

Puis il m'assure, en cherchant de quoi payer, que ce n'est pas banal de dégoter une pute par ici.

Je suis consternée et une nouvelle fois, je déguerpis. Sans me retourner, j'échappe aux quolibets de ce client imprévu, fort mécontent de ne pas obtenir la gâterie escomptée.

Décidément, ma soirée est des plus mouvementées ! Je me dis qu'avant de me faire embarquer par la maréchaussée pour tapinage illicite, je devrais rapidement lever le camp du secteur. Manquerait plus qu'on me vole mon sac, dans la foulée !

Ma fuite me conduit, dépitée, vers mon véhicule, dans lequel je me réfugie avec plaisir. Je soupire de soulagement en claquant la portière et en la verrouillant. On ne sait jamais si *mon client* m'avait suivie !

Tout en m'interrogeant sur le bien-fondé de ma démarche, je regarde mon téléphone. Pas encore 18 heures. Peut-être que… une idée germe, aussi tordue que les précédentes. Elle chasse *illico* mon abattement. Pourquoi n'y ai-je pas pensé avant ? Je démarre et descends en direction du centre-ville, vers l'hôtel de ville. Je me gare devant la collégiale et me dépêche.

Avec empressement, je me glisse dans le hall d'accueil de la mairie. À la grimace que me fait la préposée derrière son plexiglas, je devine que mon entrée intempestive n'est pas la bienvenue. Pire, je dérange. Toutefois, après toutes les affres que j'ai vécues en si peu de temps, ce n'est pas un *bonsoir glacial* qui va m'embarrasser.

— Votre masque, s'il vous plaît !

Tout en risquant un sourire qui reste sans retour, j'ajuste le précieux sésame devant ma bouche. Parée de mon bouclier de protection, j'avance avec hardiesse vers le guichet.

— Excusez-moi pour cette arrivée tardive. Je ne suis pas d'ici. J'habite loin et j'ai crevé un pneu en venant.

La fonctionnaire se détend. Les directives qui l'encouragent à faire bonne figure aux touristes devenus rares, avec la conjoncture, lui reviennent à l'esprit. Elle accepte donc de me prêter une oreille attentive, tout en regardant sa montre pour que je sente bien que le compte à rebours a commencé.

Confiante, j'éclaircis ma voix et me lance dans une histoire bateau dans laquelle une vieille amie d'enfance vivrait dans cette ville, depuis plusieurs années.

— J'aimerais tellement la revoir avant… enfin… vous comprenez…

Mais elle ne paraît pas comprendre, alors je souffle :

— Je n'ai plus que…

— Oh ! Pardon !

Au fond de moi, j'ai honte. Mais ne dit-on pas que la fin justifie les moyens ?

— Si je peux vous aider, continue-t-elle avec une soudaine bienveillance.

Je toussote, histoire de faire vraiment malade, puis souris, et cette fois-ci mon affabilité trouve un écho. Toutefois, en parlant, je me rends compte d'un problème qui devient énorme, alors que dans ma tête je cherche en vain une solution : je ne connais ni le prénom de la femme de Jules… ni son nom de jeune fille ! Pour une ancienne amie d'enfance, ça la fout mal !

Il faut donc que je brode. J'n'ai pas appris, mais je me sens l'âme d'un brave petit soldat au service de la vérité.

— Elle a épousé un enseignant, en histoire, je crois. Un brun sympa. De taille moyenne. Il travaillait au collège, ici. Mais depuis, il a dû prendre sa retraite.

Intérieurement, je me rassure. En commençant mon récit à l'envers, je parviendrai, peut-être, à faire en sorte que mon hôtesse me fournisse, elle-même, l'information désirée.

— Martige… Jules Martige.

— Oui ! Jules Martige !

Banco !

Son visage s'est illuminé.

— Je l'ai eu de la quatrième à la troisième. Un très chouette prof !

Je tressaille. Va-t-elle me dire qu'elle ne savait pas qu'il était marié ? La réplique tarde à jaillir. Les souvenirs se bousculent en masse dans sa tête. Elle se revoit, gamine, sur les bancs de l'école. Plus de compte à rebours. L'esprit humain est tout de même particulier. Tout peut basculer avec bien peu de choses.

— Attendez… je me rappelle. Le prénom de votre amie, c'était Carine ! C'est ça ?

— Oui, Carine !

— Elle venait aux fêtes du collège, avec son époux. Une jolie brune dynamique.

— Oh ! Vous la connaissez aussi ?

Mon interlocutrice se fige et elle blêmit.

— Vous n'êtes pas au courant ?

Face à son émotion, je dois user de toutes mes capacités de comédienne pour m'écrier :

— Que dois-je savoir ?

— Eh bien… M. Martige a perdu sa femme.

Un silence, puis un cri.

— Ma copine d'enfance ! Ma très chère Carine ! Morte ?

Là, j'en fais trop. Ma voix rebondit contre les murs d'un blanc pisseux. Mais emportée par l'élan, je ne peux me retenir.

— Ça fait longtemps, hélas. J'étais encore en classe avec lui, c'est dire ! Il a été terrassé. Un choc.

Dans un soupir, elle reprend :

— Si je me souviens bien, elle a disparu brutalement. Très jeune.

— Noon !

— Un coup dur pour son mari. Il a eu du mal à s'en remettre.

— Et vous connaissez les causes… de son décès ?

Ma voisine réfléchit et repousse une mèche de son carré plongeant derrière son oreille. Elle ne regarde plus l'heure, c'est déjà ça ! Alors, fine mouche, je m'excuse une nouvelle fois.

— Je vous oblige à rester plus longtemps. Je vais partir…

Mais celle-ci, contre toute attente, me coupe la parole.

— Pensez-vous ! Mon copain m'a larguée. Personne ne m'attend chez moi.

Elle perçoit mon sourire de connivence à mes yeux, vu que ma bouche est toujours couverte. Entre femmes, on peut bien se soutenir !

Définitivement conquise, elle poursuit :

— Si vous voulez des infos publiées par les journaux locaux, la bibliothèque pourra vous aider. Mais il faudra revenir demain, car là, elle vient de fermer. Autrement…

Sourcils froncés, elle suspend sa phrase.

— Oui ?

— J'ai bien une solution pour vous donner la date.

— Laquelle ?

Je sens son hésitation. Elle doit être en train de peser le pour et le contre. Et le pour l'emporte quand elle soupire :

— Je n'ai pas vraiment le droit, puisque vous n'êtes pas de la famille. Mais disons que c'est pour la bonne cause. En plus, personne ne le saura.

Elle s'éclipse sans plus de précisions. Cinq minutes à peine, et elle réapparaît avec un lourd volume tendu de tissu vert foncé dans les bras. Elle le pose sur la banque qui nous sépare et l'ouvre à la page qu'elle a marquée avec une enveloppe. Son doigt glisse sur le papier glacé et s'arrête sur un nom.

Carine Duval épouse Martige.

Cette jeune femme m'épate. Au premier abord, je la trouvais presque agressive, et la voilà qui enfreint maintenant la loi, me permettant d'avoir accès à l'acte de cette Carine que je ne connais pas.

— Rha là là ! maugrée-t-elle sans grande conviction. C'n'est pas bien, ce que je fais là.

Elle poursuit en m'expliquant :

— La retrouver a été facile. J'étais en quatrième. Je n'ai eu qu'à consulter les tables décennales des registres pour avoir la date précise.

Avant de lire :

Le 17 novembre 1992 à 9 heures du matin nous a été déclaré le décès de Carine Françoise Camille Duval épouse Martige, survenu la veille en son domicile rue... et patati... et patata...

Je relève la tête, surprise, mais c'est elle qui, avant moi, s'écrie :

— Le 16 novembre, ce n'est pas le jour où ce terrible meurtre a eu lieu au salon du livre ?

Un frisson me parcourt à l'instant où je remarque la même chose. Toutefois, je m'abstiens d'y faire allusion, jouant le rôle de la touriste qui recherche son ancienne amie. Je n'ai pas à savoir qu'un assassinat a été commis quinze jours auparavant dans cette ville ! Au contraire, je m'étonne :

— Vous voulez dire qu'une agression s'est réellement passée… ici… trente ans jour pour jour après le décès de… Carine ?

— Tout à fait.

— C'est troublant.

— Troublant, en effet. Même si c'est une coïncidence.

Ben voyons.

— Vous pouvez m'en raconter plus ?

Elle hausse les épaules, comme si elle n'avait pas vraiment de détails à partager, mais reprend la parole :

— Un auteur. Un type bizarre, d'après les ragots. Du genre pédophile. Il a été saigné comme un porc et on lui aurait arraché l'œil.

— Mon Dieu ! Mais c'est dégueulasse !

— Oui.

— Et un rapport avec Carine, d'après vous ?

La dame hésite. Elle a beaucoup parlé. Certainement trop.

— Rien. Seulement que M. Martige, depuis qu'il n'est plus professeur, il écrit des livres. Des histoires super, d'ailleurs. Très doué en polars ! Et il était présent le jour du meurtre au salon.

Elle hoche rapidement la tête, puis passe les doigts dans ses cheveux :

— Nouvelle coïncidence, n'est-ce pas ?

Je veux la tranquilliser, aussi, je confirme :

— Assurément !

Nous avons établi un lien que j'ose dire sympathique. L'intermède que je lui offre pimente, fort à propos, la monotonie de ses journées.

— Je suis désolée pour votre amie, murmure-t-elle en posant sa main sur la mienne.

Je la remercie, un peu gênée d'avoir menti afin d'obtenir ce que je souhaitais. Puis, comprenant que je ne pourrai plus rien tirer de mon interlocutrice, je prends congé. Elle m'affirme qu'elle a été heureuse de pouvoir m'aider… rapport à mon état de santé… et ferme à clé derrière moi.

Je me retrouve sur le trottoir, un peu pitoyable. Avec mon histoire glauque de maladie, j'ai tout de même abusé de la gentillesse de cette personne, en lui racontant des bobards ! Toutefois, au même instant que je m'autoflagelle, une belle satisfaction m'envahit. Grâce à cette employée, je viens aussi de percer le mystère de la femme de Jules. N'a-t-elle pas assuré qu'elle était morte brutalement ? En me rendant, dès demain, à la bibliothèque, si cette Carine a été tuée à la date que je connais maintenant, je trouverai sans doute un article le relatant !

Soudain fière de moi et de mes découvertes, j'enlève mon masque et souris en regagnant mon véhicule. Au moins deux promeneurs se retournent sur mon passage. À croire que le bonheur aime se propager.

Une fois à l'intérieur de l'habitacle, j'allume la veilleuse, prends un stylo et note sur un carnet les dernières informations recueillies. Puis je fais le point. Tous les éléments s'emboîtent avec une facilité déconcertante.

Voilà un homme qui ne parle jamais de sa femme, au point de me virer de sa voiture lorsque j'aborde le sujet. En plus, il participe à un salon le jour du trentième anniversaire de son décès brutal. Jour au cours duquel un auteur bizarre est retrouvé mort.

Que dois-je en conclure ?

Maintenant que je connais l'olibrius qui lui sert de concierge, je ne doute pas une seconde que celui-ci ait pu faire un faux témoignage et lui offrir, en prime, une vidéo truquée sur un plateau, moyennant finances.

Dans ma tête, mon imagination fertile échafaude des possibles.

Je me résume à moi-même : *Il y a trente ans, Héliard tue Carine. La police n'obtenant aucun résultat, Jules fait son enquête. Trente ans après, il tombe sur l'assassin de sa femme et l'exécute. Pour se forger un solide alibi, il vient avec nous et passe la nuit avec Alice. Facile. Puis, il zigouille Dimitri pour brouiller les pistes. Re-facile.*

Ce dernier point me dérange. Toutefois, je me frotte les mains de plaisir. Il n'en faudrait pas beaucoup pour que je me prenne dans mes bras pour m'autocongratuler ! Moi, Mary Simple, gratteuse de plantes médicinales, voilà que j'ai résolu, toute seule, comme une pro, l'affaire des deux meurtres du salon !

Bien sûr, quelques autres petits éléments me chiffonnent encore, comme le fait qu'Héliard était un pédophile, et que Carine était déjà bien grandette pour lui plaire. Mais après tout, qu'est-ce que j'en sais, moi, des us et coutumes de ce mec ? Héliard n'appréciait sans doute pas que la chair fraîche ! Ou mieux ! Carine était une de ses anciennes victimes, qui avait décidé de le dénoncer.

— Hum…

Le scepticisme m'égare.

Je reprends le fil de mes pensées, alors qu'une idée lumineuse jaillit soudain : *Et si c'était Jules qui avait assassiné Carine ?*

Je ravale ma salive. Ouille ! Là, j'en fais peut-être trop !

Mon imagination déborde dangereusement. Ne suis-je pas en train de me disperser ?

Je m'apprête à démarrer pour rentrer chez moi, lorsque s'affiche sur l'écran de mon Smartphone le numéro de Jules. Un trou béant s'ouvre dans mon ventre et je frissonne. Que dois-je faire ? Mes doigts se mettent à trembler et ma bouche devient sèche. Je suis encore sous le coup de l'émotion que ma dernière supposition a créée en moi. Vais-je avoir l'audace de lui répondre, surtout après ce qui s'est passé entre nous ?

Une grande inspiration. Je dois en avoir le cœur net et en apprendre plus sur le but de son appel.

Un peu de courage, que diable !

Un appui rapide sur le logo vert, et je soupire un *oui* d'une petite voix.

— Mary ! Oh que je suis heureux de pouvoir enfin te parler !

De surprise, je ne parviens pas à sortir un son de ma gorge, et l'écoute poursuivre.

— J'ai vraiment hésité… j'avais honte ! Tu ne peux pas savoir comme j'avais honte de ma bassesse !

Je refrène un hoquet.

— Tu es là ? Tu m'entends ?

— Oui…

— À la bonne heure ! J'avais peur que tu ne veuilles plus avoir des nouvelles de moi. Que tu me raccroches au nez. Ou que tu ne décroches pas en lisant mon nom sur l'écran.

Dans ma tête, je fais un calcul rapide. Quinze jours se sont bien écoulés, depuis le soir où il m'a agressée, dans ma cuisine. Quinze jours sans l'ombre d'un appel. Il en a mis, du temps, à se repentir.

Une remontée aigre me fait grimacer, alors que me revient à l'esprit la scène que nous avons vécue.

— Tu aurais pu me joindre avant.

C'est à lui de se taire. J'entends un sanglot. S'il pense m'avoir aux sentiments, après ce que je suis en train de supposer sur lui, il est mal barré !

— Je n'ai pas d'excuses. Si tu savais le nombre de fois où j'ai appuyé sur ton contact... sans donner suite... J'avais peur...

— Et là, tu n'as plus peur ?

Ma voix est rauque.

Silence. Je perçois un bruit, comme s'il se servait à boire. Peut-être pour trouver l'assurance de poursuivre.

— Je viens d'apprendre, par mon concierge, que tu lui as rendu visite.

Nous y voilà !

Je jubile.

En fait, rien à faire de moi. Ce brave Jules a seulement senti arriver la tempête.

— Oui. Un sale type, d'ailleurs.

Re-silence. Il mâchonne.

— Disons qu'il a le sens du respect de la vie privée.

Ben voyons...

— Un sens très aigu.

Petit rire aigre.

— Il n'a pas d'infos, de toute façon, sur Carine. Elle s'appelait Carine.

Je retiens un : « Je suis au courant », et il reprend :

— La copropriété n'était pas construite, lorsque nous vivions ensemble.

— Il y a trente ans.

Un cri.

— Ah ! Tu as des détails ?

— Oui.

— D'accord.

— Je sais aussi que tu as raconté beaucoup de mal sur moi à Alice. Pourquoi as-tu fait ça ?

Il se tait, suffisamment longtemps pour que je puisse mettre mon portable en haut-parleur, le poser sur son support et démarrer.

— Tu roules ?

— Je rentre chez moi.

— Où es-tu ? Ici ?

— Oui.

La question suivante tarde à arriver. Soudain, il la glisse d'une voix neutre.

— Tu ne veux pas venir à la maison ? On pourrait discuter… vraiment.

— Noon !

La réponse est sortie toute seule, sans que j'aie pu la contrôler. Je l'entends soupirer :

— Je comprends…

Et alors qu'il s'excuse, je change subitement de plan.

— Bon, d'accord.

Mais pourquoi ai-je lâché ça, grand Dieu ? Je suis devenue complètement folle ! En accéléré, je revois la scène lorsqu'il se frotte contre moi et me mordille l'oreille. Je tiens à revivre ce moment ? J'ai décidé de me jeter dans la gueule du loup ? Mais quelle mouche m'a piquée ?

Un violent mal de tête me saisit. Brusque et agressif. Je m'arrête sur le bas-côté et ferme un instant les yeux. Puis je sors un flacon d'huile essentielle de ma poche et me masse les tempes avec une goutte posée sur mon doigt. La menthe poivrée me fait du bien et me ravigote.

— Tu viens vraiment ?

Inimaginable ! Je dois avoir une double personnalité, car alors que je m'interroge sur ce type, je m'écoute lui confirmer que j'arrive.

Il me remercie et raccroche.

Me rendre à son appartement ! Je suis dingue, ou quoi ?

Il m'attend sur le seuil de sa porte. M'assène un coup sur la tête avec un... vase. Oui, il en a de très beaux, suffisamment lourds pour causer des dégâts. Donc, il m'assomme, me viole, m'étouffe avec un des coussins du canapé et me jette, en pleine nuit, dans le canal du Nivernais, avec un lest autour de la taille. Ni vu ni connu. On ne retrouvera jamais mon corps. Je serai dévorée par les carpes.

J'hésite. Le canal n'est pas très profond. Ne faudrait-il pas mieux choisir l'Yonne, plus tumultueuse ?

Une petite voix me murmure qu'il serait déjà judicieux de prendre mes précautions avant de jouer les pauvres chèvres du père Seguin chez le grand méchant loup. Aussi, encore troublée par la réponse que j'ai faite à Jules, j'écris un SMS à Léo. Il va me traiter de folle. C'est certain !

J'envoie :

J'ai trouvé des trucs sur la mort de la femme de Jules. Il vient de me demander d'aller chez lui. Il veut s'excuser pour l'autre fois. Je pourrai comme ça lui poser des questions. Elle s'appelait Carine. Elle est morte brutalement il y a trente ans, jour pour jour, avant le meurtre d'Héliard. Je te tiens au courant. Bisous.

26

Et si c'était lui, l'homme de ma vie ?

Lorsque Jules ouvre la porte, je ne peux refouler une émotion. Sans que je sache pourquoi, il m'attendrit. À croire que je l'ai vraiment dans la peau, ce type !

Un regard alentour : pas de vase en vue ! Je soupire de soulagement. Un obstacle de passé.

Comme il n'ose pas m'embrasser, il me tapote doucement les épaules de ses deux mains tout en me souriant.

— Entre. J'ai préparé une petite collation en vitesse.

Je réprime un pas de recul.

La drogue ! Je n'ai pas pensé à la drogue. Un peu de GHB et je me retrouve sans défense !

Le traquenard se referme-t-il sur moi ? Oh, et puis mince ! Je suis majeure et vaccinée, et si j'ai accepté de lui rendre visite, je ne peux pas regretter mon choix toutes les cinq minutes, selon les attitudes de mon hôte. De plus, j'ai prévenu Léo que je suis là.

— Ne t'inquiète pas. Je ne vais pas te soûler et abuser de toi. Ni mettre un quelconque produit dans ton verre. J'ai du jus de pomme si tu ne souhaites pas d'alcool.

Il marque un temps d'hésitation, avant de poursuivre, le ton enjoué :

— Ni t'empoisonner.

Franchement, je me sens bête, alors qu'il m'ôte mon anorak et le pend à la patère du couloir, je retire mes bottes pour ne pas souiller son élégant tapis persan. Mes réactions sont tellement prévisibles qu'il paraît lire en moi comme dans un livre ouvert. Fort heureusement, la suite me prouve le contraire.

— Je ne pensais pas que tu viendrais, m'explique-t-il en m'invitant à m'asseoir. Je te remercie de me faire confiance… vraiment… je suis touché.

Alors qu'il se dirige vers la cuisine, je pose mes fesses au bord du fauteuil, comme font les gens qui ne veulent pas rester. De passage.

— Installe-toi.

Je frémis en louchant sur les coussins qui pourraient lui servir pour m'étouffer.

Et s'il me roulait dans le tapis avant de me charger dans le coffre de sa voiture ? On voit souvent ça dans les films.

— Ça va. Merci.

Pour un type qui n'espérait plus ma visite, il revient avec un plateau rempli de coupelles, dans lesquelles se pressent tomates cerises, tranches de saucisson, fromage de chèvre, houmous, crackers, olives pimentées.

— J'ai préparé ce petit en-cas rapidement. À la bonne franquette.

Le bouchon d'une bouteille de vin, qu'il a coincé entre ses jambes, saute.

— Toujours adepte du vin rouge ? Ou jus de pommes ?

Un sourire malicieux.

— Vin.

Une satisfaction enfantine se lit sur son visage. Sans doute, se rappelle-t-il notre complicité d'il y a une quinzaine de jours, lorsque nous étions encore proches. Il va chercher deux verres à bourgogne sur l'îlot central et fait couler un beau breuvage grenat. Aussitôt, je me détends, et je sens mon postérieur glisser sur le cuir vers le fond de mon siège. Mon dos se caler contre le dossier moelleux. Je soupire tout en me demandant si Jules possède un pouvoir spécial. C'est bien possible !

— Comment as-tu appris pour ma femme ?

Le ton se veut anodin, toutefois mon sang se glace. Il attaque droit sur le sujet de Carine. Mes fesses reviennent se positionner au bord du fauteuil. Je suis de nouveau prête à bondir en cas de danger.

Un regard circulaire autour de moi.

Et tout ce luxe ! D'où vient-il ? Pas d'une retraite de prof de collège.

Mary... Mary... ma pauvre Mary...

Je crois que je suis en train de me fatiguer toute seule avec mes hypothèses à deux balles !

En quelques mots, je lui raconte mon épopée à la mairie.

Il me scrute bizarrement et hoche la tête pour approuver.

— Bravo. Je n'y aurais pas pensé.

— Merci. J'ai tenté le tout pour le tout. La secrétaire à l'accueil a été charmante avec moi.

Je ne lui explique pas pourquoi.

Il soulève son verre en me regardant droit dans les yeux, le choque au mien pour trinquer, puis le porte doucement à sa bouche, avant de poursuivre.

— Toutefois, je ne comprends pas. Pourquoi avais-tu besoin de savoir ?

L'intonation de la voix est toujours neutre. Il discute à bâtons rompus.

— Parce que tu ne voulais pas m'en parler, et que j'étais sûre que ce secret cachait quelque chose.

— Et il cache quoi, d'après toi ?

Pour me donner de l'assurance, je me laisse à nouveau basculer en arrière dans le fauteuil. J'adopte même une attitude faussement détendue en posant mes deux avant-bras sur les accoudoirs. Sans un mot, il m'observe. Il a capté mon manège, car je le vois s'en divertir. J'ai soudain l'impression qu'il étudie à la loupe tous mes faits et gestes.

— Une alternative s'est offerte à moi. Soit Héliard était l'agresseur de ta femme, et tu l'as tué pour la venger.

— Intéressant.

— Soit...

Je sens que ce que je vais dire n'est pas anodin, alors je m'y reprends à deux fois avant de me lancer tout à fait.

— Soit ?

La mimique amusée qui naît sur son visage me perturbe.

— Soit, tu as tué ta femme.

Écouter ma supposition paraît le ravir. Sa mine réjouie en est la preuve !

— J'ai tué ma femme ? OK. Et pour quelle raison ?

— Je ne sais pas ! Il y a tant de raisons possibles ! Peut-être tout simplement pour hériter d'elle.

C'est dit.

Je le détaille. Ses yeux de mousse et ses cils trop longs lui procurent ce je-ne-sais-quoi si tendre que j'aime tant !

Peut-il cacher une double personnalité ? Une sorte de Docteur Jekyll.

La minute qui suit s'étire en longueur. Il contemple le contenu de son verre et se tait. Soudain, la voix un peu rauque, il murmure :

— Donc, si je suis bien ton argumentation, soit Héliard, soit Carine. D'une manière comme d'une autre, je suis un meurtrier.

Alors qu'il relève la tête, nos regards se croisent et je prends conscience de ce que j'affirme froidement.

— Je… pas vraiment… comment dire…

Mon bafouillement ne change rien. Moi, Mary Simple, je dénigre, ni plus ni moins, le type que j'ai en face de moi en l'accusant d'être un assassin.

— Et tu n'as pas peur ?

Un grand vide m'envahit. Je tangue.

Que suis-je venue faire ici ? Que suis-je en train de raconter ? Que va-t-il se passer maintenant ?

— Non.

— Non ? Pourtant tu devrais. Imagine, toi qui sais si bien le faire, et si j'avais tué… et Héliard… et Carine, tu pourrais être en danger. Héliard me surprend en train d'étrangler Carine. Trente ans après, il me retrouve par hasard et me fait chanter. Je le tue.

Une pause.

— Oups… j'ai oublié Karpoff dans cette histoire.

Je crois qu'il rit. Oui, il rit, mais je ne veux pas l'entendre. Tout ce que je viens d'exposer à cet homme est tellement absurde, tellement extravagant que le ridicule s'empare de moi. J'ai honte.

Pour me donner une contenance, je pioche dans l'assiette de tomates cerises. Comme il est facile de brandir des hypothèses fumeuses, mais posées à plat, qu'en reste-t-il, sinon des niaiseries ?

Soudain, il reprend son sérieux. Ses traits se figent. Ses narines se dilatent et ses yeux virent au noir.

— Je pense que je devrais te foutre dehors, *manu militari*. Te virer de ma vie. Faire une croix sur toi. T'oublier.

Mes doigts se crispent sur le cuir des accoudoirs, alors qu'il scande ces paroles, comme autant de coups qu'il pourrait m'asséner.

— Mais je ne le ferai pas. Je ne le ferai pas, *primo* parce que je t'aime, Mary, et que je ne peux pas me passer de toi.

Il toussote :

— *Secundo*, parce que j'ai agi connement, dans ta cuisine, le jour où j'étais soûl. Je considère que j'ai une dette envers toi. Alors, je vais tout te raconter. Après, tu feras ce que tu souhaites. Soit tu resteras, soit nous ne nous reverrons jamais. Mais sache une chose : pour moi, nous serons quittes. Car l'accusation infondée que tu viens de porter contre moi vaut bien mon agression insensée. Tu comprends ? J'ai osé t'imposer mon désir par la force. De ton côté, tu as manqué de confiance en moi. Tu as imaginé que je pouvais commettre des actes répréhensibles au point de m'incriminer froidement. Tu es allée loin. Très loin, Mary.

Je le regarde reculer contre son dossier. Il paraît prêt à entamer une longue conversation.

— Mais bon Dieu ! Qu'as-tu bien pu t'inventer au sujet de Carine ?

Du plat de la main, il tape sur son genou. Son verre en tremble et moi avec.

Avant de poursuivre, il s'accorde un moment pour faire tourner le vin à l'intérieur de son contenant, et observe rêveusement le mouvement circulaire, comme si celui-ci l'aidait à se concentrer.

— Puisque tu le souhaites vraiment, et même si c'est douloureux pour moi de le faire, je vais t'expliquer. Carine et moi, on se voyait peu. Je travaillais trop.

J'y suis ! Elle l'a trompé et il ne l'a pas supporté. Violente dispute. Un objet contondant. Style cendrier en cristal. Paf ! Il l'a assommée et elle est morte sur le coup. Pire, sa tête a cogné le coin de la table basse. Dans les films, les têtes cognent toujours l'angle d'une table basse, ou le devant en pierre d'une cheminée, c'est au choix.

Je suis en train de faire quoi, là ?

Stop ! Stop ! Stop Mary ! Arrête avec ton imagination débile !

Malgré la crainte qui me broie les tripes, mon cerveau fonctionne à cent à l'heure. Incontrôlable. Je tente de me calmer en respirant avec régularité. Ce qui ne m'empêche pas d'épier Jules, à la dérobée, alors qu'il joue avec son vin. La pénombre emplit maintenant la pièce. Comme il a éteint la cuisine en me rejoignant, ne reste plus qu'une lampe allumée près du canapé. Son halo d'un jaune chaud confère à la pièce une ambiance intime qui dénote, à mon goût, avec la noirceur du sujet, mais convient à la confidence.

— Quand je suis rentré, ce soir-là…

... elle était avec son amant...

— Elle était étendue sur le sol. Dans une mare de sang.

L'image d'Héliard, attaquant la jeune femme seule chez elle, ressurgit dans mon esprit, repoussant en arrière-plan la scène où Jules brandit un cendrier d'un geste menaçant. En fait, je préfère ça, aussi, je murmure :

— Et ?

— Morte. Elle était morte.

L'émotion me submerge. Un meurtre. C'était bien un meurtre ! Plus aucune incertitude à ce sujet ! La voix tremblante, je reprends la parole :

— Comment ?

Il détache son regard du verre et me dévisage, étrangement souriant, comme s'il était fier, par avance, de l'effet que ses précisions allaient provoquer sur moi :

— Elle a eu des contractions sans doute très violentes, d'après le médecin. Mais c'était trop tôt.

— Comment ça, des contractions ?

Contractions. Il a bien dit « contractions ».

Sur l'instant, c'est mon corps entier qui se contracte ! Je n'assimile pas le sens du mot que je viens d'entendre, tellement il me surprend. Je tombe de la lune !

À mon air ahuri, Jules me répond par une mimique narquoise :

— Six mois et demi de grossesse. Pas de Smartphone, à l'époque. Nous habitions une maison isolée, à la campagne. Elle a fait une hémorragie massive en donnant naissance prématurément au bébé. Elle a rampé, mais n'a pas pu attraper le téléphone. L'autopsie a confirmé qu'elle a perdu connaissance. Elle est morte très vite. Exsangue. Le cœur a lâché.

L'étonnement que produit sur moi sa révélation a de quoi le contenter. Je suis stupéfaite ! S'il voulait me scotcher et ainsi me punir pour ma curiosité presque malsaine, il y est parvenu !

— Je ne comprends pas…

Il incline le front, comme s'il prenait sur lui, afin de poursuivre :

— Ce jour-là, il y a trente ans, j'ai perdu ma femme et l'enfant qu'elle portait et que nous avions tant désiré. Un garçon. On avait choisi de l'appeler Swann. Le pire a été quand j'ai appris qu'il était né vivant. Sans assistance, il n'a pas survécu. Si j'étais revenu plus tôt… si j'avais été plus présent pour elle… au lieu de ça, je m'investissais dans des associations pour aider des mômes en difficulté ! Je n'étais jamais chez moi. Tu peux le comprendre… la culpabilité m'a bouffé… et elle me bouffe encore lorsque j'y songe à nouveau. Trente ans après. Je les ai tués, ni plus ni moins. C'est pour cette raison que je n'aime pas qu'on en parle.

Une honte horrible m'envahit. Comment ai-je pu me raconter toutes ces histoires ? Pourquoi en suis-je arrivée à penser que Carine…

— Mon Dieu, oui… toutes mes excuses. Je ne savais pas…

— Tu ne pouvais pas savoir. Personne ne sait. Je n'aborde jamais le sujet, même avec mes proches. C'est trop douloureux. Cette image me hante. Son corps recroquevillé sur le sol et le bébé qu'elle a eu la force de remonter au creux d'elle.

Des larmes coulent de mes yeux, et naît en moi une furieuse envie de serrer Jules dans mes bras. De l'embrasser. Toutefois, je me reprends. Sa peine n'efface pas tout.

Je hoquette :

— Tu n'as donc pas tué Héliard ?

Je le sens tressaillir.

— NON ! Comment te le faire comprendre ? Comme je viens de te l'expliquer, je n'avais aucune, mais vraiment aucune raison de le faire. Fais-moi confiance. Je ne l'ai jamais rencontré. Reconnais au moins que ton commandant ne m'a pas suspecté ! Il ne m'a jamais envisagé comme un potentiel coupable. Je n'ai aucun lien tangible avec la victime.

Objectivement, c'est la vérité. Léo n'a pas soupçonné Jules. À aucun moment. D'ailleurs, suite à mon SMS, il ne m'a pas rappelée, ni envoyé de message. C'est bien parce qu'il ne voyait aucun danger dans le fait que je me rende chez lui.

Toutefois, je ne suis pas venue pour rien, alors je ne lâche pas :

— Même pour Alice ?

— Alice ? Mais qu'est-ce qu'elle vient faire dans l'histoire ? Tu penses que je peux être amoureux d'Alice, au point de commettre deux meurtres pour la venger de l'agression qu'elle a subie lorsqu'elle était enfant ? Mais je ne la connaissais pas ! Mary, c'est invraisemblable !

— Oui, mais tu lui as dit du mal de moi.

Sur l'instant, je ressemble à une gamine qui se plaint. Je mords ma lèvre inférieure de dépit. J'aimerais tellement, tellement, ne pas avoir eu toutes ces idées idiotes au sujet de Jules, et surtout ne pas les avoir énoncées à voix haute.

J'ai chaud. Mon visage doit approcher de la couleur pivoine et je salue l'obscurité qui nous envahit.

— De toi ? Mais je n'ai rien raconté sur toi à Alice ! Je ne la connais pas assez pour m'abandonner à lui faire des confidences. Et puis, je ne suis pas dupe. Pour elle, je n'ai été qu'une passade, comme elle l'a été pour moi, d'ailleurs. Alors que toi…

Je perds pied. Cependant, le bras d'Alice qui lui entoure les épaules sur la terrasse, l'ambiance pesante qui régnait lors de ma visite impromptue avec Philéas ? Tous ces signes ne laissaient pas entendre que leur relation était éphémère. Bien au contraire ! Je le lui dis.

— Il n'y avait plus rien entre nous, me répond-il tranquillement. Je lui apportais la chaleur de mon amitié. Seulement ça. Elle n'avait que moi. Rappelle-toi, tu galopais après des indices avec Philéas. Tu n'avais pas de temps à lui accorder. Alors il fallait bien que quelqu'un lui en donne.

Je fronce les sourcils et reconnais, un peu à contrecœur :

— Ce gamin, Howard, serait réellement le coupable ?

— Je le crains. Tu dois te faire une raison et enfin l'admettre.

— Il est si jeune…

— Peut-être, soupire-t-il. Mais nous sommes d'accord sur ce point. On ne fait pas justice soi-même !

Je tressaille en recevant la pointe qui m'est destinée.

— Tu dois accepter les faits, enchaîne-t-il sur un ton paternaliste. Alice et moi n'avons rien à voir dans l'affaire. Ton commandant sans nom ne s'y est pas trompé. Par contre, cette histoire de manuscrit volé par Karpoff tient la route. C'est dommage pour ce gosse, mais c'est comme ça…

Malgré moi, une bouffée de soulagement m'envahit. Soudain, j'aimerais le toucher. Mettre derrière moi toutes mes suspicions et mes inquiétudes. Caresser du bout des doigts ce visage qui m'émeut.

Il doit le ressentir, car c'est lui qui fait le geste en premier. Il avance la main, la pose un instant sur mon poignet. Puis très vite, reprend sa place, jambes croisées et verre en équilibre sur sa cuisse, avant de poursuivre :

— Sous-estimerais-tu les capacités de Léo Mallet comme enquêteur ? Tes doutes le laissent supposer.

En toute bonne conscience, il fait mouche. Il n'est pas dupe. Il le sait. Ses arguments ne peuvent que me convaincre. Une bonne fois pour toutes, je dois en finir avec mes défiances malsaines. À croire que mon but était de faire condamner mes amis et de discréditer Tattooed Man !

Je m'en excuse et mon bafouillage incohérent l'amuse.

— Pas d'inquiétude à avoir, me rassure-t-il. Ne te fais aucun reproche, Mary. J'ai la certitude que tu n'as pas voulu nous porter préjudice. Des sujets t'envahissaient la tête, et tu avais besoin d'obtenir de réponses.

Il soupire :

— Tu les as maintenant.

Il jette un regard circulaire autour de lui.

— Même pour tout ça, je peux t'en donner. J'ai hérité de mon beau-père. Il n'avait que moi. Ma mère et lui, ils n'ont pas eu d'autres enfants. Il avait un bon boulot. Il a mis toute sa vie de l'argent de côté. Ce que j'ai reçu de lui m'a permis de me faire plaisir égoïstement, puisque je n'ai pas de descendant. Maintenant que j'ai comblé mes caprices, je vis bêtement avec ma retraite de professeur. C'est tout.

Soudain amusé, il marque un temps d'arrêt :

— Et non, mon enquêtrice en herbe, je n'ai pas tué mon beau-père, si tu te poses la question.

De honte, je pique un nouveau fard. Je dois admettre qu'emportée par mon caractère entier, je suis allé trop loin avec Jules.

Se peut-il que mes soupçons infondés ne soient réellement que le reflet de mon ressenti contre lui, depuis son agression, choquée comme je l'ai été par son attitude ?

Délicatement, il hoche la tête sur le côté et malgré la pénombre, je reçois l'offrande d'un sourire charmant enjolivé par un langoureux battement de cils, très pin-up sixties, qui me fait oublier tout ce que j'ai pu trouver de déplaisant en lui. Mes hormones du désir entament la danse de la joie et aussitôt, je fonds. Je me liquéfie. Je me maudis aussi et exècre dans l'élan ma dopamine, tout en bombant le torse pour me donner de l'assurance. Dans cinq minutes, il se lèvera pour allumer sa platine d'époque. Le diamant craquera en glissant sur le 33 tours, mille fois écouté, et moi je craquerai avec lui, comme un vieux disque qu'on tripote, après des années abandonné dans sa pochette.

Il prendra ma main et m'extirpera élégamment de mon fauteuil. J'en jaillirai, légère comme une plume, et me laisserai enlacer, sa joue contre ma joue, pour un slow langoureux que les moins de 40 ans ne peuvent pas connaître.

La mélodie sirupeuse nous aidera à couler, subrepticement, de nos pommettes à nos lèvres, qui s'entrouvriront d'envie du goût de l'autre. Nos langues se rejoindront alors dans un charmant combat, assoiffées de se découvrir. Nos milliers de capteurs s'éveilleront en sursautant de plaisir, et en cent cinquante millisecondes à peine, établiront la communication avec notre cerveau

... *et quand je parle de cerveau, je suis soft.*

Nous aurons, de ce fait, moins de caries grâce à nos salives échangées, et dans ce court instant torride, nous ne troquerons pas moins d'un milliard de bactéries de 278 espèces différentes.

... *mais je m'égare...*

— Quelle obstinée tu fais, tout de même ! Une bien délicieuse obstinée, minaude-t-il avec une œillade à ravager une cheftaine de scouts.

De celles qui ont juré de rester pucelles jusqu'au mariage.

Empli d'une soudaine bienveillance, il se lève prestement et allume le lustre de la salle de séjour.

— L'ambiance est très romantique… mais comme là n'est pas le sujet, je pense que tu peux la trouver lourde aussi.

Puis comme si de rien n'était, il s'éclipse vers la cuisine pour recharger les coupelles mises à mal par mon anxiété, et revient vers moi, tout sourire, en me tendant une vieille coupure de journal.

— Si tu as besoin de preuves pour Carine, je peux même t'en présenter une. J'ai gardé, dans un tiroir, l'article qui parle de sa mort.

Il nous ressert à boire et me lance une œillade en coin, alors que je lis les mots du journaliste de l'époque relatant le terrible fait divers. Ce témoignage, bien entendu, me bouleverse.

— Pardonne-moi.

Humblement, il baisse les yeux avant d'enchaîner :

— L'erreur est humaine.

Puis il prend place dans le fauteuil en face de moi, pioche une olive qu'il mâche avec lenteur, et poursuit sur un ton enjoué :

— Quels sont donc vos autres griefs contre moi, bien chère dame de mon cœur ?

Puis il pose ses mains sur ses cuisses, et se penche en avant :

— Puisque griefs, tu as…

Pourrais-je, un jour, me sentir plus bête qu'en ce moment présent ? Je n'en suis pas certaine. Toutefois, obtuse, j'insiste. Je ne veux plus aucune ombre entre nous. Tout sujet alarmant doit trouver sa réponse. Il le faut pour que, sur un terrain propre, nous puissions construire notre avenir.

L'idée d'un avenir entre nous me fait frissonner de plaisir. J'imagine une existence lumineuse et sereine. Active tout en étant paisible. Un idéal de vie dont nous serions les bâtisseurs.

Déjà, je suis soulagée.

— La dernière fois, dans ma cuisine ? Pourquoi ?

Je le vois prendre une profonde inspiration, puis soupirer :

— Nous y voilà…

— Oui… ça et Dijon, d'ailleurs !

Ses yeux de mousse, que j'aperçois nettement depuis qu'il a éclairé la pièce, me détaillent sans agressivité ni jugement. Ils ont plutôt une lueur amusée. Oui, c'est bien ça : amusée ! Quant à Jules, imperturbable, il paraît avoir fait le tour de la question et trouvé toutes les réponses concernant sa façon d'agir.

— Je te demande encore une fois pardon, Mary… et je ne te demanderai jamais assez de m'excuser pour ma conduite abjecte. Pour Dijon, j'ai été un gros con. Il n'y a pas d'autre mot, pour me qualifier. Un goujat de la pire espèce… mais vois-tu, rendre visite à mon vieux professeur et découvrir ta réaction après m'a fait péter un câble. C'était la première fois en trente ans que je sortais au moment du décès de ma femme, outre pour me rendre au cimetière. Habituellement, je refuse tout contact. Je reste en prostration et j'attends que le temps passe. Mais j'ai désiré, pour ce trentième anniversaire, ne plus subir, et décider enfin de ma vie. Sauf que tout ne s'est pas déroulé comme prévu. Du charmant week-end en belle compagnie, j'ai été propulsé dans une enquête. Comprends-moi… je n'ai pas supporté que tu me parles… d'elle… c'est comme si soudain, son image me revenait en pleine gueule, alors que je voulais l'oublier. Je n'avais plus envie de l'avoir devant les yeux, et tu ravivais la douleur que j'avais ressentie quand je les avais découverts, elle et notre enfant minuscule. Peux-tu imaginer le souvenir que j'ai de ce terrible moment ? J'ai ouvert la porte et…

L'émotion l'anéantit. Bien malgré moi, mes mains vont rejoindre les siennes sur ses cuisses. En souriant tristement, il les regarde et je prends alors conscience de l'érotisme de mon geste. Comme brûlée, je les enlève aussitôt.

— Non…

Une supplique. Il m'implore :

— Ne me condamne pas, Mary. J'adore être avec toi… Je t'aime.

Il a articulé ces mots timidement, tout en ressaisissant mes doigts. Mais ceux-ci lui échappent à nouveau, et je me recule contre le dossier du fauteuil tout en l'examinant. Il est touchant, et si l'ombre de son agression ne planait pas encore entre nous, ses déclarations me bouleverseraient. Je les ai tellement attendues que le souvenir de Léo se dilue, et s'efface comme une passade sans lendemain, à laquelle je ne donne plus d'importance.

Mais il doit sentir le fossé qui nous sépare toujours, car je l'entends reprendre, sur le ton de la repentance :

— Lorsque je suis venu chez toi, j'avais bu. Je ne savais pas ce que je faisais. Mais je voulais reconstruire. Et tu n'es pas quelqu'un de facile, Mary. Le soir, où nous nous sommes retrouvés, tous les deux, dans ton salon, avec le tableau blanc, j'ai bien cru que nous pouvions créer notre propre histoire, toi et moi. Je n'allais pas oublier Carine et Swann, mais les ranger dans ma mémoire. Enfin ! Toi, tu étais le présent, Mary. C'était magique. Nous étions tellement proches. Sur la même longueur d'onde. Même Arsène, par sa conduite, te rassurait à mon sujet.

Il fronce les sourcils en revoyant la scène.

— Et voilà que cet idiot de commandant sans nom a frappé à la porte, détruisant tous mes espoirs. C'en était fini de nous. Je découvrais que ce que nous ne vivions pas ensemble, tu l'offrais à un autre. Oh comme je les ai détestés, lui et son arrogance !

C'était donc ça ! Je frissonne en me souvenant du moment. L'instant où je me suis retrouvée seule chez moi.

— Le lendemain, poursuit-il, c'était le jour où, trente ans auparavant, on m'a rendu le corps de ma femme et de mon fils, et où j'ai pu les enterrer. Je suis allé sur leur tombe, au cimetière, comme chaque année, mais ça ne m'a pas calmé. Au contraire. Moi qui pensais clore cette douloureuse page avec toi, faire mon deuil, j'ai ruminé ma déconvenue de la veille. Je me suis convaincu que tu préférais être avec ce flic, et j'ai picolé. Picolé… Picolé comme jamais ! Puis, je suis venu, comme un déplorable imbécile, te demander des comptes sur ta vie privée, et te forcer à faire, avec moi, ce que je supposais que tu faisais avec lui. J'étais connement jaloux. À en crever !

Il secoue la tête :

— La suite, tu la connais… et je n'en suis pas fier.

Ces derniers mots m'ébranlent. Me bousculent. Et retentissent en moi. Ce sont ceux que j'attendais. Ceux qu'il me fallait entendre pour que toutes mes plaies se referment.

— Le lendemain, quand je suis revenu en taxi pour m'excuser et reprendre ma voiture, je t'ai vue partir avec l'autre… ce Léo de malheur ! Vous paraissiez tellement bien ensemble. Oh comme j'ai été jaloux ! J'avais tout foutu en l'air ! Après… après… je n'ai plus osé. Je ne savais plus quoi faire. Tout me disait que tu l'aimais lui, et pas moi… alors je me suis terré, comme une bête blessée.

Soudain, tout devient merveilleusement doux. Tout est comme je l'espérais. Est-ce bien moi qui murmure à cet homme qui me regarde éperdument :

— Oh… Jules…

... à ce type que j'étais prête à condamner...

Un diablotin, assis sur le côté gauche de mon cerveau, me strie les oreilles en beuglant : *Midinette ! Midinette ! Midinette !*

Mais je m'en tape. Je préfère écouter l'ange sur la droite, qui me soupire que la scène est follement romantique, et qu'il serait de bon aloi que j'y succombe enfin. Ne l'ai-je pas mérité ?

Jules à genoux devant moi

Oui, parce que je ne sais pas comment ni pourquoi, mais il est maintenant à genoux devant moi.

Je murmure, désolée :

— Je te pardonne Jules. Mais toi, me pardonneras-tu un jour la manière dont je t'ai accusé ?

Il a repris mes doigts entre les siens, et les serre à les faire blanchir. Puis il les embrasse et cale sa tête sur mes genoux, dans le creux de mon ventre. Le souffle me manque. Je halète alors que je sens sa respiration à travers le tissu. Son odeur me transporte, signe que nos phéromones sont en osmose.

Tout en me laissant porter par le désir qui me taraude, je libère mes mains et les passe dans ses cheveux. L'effet est violent. Tout se tord à l'intérieur de mon corps, dans un appel que je ne peux ignorer, tant il sonne comme un renouveau.

J'ai envie de lui. Là. Tout de suite.

… et je le lui dis d'une voix éteinte.

Il m'attire. Me tire. M'aspire.

… et si c'était lui, celui que je cherche sans le trouver ?

Mon pantalon glisse. Je me cambre alors que sa tête reste dans le creux de mes cuisses. J'oublie tous mes reproches. Je ne pense qu'à sa bouche sur moi.

Nous ne danserons pas un slow sur une musique sirupeuse. Non, nous roulerons, comme deux gosses, deux ados qui se découvrent, sur le tapis du salon.

Éperdus et heureux.

Tout devient alors merveilleusement logique. Je sais à nouveau faire du vélo !

27

On dirait que tu souris aux anges

Lorsque j'arrive dans la pièce à vivre, un très beau soleil d'hiver inonde le salon. Je m'étire. Heureuse enfin. Contente d'avoir regagné cette fougue qui me manquait. Enchantée de l'avoir trouvé, lui.

— Dans quelques jours, c'est Noël, m'annonce-t-il en guise de bonjour.

Il fixe un point à travers la baie vitrée, et je le vois de dos. Il est en peignoir. Cheveux mouillés. Il sort de la douche. Je m'approche et enserre sa taille de mes bras, tout en regardant par-dessus son épaule.

— Bonjour, mon amour.

Il se retourne et j'ai son visage en face du mien. Détendu. Souriant. Je confirme :

— Oui, dans quelques jours, c'est Noël.

L'idée nous amuse et nous passons à table.

— Le concierge a bien voulu nous attraper des croissants.

Ah ! Le concierge...

Son souvenir me fait un peu mal. Mais j'oublie vite. Devant moi, c'est gargantuesque ! De la charcuterie.

Du fromage. Du pain. Du beurre. Du jus de fruits. Des viennoiseries. Un bouquet de roses rouges.

Encore des roses rouges !

— Ça aussi, c'est le concierge ?

Je plaisante, mais il tique. Tout à ma béatitude, je fais semblant de ne pas le voir, alors qu'il me sert un thé. Déjà, il sourit.

— Pour Noël, nous pourrions louer un chalet en station, à la montagne ? Les Alpes ? Tu connais les Alpes ?

Je ne connais pas, et l'idée me plaît.

— Tu ne rejoins pas ta famille, au moins ?

Un doute soudain, et son visage change. Oh ! C'est fou comme il est expressif ! Un enfant ! Un véritable gosse qui me contemple de ses grands yeux de mousse, tout en attendant mon approbation.

— Non. Pas cette année. Je retournerai là-bas au printemps, à l'occasion du second mariage de mon fils aîné et de l'accouchement de ma fille.

Il se met à rire.

— En fait, tu es encore plus mystérieuse que moi sur cette partie de ta vie.

Je confirme :

— Tu as raison. Mais tout n'est pas toujours très simple.

— Plus de proches en France ?

— Aucun d'important. Mes parents habitaient Château-Chinon, dans le Morvan. Ils avaient une librairie. Ils sont morts maintenant, et en plus de quarante ans, j'ai perdu de vue tous ceux que je connaissais.

Il hoche la tête, et par politesse, change de sujet. Je lui en sais gré.

— Des nouvelles de ton Léo ? Il est reparti à Dijon ?

Tattooed Man, je l'avais d'ailleurs oublié, celui-là, après la nuit que je viens de vivre dans les bras de Jules.

Par la faute de ou grâce à – c'est au choix – Jules.

Quel effet il me fait, ce type ! J'en suis dingue !

Puis je rigole discrètement, en constatant que mon commandant a bien agi en ne répondant pas à mon message de la veille. C'est un peu comme s'il avait compris que c'était avec Jules que je devais refaire ma vie.

— Euh… oui.

Il a noté mon hésitation. Je pose ma main sur la sienne pour le rassurer. Je murmure :

— Pas de malaise. Ce n'était qu'un plan Q entre nous. Toi, je t'aime.

Ben voilà ! Tout est dit !

Le soleil, invité pour jouer les enjoliveurs de situation, entre soudain à plein flot dans l'appartement. Il vient me confirmer que ce que nous vivons tous les deux est idyllique. Oh ! Qu'est-ce que je l'aime, lui aussi, ce petit soleil complice !

— C'est bien. Je n'aimais pas trop le savoir près de toi.

Qui ? Le soleil ? Oups. Je n'étais déjà plus là !

Je reviens dans l'histoire, et imagine la tête de Léo lorsqu'il va apprendre que je file le parfait amour avec le type contre lequel j'ai failli porter plainte. Mais je m'en fous, après tout ! Léo comprendra. Je ne suis pas la femme de sa vie et il n'est pas le mec avec qui je compte passer le restant de mes jours.

Alors que Jules…

Noël à la montagne. Et après ? Nous ne travaillons plus tous les deux. J'envisage des escapades idylliques aux quatre coins du monde. Je pourrais même le présenter à ma famille ? Ruby, ma petite-fille, adorerait son côté nounours, quant à Connors, mon petit-fils, il trouverait en lui un grand-père curieux et attentif.

Je me ressaisis.

... enfin, pas trop vite...

Une expression de pur contentement éclaire mon visage. Je l'entends me murmurer :

— On dirait que tu souris aux anges.

J'ai des raisons ! Une seconde existence s'ouvre à moi. Les statistiques démontrent que les couples seniors fonctionnent souvent très bien. Plus de complicité. Moins de jalousie. Pas de foyer à bâtir. Pas de routine. Plus d'érotisme aussi, stimulé par la nouveauté et la découverte de l'autre.

La liberté, quoi !

Mais la félicité doit me perturber, car voilà que je lance :

— Tu sais que j'ai trouvé une femme qui a connu Alice enfant et qui est avec elle sur une photo au côté d'Héliard ?

Il fronce les sourcils et ses yeux de mousse deviennent noirs.

— Quelle photo ? C'est quoi encore, ces conneries ?

— Jules ?

Sa brusquerie me fait peur, sur l'instant. Heureusement, il se reprend et se penche vers moi, par-dessus la table du petit-déjeuner, pour m'embrasser.

— Un cliché que j'ai déniché sur Internet. Léo l'a aussi. Ce sont les compagnons de galère d'Alice. Ils ont sans doute été abusés.

— Vraiment ?

Je sens que sa voix s'est cassée.

— Elle s'appelle Rosalie Chassagne et habite toujours Nevers.

— Et tu l'as rencontrée ?

— Oui, bien sûr. Mais elle n'a rien fait. Je viens de penser subitement à Alice qui est seule maintenant qu'elle n'est plus… enfin que vous n'êtes plus ensemble. Et par association d'idées… Tu sais ce que c'est.

— Chez toi, oui. Moi, je ne fonctionne pas ainsi.

Je souris, imperturbable.

— Elle est vraiment sympa comme femme !

Il s'éclaircit la voix et reprend sur un ton qu'il souhaite serein :

— Après ce que ces enfants ont vécu, se reconstruire n'a pas dû être facile.

— C'est certain ! Un instant, j'ai craint qu'Alice et elle, elles aient… tu vois… Héliard… tout ça…

Son expression change brusquement. Il paraît contenir un élan que je n'ose imaginer de violence. Ses traits se figent. Il se penche pourtant à nouveau vers moi. Il m'embrasse.

— Fous la paix à Alice, Mary. Elle en a assez bavé comme ça… me murmure-t-il près de mon oreille.

Il pense encore à elle.

Dépitée, je bredouille :

— Oui. Oui, bien sûr. C'était seulement… pour dire.

Tout comme il est devenu sombre, aussi vite il se détend.

— Mary… Mary… ma folle Mary que j'aime ! Tantôt tu livres Howard sur un plateau à ton commandant, tantôt tu m'accuses. Et voilà qu'à l'heure de se faire des papouilles, tu me sors une nouvelle histoire de ton chapeau ! N'arrêteras-tu donc jamais, terrible enfant que tu es ?

Il n'a pas tort, il faut bien l'admettre. Le sujet n'est pas de circonstance.

— Ma fantasque. Ma douce déraisonnable. Je sens que les années qu'il me reste, si je les vis auprès de toi, ne seront pas dénuées de fantaisie ! Tu es mon rayon de soleil. Que de rebondissements tu vas apporter à ma vie jusqu'alors bien triste ! Je savoure ce merveilleux bonheur à l'avance !

Il se tait et je me calme. C'est peut-être bien vrai que je divague. Howard est arrêté. Alice est libre. Léo est à Dijon. Jules m'aime.

Comment dit la pub, déjà ?

What else ?

Je me lève, saisis mon portable sur la table basse du salon et écris un texto à Léo. En deux mots, je lui raconte que Jules et moi, nous nous sommes finalement expliqués. Que nous sommes à nouveau d'accord sur tous les points, et que nous avons passé la nuit ensemble. Que tout va bien ! Que lui, Léo, est et restera mon meilleur ami. Je l'embrasse, envoie, et l'esprit soudain curieusement libre, je me sers un thé.

Contrairement à la veille, cette fois-ci, je reçois une réponse quasi instantanément. Une question apparaît sur mon écran, flegmatique :

Tu es toujours chez Jules ?

J'envoie un *oui* rapide.

Nouveau message.

OK. Amusez-vous bien.

Sans plus de détail. Sur un ton neutre, j'en informe Jules en me rasseyant :

— Léo a l'air de vraiment bien prendre notre relation.

— Tant mieux. Pour ma part, j'ai fini par comprendre que tu ne l'aimais pas, mais que votre amitié était importante à tes yeux.

Je souris à mon voisin de table, soudain si conciliant, tout en glissant mon pied nu sous son peignoir.

Quelle hardiesse ! Je ne me reconnais pas !

Ce dernier réagit comme si j'avais appuyé sur le bouton *Start*. Yeah ! Philéas a raison. Il doit certainement avoir tout un stock de petites pilules bleues sous son oreiller !

Nous filons dans sa chambre et remettons le couvert.

Ciel que l'avenir s'annonce radieux !

28

À la vie... à la mort...

La suite... la suite... alors que je ferme les yeux, j'essaie de me rappeler ce qui s'est passé, et comment toute la scène s'est déroulée.

Je me souviens d'un bruit sec.

BANG !

Et des cris... beaucoup de cris.

Tout est noir. Un grand trou qui m'absorbe. Quelqu'un me soulève. Me prend dans ses bras. M'aide à marcher. Me rassure.

Je ne sais plus où j'en suis.

La tête me tourne.

Le malaise guette.

Je suis perdue.

Et alors qu'on m'étend sur une civière, dans un épouvantable flash, les dernières minutes ressurgissent. Avec un halo flou tout autour. Comme si je voyais à travers un objectif que j'aurais mis devant mon œil.

Comment en suis-je arrivée là ?

*

Je pousse la porte d'un bureau. Oups ! Je me suis trompée. Je croyais pénétrer dans la salle de bains.

Dans la chambre d'amis que j'occupais jusqu'alors, c'était comme ça. Mais là, je suis dans la chambre de Jules. La disposition des pièces est inversée. Pas grave. Je referme.

Non. Je ne referme pas !

Des photos et des diplômes attirent irrésistiblement mon regard. Toutefois, je ne dois pas franchir le seuil. C'est du domaine privé. Je n'ai pas le droit de fouiner ainsi dans la vie des gens. Même, et à plus forte raison, si je couche avec cette personne !

Jules est parti dans la cuisine chercher une bouteille d'eau et passer un coup de fil pour commander des pizzas, mais il va revenir. Vite.

J'entre.

Mon attention est captée par ce qui agrémente le mur du fond. Celui qui est garni de cadres. Près de la porte-fenêtre qui rejoint la terrasse sur laquelle le salon ouvre aussi. Je fais ma curieuse, mais j'ai envie de découvrir un peu l'homme avec lequel j'envisage de m'engager. De percer son mystère.

C'n'est pas bien ! me susurre ma conscience.

Tant pis !

Qu'y a-t-il ? Un portrait de mon très cher Jules en parachutiste, dans ce que j'imagine être son service militaire. Béret rouge sur le côté. Sérieux.

Je me souviens que son vieux professeur, à Dijon, avait abordé le sujet.

Son mariage. Sa femme était très jolie. Mais comme elle était jeune ! Sur le cliché, ils posent devant un arbre, dans un parc, au bord de l'Yonne. Elle a des cheveux bruns bouclés, un long voile, une robe de princesse, un bouquet de lys à la main et un sourire radieux. Ce bonheur affiché me pince le cœur. Et puis, je me dis qu'il y a prescription ! Mon chevalier est passé à autre chose.

Moi !

Sur ma droite s'étalent des diplômes. Licence d'histoire à l'université de Dijon. Capes au même endroit. Baccalauréat littéraire à Nevers. Le brevet et le certificat d'études orné de nobles feuilles d'acanthe sont là aussi ! Jules est un conservateur !

Mes yeux glissent sur les deux derniers cadres sans intérêt, puis y retournent. Quelque chose me choque. Mais quoi ?

Les noms.

Sur le brevet, je lis *Jules Martige*, alors que sur le certificat d'études… Mince ! Durtol. C'est inscrit *Jules Durtol* !

Alors que je refuse l'évidence, mon cerveau me renvoie l'image du vieil article qui m'a fait rencontrer Rosalie Chassagne. Alice est aux côtés d'Héliard. Tout près d'elle, il y a un garçon très mignon. Un garçon dont je n'ai pas retrouvé la trace lors de mes recherches… ou du moins trop retrouvé la trace, puisque son nom est apparu pour six personnes différentes dans le monde, mais aucune de l'âge correspondant.

Je plonge sur l'ordinateur de Jules, m'assieds au bureau. Pas de code.

Au mépris de toute précaution, je tape l'adresse des archives du journal du centre, là où j'ai trouvé le compte-rendu du concours de nouvelles.

Alice, cette jeune Marie-Alice de 13 ans, s'affiche sur l'écran.

Blonde.

Les cheveux lisses retenus par deux barrettes.

Longue et fine, on dirait une poupée. Une jolie Barbie vêtue, avec soin, d'un pull et d'une minijupe plissée, à carreaux. Elle porte de grandes chaussettes jusqu'aux genoux et des chaussures vernies.

Maintenant que j'ai rencontré Rosalie, je parviens à l'identifier aussi, avec ses nattes foncées et son regard frondeur.

Comme je l'ai fait la première fois, je lis le nom des enfants. Soudain, ma vue se brouille. Mon cœur s'arrête, puis la minute suivante s'emballe. Il tressaute dans ma poitrine. Je frôle le malaise. Affolée, je fais un bond en arrière. Le fauteuil à roulettes glisse sur le parquet, alors qu'une voix douce confirme mes soupçons :

— Oui, je suis bien auprès d'Alice, sur cette photo.

L'instant de stupéfaction passé, une rage froide m'envahit. Je me retourne violemment, le visage figé dans une expression glaciale.

Comment ont-ils osé ?

La phrase tourne en boucle dans ma tête.

Comment ont-ils osé ?

En découvrant ma détresse, Jules sourit. Oh, pas méchamment ! Plutôt comme si soudain tout reprenait sa place avec logique. Et qu'un rêve fou s'évanouissait. Parce qu'il ne pouvait pas en être autrement…

… parce que le bonheur n'était pas fait pour lui.

— Le journaliste s'est trompé de prénom. Il a écrit Julien au lieu de Jules. Peu d'enfants s'appelaient comme moi, à l'époque. Beaucoup de Julien par contre ! Je me souviens que cette erreur m'a mis très en colère.

— Pourquoi m'as-tu menti ?

Il baisse un instant la tête.

— C'était vraiment bien avec toi.

Je reviens vers cette photo du passé. Ce gamin sérieux qui me regarde avec ses yeux tristes, que je devine vert mousse, malgré le cliché en noir et blanc, me touche tellement fort.

— Il t'a…

Le visage décomposé de Jules m'oblige à suspendre ma phrase. Il souffle un *oui*, avant de poursuivre :

— Ce salaud n'aimait pas que les filles. Il appréciait aussi les jeunes garçons. Avec son réseau de malades, il se régalait de parties fines qu'il organisait chez lui. On tournait des saynètes qu'il filmait en Super 8. Après il vendait le duplicata des bobines à ses copains, tous plus pourris les uns que les autres ! C'est comme ça qu'il nous tenait d'ailleurs. En nous menaçant de montrer ces séquences à nos familles. Imagine les parents d'Alice s'ils avaient su, s'ils avaient vu… et ma mère… elle en serait morte.

— L'œil, c'est donc pour ça ?

— Oui. Violeur et voyeur.

Je le découvre effondré, et j'ai presque envie de le consoler. Toutefois, quelque chose me retient. Même s'ils ont vécu des moments horribles, Alice et lui sont coupables.

— Pourquoi avoir attendu si longtemps ?

Son regard glisse dans le vague. Il sourit encore. Étrangement. Alors que la douleur le submerge.

— Le hashtag Balance ton porc, tout d'abord. La campagne faite autour, qui m'a aidé à comprendre que nous n'étions pas les seuls gosses à avoir connu des pédophiles. Puis le Covid qui sonnait comme une fin du monde.

Les affaires de viol ensuite, largement médiatisées. Et pour finir la prescription. Réfléchis. On nous servait Héliard sur un plateau, lors du salon du livre. Alice et moi avions perdu sa trace, et subitement, on le retrouvait ! Ça a fait tilt en nous. C'est devenu une évidence.

— Mais de là à tuer…

Il hoche la tête et essuie une larme qui dégouline sur sa joue.

— Il ne nous a pas reconnus, le gros pervers ! Et quand nous lui avons dit qui nous étions, il a ri et nous a demandé comment nous allions. Sur un ton paternel. Comme si nous étions ses enfants. Aucun remords. Aucune excuse. Il nous a toutefois confié qu'il avait encore des films de l'époque. Il les avait mis sur CD et les regardait souvent. Lorsqu'il avait du vague à l'âme. Il était fier aussi d'en avoir partagé sur Internet. Tu te rends compte de l'horreur pour nous ? Alice et moi, gamins ! On pouvait maintenant nous trouver sur le Darknet, disponibles sur des sites pédophiles ! Lorgnés par des milliers de dépravés dans le monde. C'était dégueulasse. Affreux. Insupportable !

— Mon Dieu ! Quel cochon !

— Oui. Et comme un porc, on l'a saigné.

Son émotion est trop vive et il éclate en sanglots. Je me retiens, une nouvelle fois, de le prendre dans mes bras. Le réconforter. Mais je ne peux pas. Le souvenir de l'œil piqué au bout de la plume me revient, lancinant, m'interdisant de bouger.

— Une violence insurmontable est montée en nous, poursuit-il. Alice a fait semblant de me draguer. Nous nous sommes retrouvés dans sa chambre pour caler tous les détails. La suite… tu la connais.

Une question me brûle les lèvres. Alice et Jules se côtoyaient-ils depuis leur adolescence ? Il répond sans que j'aie besoin d'aborder le sujet.

— On ne s'était pas revus depuis des années, tous les deux. Trop dur. C'est seulement lorsqu'elle a su qu'Héliard participerait à cette manifestation qu'elle m'a contacté. Comme elle publie ses livres sous un pseudo, de mon côté, je n'avais pas fait le lien avec l'Alice de ma jeunesse.

— Et elle, elle était au courant pour ton changement de nom ?

— Oui. Je suis né ici, mais ma mère est partie travailler à Nevers, quand j'étais enfant. C'est seulement lorsque j'avais 14 ans qu'elle a épousé mon beau-père, celui dont j'ai hérité… enfin, mon père, puisque je le considère comme tel. Héliard nous tenait sous sa coupe depuis longtemps déjà. Moi, j'étais dans le public, et Alice, dans le privé avec Rosalie. Mais nous l'avions tous en cours particuliers. C'est comme ça qu'il a eu l'idée de créer ce club d'écriture pour réunir ses meilleurs éléments, disait-il aux parents. Et c'est comme ça qu'on a gagné ce concours de nouvelles. National. D'où l'article dans le journal.

— Rosalie aussi… elle a eu… ?

— Tous les enfants du club de lecture étaient ses victimes. C'était super pratique pour lui. Il nous recevait chez lui et tout le monde trouvait ça normal.

— Personne n'a jamais su ?

— Non.

— Et tu as revu… les autres ?

— Pas vraiment. À part Alice. J'ai croisé Claire et Rosalie, une seule fois.

Il touche du doigt le visage d'un premier garçon.

— Le père de Jérôme était psychanalyste, lui s'en est sorti en suivant le même chemin et en fuyant la France. Alice a enchaîné les TS, les torgnoles de ses maris et les amants. Sylvie a tourné dans des films porno, puis elle s'est prostituée.

— Elle est en prison pour meurtre.

Il me détaille et finit par planter son regard dans le mien :

— OK, dit-il sobrement alors qu'il comprend que j'ai déjà fait des recherches en parallèle.

— Mais je ne savais pas pour Alice.

Il grimace.

— Pour ses tentatives de suicide ? Entre nous, on appelait Alice, la reine des cachetons ! Bien cinq lavages d'estomac au compteur, durant son adolescence.

Son rire est aigre. Je risque :

— Ses parents n'ont pas trouvé ça curieux ?

— Ils avaient autre chose à faire que s'occuper d'elle.

— La pauvre…

— On peut dire ça… Heureusement, petit à petit, elle a découvert un bel antidote avec les hommes !

Il marque un arrêt, perdu dans les souvenirs douloureux d'une époque terrible, puis reprend :

— Comme je viens de te l'expliquer, j'ai croisé un jour Claire, il y a quelques années. Elle s'est servie de ses blessures pour devenir éducatrice. C'est vraiment chouette, ce qu'elle fait auprès des gosses.

— Tout comme Rosalie.

— Oui, Rosalie. Elle, elle se concentre, en dehors de son boulot d'assistante sociale, sur les femmes maltraitées. Alice et moi, nous avons déjeuné ensemble, un peu avant le salon du livre. Mais elle a tourné la page. Notre histoire n'est plus la sienne.

Sans savoir pourquoi, cette nouvelle précision me rassure, alors que je l'entends poursuivre son inventaire morbide.

— Gérard est tombé dans la drogue dès l'âge de 13 ans, soupire-t-il.

— Il est mort depuis.

— Mince… quant à moi… j'ai fait un peu de tout. Des petits casses, des magouilles. Je me suis bagarré dans des bars. J'ai picolé comme un trou. J'ai même volé une voiture. Heureusement, mon beau-père veillait au grain. Quand il a vu que je tournais mal, il m'a dit que si je ne voulais pas finir en tôle, il fallait que je m'engage dans l'armée. Ce que j'ai fait. Les paras. Après… là aussi, tu connais la suite. Ce vieux prof qui parfois venait chez Héliard – là-dessus tu avais raison – que je recroise et qui décide de me sauver. La fac. Mon boulot. Ma femme.

Il ravale sa salive :

— Toi.

Le destin de tous ces gamins est affreux. Il me bouleverse. Me révolte aussi. Comment oser s'attaquer à des enfants ? Toutefois, la violence vécue n'excuse pas tout. Je ne souhaite surtout pas me laisser amadouer par ses confidences. Alors qu'il se tait, le nom de Karpoff me revient à l'esprit.

— Finalement, Karpoff n'avait rien à voir avec l'affaire ?

— Non.

— Vous avez sacrifié ce type pour rien ?

— En intervertissant les places, on brouillait les pistes. Enfin pour rien ? Karpoff a tout de même piqué le livre de Cléo.

— Peut-être ! Mais on ne tue pas pour cette raison ! Pour aucune raison, d'ailleurs !

J'ai répondu du tac au tac, alors que les morceaux du puzzle s'emboîtent dans mon cerveau en ébullition.

Ils exécutent Héliard à la place de Karpoff.

— J'ai écrit, ce jour-là, avec l'aide d'Alice, mon meilleur polar. Si elle était disculpée, je devenais intouchable. Je n'avais aucun mobile.

Malgré lui, il ne peut retenir un rictus acerbe entre satisfaction et déconvenue.

— Mais c'était compter sans toi et ta terrible lubie de fouiner partout… et surtout, là où on ne t'attend pas ! Il fallait, à tout prix, vous orienter, Philéas, ton commandant et toi, vers la piste de Karpoff. Cléo nous a été d'un grand secours.

Un haussement d'épaules avant de poursuivre :

— Damien avait besoin de ronds. Nous lui avons suggéré de filer auprès de sa tante, à l'hôpital, sans fermer la porte de la salle, en échange d'un petit pécule.

— C'est pour cette raison qu'il était tellement bizarre, le jour où il est venu chez toi ?

— Oui, il ne comprenait pas ce que je lui voulais. Parce que ce que je souhaitais ardemment, c'était t'entraîner dans cette enquête, toi !

Après la compassion, l'amertume refait surface.

— Donc, je résume : Alice est accusée, coincée par cette histoire d'horaires décalés. Toi, son amant présumé, tu cherches à la défendre. Tu t'adjoins les services d'une amie d'Alice : moi. Tu m'invites chez toi pour m'avoir sous la main et bien me contrôler. La bonne vieille copine, quoi…

Dégoûtée.

— Ce n'était pas prévu que je te croise sur le palier.

Il hausse les épaules et poursuit :

— Mais comment, bon sang, comment as-tu fait pour me confondre ?

— J'avais une intime conviction.

— C'est de la folie ! J'avais tout bien ficelé !

Il hésite :

— Et c'est par *intime conviction* que tu as couché avec moi ?

Je sens le rouge me monter aux joues.

— Non. À ce moment-là, j'avais lâché l'affaire.

— Tu veux dire que si tu n'étais pas entrée dans ce bureau…

— J'étais prête à te croire et à passer le reste de ma vie avec toi.

Alors qu'il tend son bras comme pour me toucher, je recule. C'est certain que je ne vais pas le laisser reprendre le dessus. Les sentiments que j'éprouve pour lui me fragilisent. Aussi, je me force à me souvenir qu'il a tué deux personnes ! Il peut très bien me balancer par le balcon !

Sans trop savoir pourquoi, je me répète que je dois gagner du temps. Peut-être pour l'amadouer. Le froid glacial qui m'habite soudain ne me lâche pas, toutefois je garde mes idées claires. C'est une question de survie. Je poursuis le plus calmement possible :

— Ensemble, nous enquêtons. Et tu viens m'annoncer que Karpoff est mort, ce qui disculpe complètement Alice. Comme le premier meurtre avait eu lieu sur son emplacement, la police se laisse avoir et pense que c'était lui, la véritable cible. D'autant plus que planent sur ce mec des témoignages douteux. Comble de bol pour vous deux, mon commandant sans nom craque pour moi. Et voilà que je l'oriente vers là où tu veux qu'il aille, parce que c'est là que tu me conduis. Damien. Cléo. L'Égypte et tout le pataquès ! Bon sang, ce que nous avons été cons !

Je revis les scènes dans ma tête. Alice, du haut de la terrasse, qui prend Jules par les épaules, comme un couple fusionnel. Philéas qui me fait remarquer qu'ils sont effectivement ensemble. Alors qu'elle file à la suite, laissant seul son beau prince charmant. Que du bluff !

En fait, il n'y avait rien entre eux. Il ne peut rien y avoir.

— Alice n'est pas ta maîtresse ?

Un cri :

— Oh non ! C'est impossible entre nous ! Tu ne peux pas imaginer ce que ça a été, toutes ces années sous la coupe d'Héliard.

Non, et je ne le veux pas non plus. Tant de violences sur des enfants ! J'en ai la nausée !

— Vous êtes liés par autre chose.

Doucement, il hoche la tête. Toutefois, deux ou trois trucs me taraudent.

— Comment as-tu appris que Karpoff avait volé le livre de Cléo et qu'il pouvait faire une cible idéale ? Vous le saviez, Alice et toi, pour mettre tout ça en place ? Forcément !

Son expression change du tout au tout et il part dans un rire dérangeant. Caustique. Presque méchant.

— Ah d'accord ! Pour ça, tu n'as pas compris ?

— Quoi donc ?

— Je n'ai jamais perdu Cléo de vue. C'est vers moi qu'elle s'est tournée pour corriger son manuscrit, avant de l'envoyer à son futur éditeur. Moi, ce professeur d'histoire, en qui elle avait toute confiance. Je connaissais le nom de ce type, puisqu'elle me l'avait dit. Alice, qui a le bras long, n'a eu qu'à inciter les organisateurs du salon à l'inviter.

De surprise, je hurle :

— Tu es… tu es un être démoniaque. Diabolique. Vous êtes machiavéliques, tous les deux ! Éliminer Héliard pour tout ce qu'il vous a fait subir, je peux comprendre, mais Karpoff !

— C'était un escroc.

— Arrête ! Je ne veux plus entendre ta défense à deux balles !

Avec difficulté, tant la situation m'étouffe, je reprends mon souffle, avant de poursuivre, avec plus de véhémence encore :

— Et le pauvre Howard ? Un escroc aussi ?

— Le tribunal allait lui trouver des circonstances atténuantes. C'est certain.

— Ben voyons ! Tu as réponse à tout ! Bon sang ! Tu nous as tous manipulés !

Un cri. En réaction, il hoche la tête, dépité comme un gosse injustement blâmé :

— Non ! S'il te plaît… ne dis pas ça de moi. Je devais agir ainsi. Je n'avais pas le choix. Mais toi, je t'aime. Je ne t'ai jamais flouée sur mes sentiments. Le reste, c'était un scénario, mais pas mon amour pour toi.

De désespoir, il tente une approche. Mais je me suis levée et je recule, pour mettre de la distance entre nous.

— Et pourquoi Alice m'a-t-elle fait tout ce cirque lorsque je l'ai croisée devant chez elle, à Nevers ?

— Elle a été surprise de te voir là. Elle a eu peur que tu finisses par en apprendre plus sur notre jeunesse. Que tu établisses un lien plus ancien entre nous. Elle disait que tu creusais trop. Que tu prenais l'enquête beaucoup trop à cœur, et qu'on n'aurait pas dû t'embarquer dans l'histoire. Elle essayait de t'éloigner de nous.

— Mais j'étais son amie !

— Elle ne souhaitait pas te rendre complice.

Accablée, je baisse la tête. Autant je me sens trahie, autant je comprends ce que Jules veut m'expliquer.

— Elle n'avait pas tort, pour le côté fouineuse, puisque tu as trouvé cette vieille photo sur Internet.

D'un mouvement de menton, il me montre l'écran sur lequel s'affiche encore l'article.

— Et tu as retrouvé Rosalie aussi…

Il sourit dans le vague.

— Tu sais, je suis tombé amoureux de toi dès que je t'ai vue, Mary. Tu représentes le calme, la douceur, la sécurité. Tout ce dont j'ai toujours rêvé. Mais je devais être convaincant avec Alice. Je tiens à ce que tu en sois sûre. Je ne veux pas que tu penses que je me suis servi de toi… Bien sûr, tu nous as aidés à ton insu. Toutefois, mes sentiments sont sincères. Je t'aime, Mary ! Comme je n'ai jamais aimé.

Tout se bouscule dans mon esprit. Ma tête est devenue un grotesque Culbuto dans lequel les idées s'entrechoquent :

— Et Carine ?

— Carine, ce n'était pas pareil. J'espérais tout oublier en construisant une famille. Mais à ce bonheur non plus, je n'y ai pas eu droit.

Des larmes que je ne peux contrôler coulent sur mes joues. Il ne retient pas un geste spontané, et bondit vers moi afin de les sécher. Du bout de son pouce, il essuie l'une d'elles tout près de ma bouche. Trop près. Je frémis.

Toujours sous le charme, malgré tout ce que j'ai appris sur lui. Son doigt glisse sur mes lèvres et une vague brûlante remplace le froid qui jusqu'alors m'habitait. Je vacille. Sur ma langue, un goût de sel…

Il se penche.

— Tu sais que nous t'en avons beaucoup voulu sur l'instant. Avec ta lubie de te lever tôt, le second jour du salon, tu as mis à mal notre alibi.

— Comment… comment avez-vous fait ?

Son visage est proche du mien.

— Je suis sorti tranquillement, et Alice m'a rejoint en passant par la porte de service de l'hôtel. On avait repéré les lieux. Pas de caméras installées dans la ville. Donc moins de risques. Héliard dormait dans sa voiture. Alice l'a attiré à l'intérieur. Il n'a pas hésité une minute à entrer avec elle, l'idiot. Et là…

Un frisson court à l'intérieur de moi. Je ferme les yeux et les serre fort. Ainsi que mes poings.

— Nous avons agi ensemble. Comme tu le sais, jeune, je me suis engagé dans les paras. Quant à Alice, après avoir été battue par deux de ses maris, elle a suivi des cours de self-défense, grâce à l'association de Rosalie, à Nevers.

Fataliste, soudain, il hausse les épaules et murmure :

— Pour Karpoff, j'étais tout seul. Il ne m'avait rien fait. Je n'ai pas pu finir le boulot correctement. Je ne suis pas un assassin. Alors, je l'ai abandonné là. Sur les marches. Le crime presque parfait… si…

Ce *si* me fait peur, parce qu'il parle de moi.

— Mais je ne t'en veux plus, poursuit-il en me caressant les cheveux. Je t'aime à la folie.

Il se penche plus encore et j'ouvre brusquement les paupières.

Non, cela ne se peut pas.

Je ne peux pas me laisser embrasser par un meurtrier. Plus maintenant ! Je suis plus forte que ça ! Pourtant, je dois l'admettre, il a un tel pouvoir sur moi. Comme s'il m'hypnotisait.

BANG !

Dans le couloir, tout saute en éclats. Des voix. Des hommes se bousculent derrière nous.

Je hurle :

— Noon !

Je me souviendrai toute ma vie de ce *non*.

En découvrant que les forces de l'ordre déboulaient dans son appartement, Jules m'a retournée, sans ménagement, contre lui. Nous faisons face au groupe armé. Léo, puisque c'est Léo, tend un bras afin d'arrêter son équipe. Ils ne doivent pas entrer dans le bureau. Je le vois faire au ralenti. Comme je comprends qu'il s'affole en criant *non* !

Jules, toujours derrière moi, vient de serrer son coude autour de mon cou. Son autre main est sur ma nuque. Je fais facilement le lien. Seulement un tout petit geste sec, et je ne suis plus de ce monde.

Déjà, je ne touche plus le sol que sur la pointe des pieds. Mon sang tape contre mes tempes. Je perds le contrôle. Mon corps entier tremble.

Je ne peux même plus expliquer ma peur. Elle est viscérale. Elle est devenue moi. J'étouffe. Ma vue se brouille.

Alors que nous reculons vers la porte-fenêtre, je suffoque. Un air froid entre dans la pièce. Nous nous déplaçons encore et je prends le soleil de cette belle matinée radieuse en plein visage. Jules hurle. Mais je ne saisis pas ce qu'il dit. La frousse m'empêche d'entendre. Je me suis refermée en moi, afin de ne pas vivre la scène. Seulement la suivre de loin. Comme une spectatrice. Léo qui parle dans son téléphone, puis qui essaie de négocier. Et deux êtres, l'un contre l'autre, dans une dernière étreinte, contre la balustrade du balcon.

Le temps se suspend.

Lui embrasse la femme sur la joue.

Il m'embrasse.

Jules m'embrasse.

Me murmure, tout en regardant vers le bas :

— Adieu.

Nous allons tomber ensemble. Léo est devant nous, prêt à intervenir.

Le pourra-t-il vraiment au moment voulu ?

Je crois que Jules crie, une fois de plus, qu'il m'aime, puis il se penche vers mon oreille. Il me parle.

Oui, c'est ça…

Je crois bien que je lui réponds : « OK. »

… puis plus rien.

Le monde bascule.

Je m'envole en culbutant dans le vide.

29

On verra bien après

Arsène, malgré son âge déjà certain, tape dans une boule de Noël et l'envoie valdinguer de l'autre côté de la pièce, avec une précision déconcertante. Tout aussi vite, il la rejoint et se met à dribler jusqu'à ce qu'elle disparaisse sous le fauteuil du salon.

Dépité, il attend quelques secondes pour voir si elle ressort. Mais comme celle-ci s'obstine à ne pas se montrer, faisant fi de ce jeu endiablé, agacé, il se lasse et part s'installer sur le canapé.

— Mary ? Tu es là ?

Je sursaute. Absorbée par les bêtises de mon chat, j'ai décroché et perdu le fil de la conversation. Ça m'arrive souvent ces derniers temps. Le médecin m'a expliqué que c'était logique, après la survenue d'un choc. J'ai les émotions en vrac et l'attention en vacances.

Je relève la tête. Rosalie me sourit.

— Excuse-moi… j'étais ailleurs.

— Je comprends.

Son visage est plein de sollicitude à mon égard.

Il paraît que Léo a tenté de me rattraper par le poignet. Il a tiré fort, alors que Jules me poussait dans le vide, en me soulevant par-dessus la balustrade.

Deux forces en opposition, et moi au centre.

Malgré ses efforts, Léo n'a pas pu me retenir.

Waouh, le saut ! Les cheveux dans le vent ! J'ai vu défiler toute ma vie. Des bons et des mauvais souvenirs. Des odeurs. Des gens morts. J'ai même entendu le bruit du moteur de ma première voiture ! J'avais l'impression de planer au ralenti, un peu comme ses types, avec leurs combinaisons spéciales, qui se jettent du haut des montagnes.

C'est fou comme quelques secondes peuvent devenir une éternité !

Une fois en bas, l'arrivée a été moins glorieuse. J'ai atterri comme une grosse crêpe – un matefaim un peu lourdingue, dirais-je plutôt – dans la bâche tendue par les pompiers que Léo avait appelés… et tout comme elle (la crêpe), j'ai rebondi et me suis retournée plusieurs fois.

Bouing… bouing…

Bilan un : une épaule démise.

— Tu veux que je te serve un thé ?

J'accepte l'offre de Rosalie. J'ai le bras gauche en écharpe et une minerve autour de mon cou.

Il paraît que mon Tattooed Man, effrayé par ma chute, a fait une faute en relâchant, l'espace d'un dixième de seconde, son attention pour se concentrer sur moi. C'était gentil, mais pas très professionnel.

Bilan deux : Jules s'est carapaté par les toits.

Ah le bougre ! Ses anciennes ardeurs de parachutiste lui ont laissé de beaux restes, malgré ses 60 piges !

Rosalie remplit mon mug et me le tend.

Lorsque Léo a dû repartir – il n'avait plus de RTT le pauvre –, il a souhaité me confier à une personne que j'apprécie. Il en a de bonnes, celui-là ! À croire qu'il a fait l'école du rire. D'amis, dans ce pays, je n'en ai plus. Des seuls que j'avais : l'une est en train de croupir en prison et l'autre est en cavale !

C'est ainsi que nous avons pensé à Rosalie ! Rosalie, disponible, car encore en vacances après sa semaine en Crète. Sans sourciller, elle est venue remplacer mon brave commandant sans nom à mon chevet.

En fait, le soir où je suis allée chez Jules, le procureur a décidé de rouvrir le dossier en demandant un complément d'enquête. Nos réflexions conjointes, celle de Philéas et la mienne, ont semé le trouble. Cette histoire de suicide, qui n'avait pas eu lieu, était dérangeante. Pourquoi Jules souhaitait-il tant nous orienter vers Cléo depuis le début ?

Prévenu, Léo a aussitôt quitté Dijon pour revenir sur place, et a profité de la nuit pour sortir le manuscrit de la jeune femme des scellés, et le relire. Il s'est dit que, peut-être, la solution s'y trouvait.

L'intrigue, comme il avait pu le constater la première fois, était bien identique, au mot près, à celle du livre de Karpoff. Cependant, un nouvel indice, incongru, lui avait sauté au visage, changeant complètement la donne.

— Il était plein d'annotations en marge. Au stylo rouge. Comme le font les profs, m'a-t-il alors expliqué.

— C'est ce qui t'a fait penser que Jules pouvait être le coupable ?

Il a ri.

— Non, non. La première fois, j'ai cru que c'était Cléo qui avait fait ça. Mais pas ensuite. Parce que la seconde fois, lorsque je l'ai à nouveau lu, j'ai reconnu l'écriture. Ce que je n'avais pas pu faire auparavant.

— L'écriture ?

— Quand je suis venu chez toi, ce fameux soir où j'ai croisé Martige…

Le souvenir, en demi-teinte, de ce moment particulier au cours duquel deux hommes se sont affrontés sur mon tapis… enfin dans mon salon, a ressurgi.

— Oui ?

— Il a gribouillé sur le tableau blanc, avec des feutres.

— Il t'a dit que nous jouions à la bataille navale.

— Le con.

— Léo…

— Le con, oui ! Je confirme ! Il a failli te tuer. Mais là n'est pas le sujet. J'ai remarqué alors qu'il mettait des bulles sur ses *I* à la place des points. Comme les gosses ! Un peu méchamment, aidé par la déception de le trouver avec toi, je me suis moqué intérieurement de lui. Pour les graphologues, c'est le signe d'un caractère bloqué dans l'enfance. Une personne qui n'arrive pas à regarder la vérité en face.

— Je l'ai vu aussi. Et ?

— Et ? Les *I* au stylo rouge, sur le manuscrit de Cléo, avaient des bulles sur la tête. Cela voulait dire que Jules avait menti à ce sujet. Il revoyait bien Cléo et connaissait le contenu de son livre puisqu'il l'avait corrigé.

Lorsqu'il m'a expliqué comment la culpabilité de Jules était devenue évidente pour lui, je n'en suis pas revenue ! De simples petites bulles à la place des points sur les *I* l'avaient trahi ! C'en était risible.

Après cette découverte frappante, Léo n'a plus eu qu'à creuser sur Jules, ce qui n'avait pas été fait durant la première enquête, puisque rien ne l'accusait.

— Les infos que tu m'as données sur sa femme ont mâché le travail. J'ai pu consulter l'acte de naissance de Martige, avec l'annotation en marge sur son changement de nom après reconnaissance par mariage. Il n'y a que sur l'acte de naissance original qu'on peut l'apprendre, puisque toute trace d'une première identité est gommée au niveau administratif.

Après, tout a été logique. Facile de comparer avec la photo de l'article sur le concours de nouvelles. Et le lien entre Alice et lui.

Sachant que j'étais chez Jules, il a débarqué avec du renfort pour me sauver de ses griffes.

BANG !

Faisant voler la porte en éclats.

En attendant, mon obstination à revenir à la charge et à demander des comptes à Jules m'a valu les félicitations du procureur. Tattooed Man, durant un discours attendrissant, a reconnu que j'étais un véritable pitbull. Et que, tout comme lui, je ne lâchais rien. Je ne sais pas si c'est un beau compliment, mais de sa part, je l'ai pris comme tel !

Soit dit en passant, je lui dois une fière chandelle, à mon commandant sans nom ! Même si je n'ai pu éviter la grande scène du balcon. Celle où, au lieu de remercier tout le monde, comme aux Césars, tu leur dis adieu !

Mais je ne lui en veux pas ! Il s'est pointé à temps pour que les pompiers me récupèrent en bas, et c'est l'essentiel !

Obtenir une réponse au sujet d'Howard et des siens m'a semblé, de même, nécessaire. Je n'arrivais pas à comprendre pourquoi tous m'avaient caché que le père était égyptologue.

En fait, le garçon avait lu le manuscrit de sa sœur, et comme la famille ramait un peu au niveau des finances depuis la mort du père, il avait décidé de faire chanter Karpoff. Naïvement, il en avait conclu que moins on en saurait avec Philéas, et mieux ça serait ! Un peu un secret de polichinelle, il faut l'admettre !

Voilà ! Affaire résolue !

Un peu rêveuse, je porte ma tasse à mes lèvres en souriant.

— Quel bonheur de te voir rire enfin ! s'exclame ma nouvelle amie.

Au groupe de mots « nouvelle amie », j'ai un tiraillement bizarre, là, du côté gauche. Et je repense à cette histoire de vieux singe, mais je n'arrive plus à me souvenir s'il fait la grimace, ou s'il se méfie. Pour ma part, je suis sur mes gardes.

L'avenir nous le dira.

Après.

L'avenir ? Un séjour à la montagne avec mon p'tit jeune, en mars, pour ses 40 ans.

C'est quoi, cette lubie que les hommes ont pour les sommets ?

Lui et moi. Tous les deux.

Il ne m'en veut même pas pour mon incartade. Il m'a dit que j'étais majeure et vaccinée, capable de faire mes choix. Et puis, il a eu un clin d'œil limite grivois, avant de compléter :

— Peut-être que ça va dégripper la machine !

Ben voyons ! Toujours plein de romantisme, ce type !

Bon, pour ça aussi, on verra bien après.

Au fait, terminées mes envies d'écrire un polar ! Je retourne à mes chères plantes. Dès les fêtes passées, je me remettrai au travail et préparerai un nouveau livre.

Rosalie m'y encourage. Plus sain. Plus *moi*, me dit-elle.

Enfin, pour ça, pareil… on verra…

Après.

En attendant… En attendant, je ne peux même pas jouer de la cornemuse avec un bras en écharpe ! Pourtant, ça m'aurait détendue.

La note bleue.

Je regarde l'heure. Un coup d'œil vers Rosalie. Le feu ronronne dans la cheminée. On est bien. Je souris aux anges, alors que cette dernière rajoute une bûche.

— Il y a la bâche des pompiers en dessous. Je vais te balancer par-dessus la balustrade avec suffisamment d'élan pour que tu ne cognes pas la façade. Tu ne crains rien. Laisse-toi tomber sans te crisper. Je te donnerai des nouvelles. Et n'oublie pas que je t'aime, Mary.

— OK.

Léo arrive. Il cherche à me retenir, mais Jules me pousse avec force. Je bascule dans le vide. Léo se penche pour suivre ma chute et Jules se sauve par les toits.

Voilà pour le petit un.

Léo 0 / Jules 1.

Un peu geôlière, ma nouvelle amie ! Bon, ce n'est pas tout à fait sa faute. Elle a reçu des ordres stricts de Tattooed Man en personne. Me surveiller, sinon je suis capable de faire « n'importe quoi », *dixit* l'homme tatoué dans toute sa splendeur. Alors, elle veille sur moi avec l'attention farouche d'une chatte avec ses petits.

Je pouffe : *n'importe quoi*... il ne sait pas si bien dire, mon jeunot !

Avec la complicité du gardien de son immeuble (je savais bien que ce type était un truand !), Jules a pu échapper aux gendarmes qui le poursuivaient.

Voilà pour le petit deux.

Je reprends le livre que je suis en train de lire : « Lieussard en deuil, de Jules Martige ».

Dedans, il y a une carte postale. Je l'ai reçu sous enveloppe, par la poste. Elle me sert de marque-page. Au recto, un âne avec un chapeau de paille mâchouille un épi de blé. Au verso, il est écrit :

Tu me manques tellement mon adorable tête de mule.
Je voudrais tellement que tu sois là.
Je pense très fort à toi. Merci encore. Je t'aime.

Elle n'est pas signée.

Mais curieusement, il y a d'étranges bulles à la place des points sur les I.

Jules Martige et son regard vert mousse…

Recette toute simple et savoureuse de Mary Simple

- Boulettes sans viande aux orties -

Petit cours de ramassage des orties à l'usage des novices

Nous allons nous intéresser à l'ortie dioïque (celle qui pique). C'est une plante sauvage bourrée de protéines de vitamine C et de fer (entre autres). Elle mesure entre 0,50 cm et 1 m. Tout le monde la connaît, car un jour ou l'autre vous avez sans doute eu affaire à elle (souvenez-vous de ces grosses cloques qui démangeaient lorsque vous étiez gamins).

Donc, pour ne pas raviver de vieux souvenirs, avant toute chose, mettez des gants ! Autrement, sachez que frotter la piqûre avec une feuille de plantain vous soulagera.

Personnellement, comme je suis tombée dedans petite (un peu comme Obélix dans la potion magique !), je ne crains pas les orties… mais franchement, ce n'est pas le cas de tout le monde. Alors, prenez vos précautions, cette belle sauvage n'aime pas qu'on l'embête !

Pour le ramassage, préférez un endroit public loin de toute pollution. En résumé, n'allez pas à la cueillette au bord d'une route ou d'un champ bourré de pesticides… logique ! Ni chez votre voisin !

Choisissez les petites feuilles du haut. Les plus tendres, mais aussi les plus accessibles. N'arrachez jamais la plante. Vous la considérez peut-être comme une nuisible, mais c'est loin d'être le cas !

Une fois chez vous, plongez les feuilles dans un bain d'eau vinaigrée et laissez-les barboter quelques minutes (sans canard). Rincez-les, puis mettez-les dans l'essoreuse à salade pour les égoutter.

Recette des boulettes sans viande aux orties

Ingrédients pour 4 personnes, soit 4 boulettes chacun

- 300 g de pois chiches cuits et égouttés,
- 1 cuillère à soupe de parmesan,
- 1 belle poignée de jeunes pousses d'ortie ou de têtes (suivant la saison),
- 80 g de poudre d'amandes (ou de farine d'amandes si vous avez),
- 40 g de flocons d'avoine,
- 40 g de farine (blé ou autre),
- 2 œufs,
- 1 gousse d'ail,
- 1 petit oignon émincé,
- 1 cuillère à soupe de sauce soja salée,
- 1 cuillère à soupe d'huile d'olive,

- des épices selon votre goût, du sel (attention, la sauce soja sale) et du poivre.
- Préchauffez votre four à 180 degrés.
- Mixez ensemble les feuilles d'ortie, l'ail, l'oignon; l'huile d'olive et le parmesan. Mettez de côté, puis mixez le reste des ingrédients. Réunissez le tout dans un saladier et mélangez de façon homogène. Si votre pâte est trop sèche et friable, rajoutez un filet d'huile d'olive. Si au contraire elle est trop molle, rajoutez de la farine.
- Mouillez vos mains et formez de belles boules, seize environ.
- Recouvrez votre plaque d'un papier sulfurisé. Déposez les boulettes et recouvrez-les avec une nouvelle feuille de papier sulfurisé.
- Enfournez pour une vingtaine de minutes.
- Je vous conseille de manger ces boulettes en remplacement de la viande, avec un riz basmati pilaf, une bonne sauce tomate maison ou une ratatouille.
- Bien entendu, si vous le pouvez, privilégiez des produits bio.

Le petit conseil de Mary : 5 mn avant la fin de la cuisson, badigeonnez le dessus de vos boulettes avec un pinceau trempé dans de l'huile d'olive !

Bon appétit !

Achevé d'imprimer en octobre 2023
sur les presses de la Nouvelle Imprimerie Laballery
58500 Clamecy
Numéro d'impression : 310192

Imprimé en France

La Nouvelle Imprimerie Laballery est titulaire de la marque Imprim'Vert®